U0964872

迷途的风景

微观视野下的中国现代文艺研究

Mi Tu De Feng Jing

杨汤琛 著

南方出版传媒
广东人民出版社
·广州·

图书在版编目（CIP）数据

迷途的风景:微观视野下的中国现代文艺研究/杨汤琛著．—广州：广东人民出版社，2017.8

ISBN 978-7-218-11942-7

Ⅰ．①迷…　Ⅱ．①杨…　Ⅲ．①中国文学—当代文学—文学评论—文集　Ⅳ．①I206.6-53

中国版本图书馆 CIP 数据核字（2017）第 171829 号

Mitu De Fengjing

迷途的风景：

微观视野下的中国现代文艺研究　　杨汤琛　著
版权所有　翻印必究
出 版 人： 肖风华

责任编辑： 古海阳
装帧设计： 礼孩书衣坊
排　　版： 科新电脑技术服务中心
责任技编： 易志华

出版发行： 广东人民出版社
地　　址： 广州市大沙头四马路 10 号（邮政编码：510102）
电　　话：（020）83798714（总编室）
传　　真：（020）83780199
网　　址： http://www.gdpph.com
印　　刷： 珠海市鹏腾宇印务有限公司
开　　本： 889mm×1194mm　1/32
印　　张： 9.5　　**插　　页：** 1　　**字　　数：** 230 千
版　　次： 2017 年 8 月第 1 版　2017 年 8 月第 1 次印刷
定　　价： 39.00 元

如发现印装质量问题，影响阅读，请与出版社（020-83795749）联系调换。
售书热线：（020）83795240

自　序

人到中年，对时间与自身都似乎该有一种领悟、一份总结。仿佛漫天尘埃该在这个时段以不惑的方式落定一处，仿佛这个年纪就该离开望远的高楼而听雨客舟，江阔云低。然而，总有那么一些人在时间的迷途中彷徨，譬如我，一路跌跌撞撞行至这中年，回顾所来处，苍茫横翠微，前路是茫然奔走，未来也似乎仍在云烟深处，这份来自人生幽暗处的彷徨仍逃不掉《神曲》开篇的感叹：“人生旅行至中途，我发现自己步入一片幽暗的森林，因为正确的道路早已晦涩难明。”

从来，我就不是一个活得清晰的人。少年时，懵懂轻狂，误以为良辰美景都花团锦簇地在远方等着，就算将时光轻掷，也毫不自省；青年时，时刻盼望脱离这庸常人生，期待奇迹的降临，而奇迹该是什么，自己也说不出个所以然；现实生活里，无论择业还是作文，多凭一时兴趣、一时感动，固然随性自然，却并无建树，只是拉拉杂杂，留下了这些并不连贯、东鳞西爪的文字，只好敝帚自珍、拾掇成集，作为对已逝青春的纪念。

所以，这本集子是我过去学术生涯的某些历史片段，它们以碎片的方式记录了我的获得与失去、迷恋与厌倦，乃至无聊与束缚，它属于我过去的时间，同时也存在于现在与未来，它可能只是我的一个假象，也可能暴露了我不为人所知的某部分真实，然而无论如何，“过去可能存在与已经存在的/都指向一个始终存在的终点/足音在记忆中回响……”（艾略特《四个四重奏》）。

杨汤琛
2017年7月

目录 CONTENTS

第一辑　诗的呼吸

第二辑　文似看山

第三辑　光影絮语

第一辑

诗的呼吸

SHI DE HU XI

（俄罗斯）伊·伊·希什金 《橡树》 1887年

从时间的方向看

——论第三代诗歌的时间诗学

时间始终是人无法逃匿的存在，也是抵达人类真相的根本途径，博尔赫斯曾言："假若我们知道什么是时间的话，那么我相信，我们就会知道我们自己，因为我们是由时间做成的。造成我们的物质就是时间。"① 时间造就我们，同样也造就诗歌，"时间和律度可以说是诗中最基本的成分"②。作为诗歌最隐秘又最坚实的部分，时间是个体生命与外在世界不同关系的隐秘表露，是诗歌变形的根本性力量之一，它会从根部影响乃至颠覆诗歌的意识形态与外部形式；因此，如果从时间的方向看，或许能更清晰地看见诗歌嬗变的内在动力，能在诗歌与时间的关联语境中，揭示诗歌的本质特性及其深层结构。第三代诗歌作为对朦胧诗的一个反动，它在诗歌史的研究中，多以一种断裂的面目而存在，这种断裂，固然有着语言的、修辞的全面反动，然而，如陈超所警惕："仅从修辞效果和诗的结构上把握第三代诗是很危险的。……所以我想要考察第三代诗文本的固有意义，一个理论基点或前提是这些诗人的生命方式以及支配着这种方

---

① 博尔赫斯著，倪华迪译：《前言》，《作家们的作家》，云南人民出版社 1995 版。

② 陈世骧：《中国文学的抒情传统》，三联书店 2015 年版，第 257 页。

式对生存实在的理解。”① 显然，于更深层面，我们应该将第三代诗人的断裂性书写归因于生命方式与生存实在的根本性转变，而这一转变却离不开“造就我们”（博尔赫斯言）的时间。我更愿意指出，是作为生命存在方式的时间体验模式的转变促使了第三代诗歌的内在转向，正是从第三代诗人始，线性的现代时间体验兀然陷落，诗人击破了历史时间的幻象，回到了个体存在的时间之流，开启了中国新诗新一轮的时间体验模式，发展出异质的时间诗学，并由内即外地改变了诗歌的固有形态；从这个意义而言，从时间的维度来谈论第三代诗歌，或者更能清晰地把握其诗作的部分真相。

一、失去了“未来 ”的此时此刻

要判断一代诗歌的基本形态，寻找常用词是抵达真相的捷径之一，波德莱尔指出：“要看透一个诗人的灵魂，就必须在他的作品中搜寻那些最常出现的词。这样的词会透露出是什么让他心驰神往。”②在第三代诗人之前的共和国新诗中，我们可以轻而易举地指认其常用词是“未来”，不管是胡风的《时间开始了》，还是朦胧诗的发轫之作《相信未来》，抑或具有宣言性质的《回答》，“未来”是共和国诗作中不断闪耀并具有终极意义的词语，它让几代诗人对之心驰神往。诗人站在岁月的废墟里瞭望未来，拭亮了理想的锈迹，由此奠定了对于时间的领悟：

---

① 陈超：《打开诗的漂流瓶》，河北教育出版社 2014 年版，第 276 页。

② 转引自胡戈·弗里德里希著，李双志译：《现代诗歌的结构》，译林出版社 2010 年版，第 31 页。

朋友，坚定地相信未来吧/相信不屈不挠的努力/相信战胜死亡的年轻/相信未来，热爱生命（食指《相信未来》）

新的转机和闪闪的星斗/正在缀满没有遮拦的天空/那是五千年的象形文字/那是未来人们凝视的眼睛（北岛《回答》）

一切的现在都孕育着未来/未来的一切都生长于它的昨天（舒婷《这也是一切》）

可以说，对未来的吟咏与信任使得诗人们即使面对冰天雪地、枯藤落叶，也坚信时间的巨轮必然会推翻这颓废的一切，经历长途跋涉与艰难岁月之后，人们面前将出现一个闪闪发光的新世界；食指、北岛们于伤悼、不满、愤激之后，更有着对于未来时间的坚信与憧憬，他们于灰色、冰冷的当下悬置了一个温暖、美好的未来，如同来自另一个星球的光线，未来以恒久的方式安慰当下的人们，诗歌由此成为遥远未来的一个现实回声。显然，共和国第一代、第二代诗人对于时间始终抱有一种先在的乐观主义精神，这种相信未来，对未来进行美化想象的思维模式，离不开现代性装置的普遍笼罩。汪晖指出："现代性概念首先是一种时间意识，或者说是一种直线向前、不可重复的历史时间意识，一种与循环的、轮回的或者神话式的时间认识框架完全相反的历史观。"①对于经过进化论洗礼的中国诗人而言，时间始终是连续的、进化的，是通往最优未来的一个连续体，如柯林伍德所言，"进化论这时就可以用来作为包括历史的进步和自然的进步两者都在内的一个普遍的术语了"②。

① 汪晖：《汪晖自选集》，广西师范大学出版社 1997 年版，第 2 页。
② 柯林伍德著，何兆武译：《历史的观念》，商务印书馆 1997 年版，第 177 页。

而到了第三代诗人这里，这种连续向前的时间体验突然陷落了，它的表征便是片段经验的大量浮现，“未来”以及跟未来相关的词语销声匿迹；在第三代诗歌这里，“未来”仿佛是一个“失去”的时间符号，一个故意被遗忘的时间语汇。与之相反的是，诗作中出现了大量片段性的时间点，“七点整”“九点半”“十点钟”“这时”“此刻”等成为频繁出现的时间标记，似乎诗人停留在了单个原子状的时间点上，失去了与未来的联系。这种斩断时间联系的漂浮性书写或许可以从韩东的表达中寻找其秘密：“我们是在完全无依靠的情况下面对诗歌和世界的，虽然在我们的身上投射着各种各样观念的光辉。但是我们不想、也不可能用这些观念去代替我们和世界（包括诗歌）的关系。”① 显然，观念的光辉与时间连续体内部的允诺有关，而韩东们正有意识地从连续性的时间迷狂中清醒过来，或者说，集体抛弃了“未来”允诺的他们不再迷恋未来乌托邦的观念光辉，而是将自我抛入这世界，以一种无依无靠的方式领悟生命中的此时此刻：

> 早晨六点，是海湾最宁静的时刻/我从大海迷路，并坚持/和立在沙滩上的鲸鱼们呆在一起（韩东《和鲸鱼们在一起的日子》）

> 又一次，在五点钟/灯还未亮的时候/我登上山冈，守望黎明/像多年以前，在母亲的子宫里/等着那只手，把我引领（于坚《守望黎明》）

作为经验体的单个的时间点成为诗歌中充满包孕性的一刻，诗人将这一刻膨胀，镌刻其情绪、领悟其秘密，以高密度的方式获取

---

① 转引自洪子诚：《中国当代新诗史》，北京大学出版社 2010 年版，第 263 页。

对自我存在的体认，也是在这一刻，时间与“我”融为一体，有如于坚诗中的“我”感受到了母亲子宫的引领，诗人逃离了未来指向下空洞的主体构造，而走向与个体血肉相连的此时此刻。可以说，从强调此刻始，第三代诗人普遍告别了线性时间而进入了存在历史主义的经验之流，如弗雷德里克·詹姆森所概括的“在历史主义并不涉及线状的、进化论的或本原的历史，而是标明超越历史事件的经验”①。

对此刻的注视扩充了时间点的内部意蕴，也有效改造了诗人的抒情姿态，第三代诗人们的身姿普遍从眺望转为凝视、从呼唤未来转为倾听现在、从抽象抒情转为具体描述、从线性的追索走向片刻的眷恋。如果说眺望未来的姿态是高蹈的、非现时的，那么凝视此刻的姿态是在地的，是主体与客体、个人时间与客观时间的合二为一，也是存在主义哲学层面的物我的再度融入，它类似陈东东的“只能是我”所拥有的此刻体验：

> 此刻/此刻假如有一只大鸟/火红的大鸟假如这时候撞进了车窗　/只能是我　我会喊出它的名字（陈东东《一江渔火》）

这是“我”与“此时”此物的彼此铭刻与发现，它存在于诗人突破线性时间之流回至个人时间的某一刻，正是这一刻的凝视让诗人越过常人的习焉不察，喊出“它的名字”；对时间点的关注不仅让诗人目光聚焦，发现“只能是我”才能拥有和融入之物，而且头颅开始变低并贴近大地万物进行倾听；当伫立于静夜某一刻的韩东面

---

① 弗雷德里克·詹姆森：《马克思主义与历史主义》，张京媛主编《新历史主义与文学批评》，北京大学出版社 1997 年版，第 27 页。

对一个被庸常所遮蔽的日常之物——杯子，他以倾听的方式领会了“这时”杯子所发生的具体声音及其包孕性意义：

> 这时，我听见杯子/一连串美妙的声音/单调而独立/最清醒的时刻/强大或微弱/城市，在它光明的核心/需要这样一些光芒/安放在桌上/需要一些投影/医好他们的创伤/水的波动，烟的飘散/他们习惯于夜晚的姿势/清新可爱、依然/是他们的本钱/依然有百分之一的希望/使他们度过纯洁的一生/真正的黑暗在远方吼叫/可杯子依然响起/清脆、激越/被握在手中（韩东《我听见杯子》）

这是个体深陷于其中的“这时”，一个远离了嘈杂外部而专注于倾听的时刻，倾听将“此在从这种充耳不闻其自身的迷失状态中带回来”，“去听常人之际而充耳不闻自身的它自己”。[①] 于存在主义式的听与被听中，杯子从日常性的迷失中浮现，成为自身，并与诗人的本心相融，成为诗人潜入自我与世界的共鸣之物。与此同时，这也是一个具体的时刻，具象的杯子、杯子发出的物质性的声音，它们的形而下刺破了食指、北岛等诗作中的抽象抒情（在展望未来的奋笔疾书下，闪亮于朦胧诗中的星辰、太阳、鸽子等形象，多是失去日常细节与具象体验的象征性符号，它们共同构成了朦胧诗空洞而抽象的抒情体），及物性的描写成为对抽象抒情的一种反动，杯子作为诗人触手可及的日常之物，是一个具体而剥落了象征意蕴的存在之物，它此刻的存在与诗人息息相关并内在于诗人生活，诗人对于它的抒情始终回旋于杯子这一具象而饱满的形态之内。

驻足于单个时间点上的诗人，仿佛漂泊于碎裂的冰块之上，时

① 海德格尔著，陈嘉映译：《存在与时间》，三联书店 2015 年版，第 311 页。

间链条在此失去了关联，诗人无暇眺望而沉溺为片刻的拥有者，其诗歌的外在症候便是因未来的陷落而回到日常，因时间链的切断而回到当下，诗歌与肉身由此血脉相连。第三代诗歌的这种抛弃未来、聚焦于此刻的时间诗学赋予抒情以坚实的重量与具体形式，不仅避免了共和国新诗那种普遍空洞与不及物的抒情陷阱，而且深度恢复了我们对于诗歌的感受，形成了一种既坚固又开放的诗歌文本。

二、消解与重构中的历史

抛弃“未来”的第三代诗人斩断了连续性的时间链条而专注于当下，这自然有着反意识形态的考量，但与此同时，当下并不是崭新的、空洞的当下，历史始终以一种还魂的方式必然地存在于当下之中。本雅明指出：“历史是结构的主体，它不是同类的、空洞的时间，而是充满了现在的时间……对于罗伯斯皮尔来说，古代罗马是充满现在的过去，是在历史的连续性中毁灭了现在的时间。”① 同样，我们可以转而言之，当下不是同类的、空洞的时间，而是充满了历史的时间，历史与现实的无尽纠葛，使得历史成为第三代诗人无法背面不顾的对象，在如何处置历史与表述历史方面，第三代诗人发展了新的书写方向。

20 世纪 80 年代中后期，对历史的开掘与表述成为诗歌书写的热度，诸多诗人开始从历史寻根的角度来锤炼诗句，杨炼、江河式利用历史来抒发民族情绪、追溯文化辉煌的寻根式书写成为一时潮流，一哄而上的历史书写固然切合了甚嚣尘上的文化热，却始终存在拘

① 瓦尔特·本雅明：《历史哲学的论题》，张京媛主编《新历史主义与文学批评》，北京大学出版社 1997 年版，第 36 页。

泥于历史表象、局限于文化阐释的缺陷。“它们仿佛是一篇篇还未理清思路的关于文化思考的论文，粘稠、臃肿、浑浊，在言说中难以回避尴尬的自我遮蔽。”① 与此相比，第三代诗人的历史书写俨然是对杨炼所引导的寻根写作及其附和者的一个有效的反对。在杨炼等寻根诗人那里，“历史是他们的宏大叙事所赖以凭借的载体和价值依附的神性本体”②。正像杨炼笔下的大雁塔，有关它的宏大抒情凝聚了有关历史文化的多重意蕴：

> 我被固定在这里/已经千年/在中国/古老的都城/我像一个人那样站立着/粗壮的肩膀，昂起的头颅/面对无边无际的金黄色土地/我被固定在这里/山峰似的一动不动/墓碑似的一动不动/记录下民族的痛苦和生命（杨炼《大雁塔》）

作为历史的见证、文明的象征，大雁塔的境遇宛然中华民族的命运，其中镌刻着历史的荣耀与苦难，杨炼以大雁塔为基点遨游于千年历史长河，展现历史与现实、理想与衰落之间的对峙、挣扎。而韩东稍后所作的《有关大雁塔》似乎故意对杨炼的《大雁塔》进行了反讽式狙击，不仅缩短了杨炼的长篇巨幅，而且以反历史叙事的姿态消解了附着于大雁塔之上的历史隐喻。在诗的前两行与最后几行，作者以循环的书写方式昭示大雁塔之于人类的历史虚无性：

> 有关大雁塔/我们又能知道些什么……有关大雁塔/我们又能知道些什么/我们爬上去/看看四周的风景/然后再下

① 张清华：《论第三代诗歌的新历史主义意识》，《诗探索》1998 年第 2 期。
② 张清华：《论第三代诗歌的新历史主义意识》，《诗探索》1998 年第 2 期。

来（韩东《有关大雁塔》）

从头至尾，韩东都在强调“我们又能知道些什么”，在此，大雁塔被还原为一座实存的物质风景，仿佛漂浮于时间之上的表层之物，处于它背后的深层历史结构被“又能知道些什么”轻轻拆除掉，作者从沉重的历史文化体系中逃逸而出。显然，就书写策略而言，意在挣脱观念世界的韩东着意于规避历史想象由此规避控制其历史想象的意识形态；毕竟，历史终归是被书写所想象的历史：“我们需要考虑到我们同过去交往时必须要穿过想象界、穿过想象界的意识形态，我们对过去的了解总是要受制于某些深层的历史归类系统的符码和主题，受制于历史想象力和政治潜意识。”[①]或许，正是源于对意识形态控制的极端敏感与本能反抗，韩东干脆让大雁塔成为失去了历史想象的物体，诗人以空无一傍的方式来重新发现大雁塔，书写有关大雁塔的当代叙事：

有很多人从远方赶来/为了爬上去/做一次英雄/也有的还来做第二次/或者更多/那些不得意的人们/那些发福的人们/统统爬上去/做一做英雄/然后下来/走进这条大街/转眼不见了/也有有种的往下跳/在台阶上开一朵红花/那就真的成了英雄/当代英雄（韩东《有关大雁塔》）

诗歌中被剥除了传统历史文化幻象的大雁塔化身为当代人无聊的行动对象，那些不得意的、发福的、转眼不见的人们以其无聊、庸常、无意义的行动解构了历史叙事下被结构的大雁塔，正统的、

① 弗雷德里克·詹姆森：《马克思主义与历史主义》，张京媛主编《新历史主义与文学批评》，北京大学出版社 1997 年版，第 21 页。

被赋予宏大意义的大雁塔就此分崩离析。

如果说，在韩东那里，历史以消解的方式退场，历史之物凸显为去历史化的世俗之物，那么，在柏桦、李亚伟等第三代诗人那里，历史成为洞穿现在与过去的碎片，他们在其中编织、舞蹈，狂欢地嬉戏于历史之中。柏桦的《在清朝》可视为一篇主动靠近正史却又从内部进行重新编织的互文性书写，诗人自言此诗是受费正清的《美国与中国》一书的激发而完成的。不过，诗人并非要将诗歌做成学术著作的一个浪漫笺注，而是进行了创造性叛逆，更趋向于克里斯蒂娃所言的变形的互文性："互文性的引文从来就不是单纯的或直接的，而总是按某种方式加以改造、扭曲、错位、浓缩或编辑，以适合讲话主体的价值系统。"① 于是，在柏桦优雅的编织下，有关清朝的正统叙述被放逐了，边缘性事物以主体的方式浮现出来：无事的牛羊、饮酒的诗人、遍地风筝、长指甲的官吏、古色古香的建筑等，这些破碎的、边缘化的意象被织为诗歌主体，以偏离、变形的方式指涉费正清所描述的清朝，成为清朝的另一幅魅惑面影。2007年，柏桦又抛出长诗《水绘仙侣——1642—1651：冒辟疆与董小宛》，以易代之际的冒辟疆与董小宛为题，醉心于两位历史人物的世俗生涯，着意刻画他们悠游于茶、食之间的"养小"生活。柏桦这类偏离了经世济民、家国大事的稗史式书写，更侧重于宏大叙事下那道长长的生活阴影，它以反中心的方式，不经意地对固有的文化符码进行修正与削弱，其内在的价值或许可以援引海登·怀特对于新历史主义的批评来加以阐释：

> 他们尤其表现出对历史记载中的零散插曲、佚闻佚事、偶然事件、异乎寻常的外来事物、卑微甚或兼职是不可思

① 转引自程锡麟：《互文性理论概述》，《外国文学》1996年第1期。

议的情形等许多方面的特别的兴趣。……因为它们对在自己出现时占统治地位的社会组织形式、政治支配和服从的结构，以及文化符码等的规则、规律和原则表现出逃避、超脱、抵触、破坏和对立。①

当柏桦将历史落实为稗史，绕过沉重的大叙事走向轻逸的小叙事，这种种逃离与躲闪间自然有着对规则与结构的内在破坏与消解。

较之柏桦以偏离的方式所从事的稗史化书写，李亚伟的“稗史化”姿态更为猛烈。他不仅放弃正史叙事，而且直接抡起现代人的锤子，对历史进行随心所欲的锻造，依照个体趣味对历史进行解构与重新编码，历史及其历史人物变成共时的狂欢化的书写符号。在《苏东坡和他的朋友们》一诗中，李亚伟以陌生化的现代眼光对苏东坡等文人进行重新编码，固定的历史形象与价值涵指于其笔下被不断瓦解，直至苏东坡们变成现代人眼里不可通约的“古人”：

古人宽大的衣袖里/藏着纸、笔和他们的手/他们咳嗽/和七律一样整齐//他们鞠躬/有时著书立说，或者/在江上向后人推出排比句/他们随时都有打拱的可能//古人老是回忆更古的人/常常动手写历史/因为毛笔太软/而不能入木三分/他们就用衣袖捂着嘴笑自己//这些古人很少谈恋爱/娶个叫老婆的东西就行了/爱情从不发生三国鼎立的不幸事件/多数时候去看看山/看看遥远的天/坐一叶扁舟去看短暂人生……（李亚伟《苏东坡和他的朋友们》）

① 海登·怀特：《评新历史主义》，张京媛主编《新历史主义与文学批评》，北京大学出版社1997年版，第106页。

作者充分发挥了稗史的想象力，着重于从咳嗽、捂嘴偷笑、谈恋爱等想象性的日常生活入手，掏空了历史人物内在的沉重感、崇高性，饱含文化意蕴的历史人物被矮化为庸常、无聊的古人形象，降格的喜剧化书写让一切变得轻松而有趣。第三代诗人如此热衷于稗史化的书写方式，究其原因，姜涛认为："稗史的吸引力，或许也拜二十年来诗歌群体自动稍息一边的文化位置所赐：稍息造就了边缘，边缘构成一种限制，但同时也构成了特定美学享乐主义、犬儒主义之前提：既然诗歌的想象力无法承担严肃的伦理责任，那么在见证、反讽、观察的位置上，想象力自然可以逸乐、自由为名，使一切轻逸化为风格，让历史在碎片中有趣，这已是当代诗歌美学正确性的一部分。"①

于不断拆解、重构、消解历史的狂欢化书写中，第三代诗人似乎对过去时间产生了绝对控制，并由此发散出自由奔放的想象力，然而这种放纵的历史书写由于过于轻逸，难免会堕入历史虚无主义的泥淖。

三、失去象征的时间符号

人神交汇的古典时代，人与自然、人与时间的关系趋于全面象征化，朝暮、旦夕、春夏秋冬，诸类出没于诗歌中的时间符号，天然隶属于固有的象征语义系统，成为不言自明的象征体；而随着现代工业文明联袂革命意识形态的强势进入，技术性的、意识形态的力量打碎了古典象征体系并重新缔造了具有普泛性的象征符号，清

① 姜涛：《"历史想象力"如何可能：几部长诗阅读札记》，《文艺研究》2013 年第 4 期。

晨、黑夜、春天、冬天等时间符号在共和国新诗的抒情系统内成为意识形态的聚合体，被赋予了新的象征意义。顾城的《一代人》之所以人人传诵，离不开黑夜、光明等词语符号所聚集的强烈的象征性，它以简约、浓缩的语言概括了一个时代的悖乱与劫后余生的希望。“黑夜给了我黑色的眼睛，我却用它寻找光明”，“黑夜”这一时间符号的涵指显然隶属于笼罩性的革命话语象征体系内，“通过其记号的统一性和阴影部分，强行加予一种在被说出以前已被构成的言语形象”①。“黑夜”由此成为前在的意识形态结构、读者不约而同承认的象征性符号，并被赋予了强大的所指力量；与之类似，作为黑夜、冬天的反义词，春天、黎明等时间符号往往可与希望、美好、未来等名词相置换，它们频繁出现于新诗创作中并自动浮现为意义坐标，以至于这类耳熟能详的时间符号往往堕落为贯彻意识形态的自动符号，成为对时间的一种陈腔滥调；不可讳言，新诗中的时间符号因密不透风的重重指涉正演变为被污染、被束缚的象征体。

矢志打破意识形态屏障的第三代诗人对重重遮蔽下的语言有着高度警惕，韩东喊出了“回到语言自身”的口号，四川的“非非”则试图通过感觉还原、意识还原、语言还原来逃避知识、思想与意义，这类针对语言污染而发生的激烈否定与罗兰·巴尔特的语言反思类似：

> 我已不再能够只在某种延续性中发展写作而不致逐渐变成他人语言和我自己语言的囚徒。一种来自一切先前写作以及甚至来自我自己写作历史的顽固的沉积，捂盖住了

① 罗兰·巴尔特著，李幼蒸译：《写作的零度》，中国人民大学出版社 2008 年版，第 14 页。

我的语词的当前声音。①

当语言沉积落实至时间符号并成为捂住诗人语言的那双巨手，第三代诗人不惜以驱赶乃至蚀空的方式来祛除时间符号内部的象征累积；他们首先摧毁了古典诗歌时间内部的情感象征体系，积淀于季节时间内的物是人非、感时伤世的喻指被统统斩断了，春秋四季、黎明黑夜等时间标记脱落了披挂于自身之上的层层情感装饰，还原为诗歌内部空洞的语言标记，一如韩东书写的春天：

天气已不再寒冷/我可以读书到深夜/但苦于这里的寂静只是寂静/我听不见各种春天的事物/在夜间活动发出的声音/我有时候似乎睡着了/我的灵魂也要来到千里之外（韩东《春天之四》）

诗人消解了传统象征体系内的春天之所指，充满力量的春天在此变得无力，“我听不见各种春天的事物”，“春天”作为季节符号所表征的希望、欢快等情感装置因“听不见”而失效，它仿佛只是诗歌中一个作为外在标记的时间符号，诗人在其中“似乎睡着了”，并神游于与春天无关的世界。这首诗可以看成第三代诗人与时间关系的一个巨大的隐喻，即时间符号内部累积的历史、情感的意义在第三代诗人的写作中已被蚀空，时间符号的象征意义不再自动生成而转变为无意义的空洞符号。与韩东的春天相对照，柏桦的《春日》书写了一个春天的下午，同样，有关春天这一季节的象征性情感被有效祛除，“春日”成为一个具体而暂时的场景、诗中的一个仅呈现

① 罗兰·巴尔特著，李幼蒸译：《写作的零度》，中国人民大学出版社 2008 年版，第 13 页。

能指的标记，诗中展开的情节成为“春日”这一符号内部客观流动的画面：

> 你，一个眺望风景的人/正站立水中的小桥/继续你的眺望//远方，在古代的城门下/汽车运送着游客/勤奋的市民打扫着店铺//音乐在那儿/倒影的日落在那儿/旌旗、红墙、绿树在那儿（柏桦《春日》）

阅读上面的诗句，读者有关伤春、惜春等习惯性的情感期待难免落空，附着于春天之上的意义所指已然被诗人抽离，一系列事物与人，如勤奋的市民、游客、红墙、绿树，它们宛然罗兰·巴尔特笔下的语言自足体，“诗中字词的迸发作用产生了一种绝对客体；自然变成一个由各垂直面组成的系列，客体陡然直立”[①]，绝对客体的凸显以消解惯常情感的方式重组，它们以“在”的姿态成为失去了指涉的春日的全部存在。

第三代诗歌不仅主动消除了附着于时间之上的情感象征，而且有意识地与革命象征语系下的意识形态相切割，毕竟，第三代诗人集体出场之时，社会生活的世俗化正在加速，意识形态无所不在的压力正变为需要挣脱的藩篱。面对日益分化的现实，第三代诗人所遭遇的时代经验与朦胧诗人不再相同，朦胧诗那种过多纠缠政治的时间体验模式不再富有吸引力，第三代诗人普遍采用一种祛魅的非意识形态方式来书写有关时间的诗篇。以冬天的书写为例，在朦胧派诗人笔下，“冬天”作为一个季节符号，它从来不是自在自为的存在，而负载了情感的、意识形态的多重指涉，阅读北岛的《走向冬

---

① 罗兰·巴尔特著，李幼蒸译：《写作的零度》，中国人民大学出版社 2008 年版，第 33 页。

天》，我们不难发现，冬天在北岛笔下是一个意义高度归纳的象征性符号：

走向冬天/在江河冻结的地方/道路开始流动/乌鸦在河滩的鹅卵石上/孵化出一个个月亮/谁醒了，谁就会知道/梦将降临大地（北岛《走向冬天》）

冬天，几乎笼罩了全诗的基本抒情走向，与雪莱的“冬天来了”类似，它成为诗中潜指愚昧时代的一个象征符码，也隐含着对于时代希望的倔强寻找。在批判与寻找相纠缠的意义语域下，乌鸦、月亮、梦作为超现实的诗意存在物，其指向始终不离冬天所带来的寒冷与希望，它们共同建构了一个内涵确定的意识形态集合体。这种内在于意识形态的对时间符号的象征性运用在朦胧诗中已成惯例，因而，杨黎的《冷风景》所勾勒的那个漠然的、自为的冬天，仿佛一柄利刃，刺破了新时期以来意识形态对于时间的遮蔽。独立的时间符号从社会话语的网络里脱落下来，社会性时间还原为物性时间，冬天被杨黎还原为一个罗兰·巴尔特所言的“记号”：“一旦消除了固定的关系，字词就仅仅是一种垂直的投射，它像是一个块状整体、一根柱石，整个地没入一种由意义、反射和意义剩余所构成的整体之中：存在的只是一个记号。”① 其中出现的街道、扫地人、灯光，它们只属于事物本身，被放置在冬天这个时间范畴下，构成一幅客观图景：

这会儿是冬天/正在飘雪//雪虽然飘了一个晚上/但还

① 罗兰·巴尔特著，李幼蒸译：《写作的零度》，中国人民大学出版社2008年版，第31页。

是薄薄一层/这条街是不容易积雪的//天还未亮/就有人开始扫地/那声音很响/沙、沙、沙//接着有一两家打开门/灯光射了出来（杨黎《冷风景》）

这里没有伤时感世的哀伤，没有“冬天到了，春天还会远吗”的希冀与豪情，这幅冬景图是客观、唯物的，是平凡的事件流中的一段。它不产生外在于自身的更高意义，它的存在正像法国新小说家阿兰·罗伯—格里耶所言：“世界既不是有意义的，也不是荒诞的。它存在着，如此而已。”① 冬天通过诗人返璞归真的勾勒返回到自身的透明中来。

当时间的象征性被祛除，时间从重重叠叠的情感的、意识形态的、历史的语境下浮现出来，成为自己，回到了自身。时间在第三代诗歌中变得轻松、透明，去象征化的时间在第三代诗歌中不再是一个特殊的负担沉重的象征符号，而成为卡西尔所说的一个永不停歇的事件之流的某一段：“即使时间，最初也不是被看作人类生活的一个特殊形式，而是被看作有机生命的一个一般条件。有机生命只是就其在时间中逐渐形成而言才存在着。它不是个物而是一个过程—— 一个永不停歇的持续的事件之流。”②

结　语

如果说中国古典诗词的时间诗学不离感时伤世，是“昔我往矣，杨柳依依”“感时花溅泪，恨别鸟惊心”；那么，随着新文化运动及

① 阿兰·罗伯—格里耶：《未来小说之路》，《当代外国文学》1983 年第 1 期。
② 恩斯特·卡西尔著，甘阳译：《人论》，西苑出版社 2003 年版，第 86 页。

其现代工业文明的全面进驻，基于对进化论理念下现代时间的重新认知，无限趋于进步的线性时间理念成为中国新诗叙写的内在线索，并延续为共和国新诗的主流模式；而自第三代诗人始，现代性维度下的时间理念开始被颠覆，一种基于新的经验而产生的时间诗学成为第三代诗歌普遍的内在结构。对线性时间的摈弃、时间符号的空洞化、对历史的解构等，诸类有关碎片化的时间书写形成了第三代诗歌内部新的时间景观，并由内而外地改变了诗歌的意识形态、语言及其意象，造成了我们所言的“断裂”景象。当然，这种新经验之发生并非凭空而降，其社会学原因或许可以援引伊丽莎白·福克斯—杰诺韦塞的判断来概括之：

> 生活在这样一个相对主义的时代，生活在现代高科技的后资本主义世界中，生活在骚动不安又互相牵制的地球上，我们的文化中那些公认的关于秩序、因果性、主客体等的认识已远远不够了。我们大多数人对世界的复杂性、不确定性和不可预测性都太熟悉了。它们统治着我们的世界，并颇见成效地打碎了我们试图建立事物体系的渴望。①

在这么一个相对主义时代，第三代诗人无可避免地被裹挟其中，境遇之变所带来的骚动与不可预测，让他们如无根的浮萍沉浮于时代风雨中，于是，新经验下有关新的时间诗学随之摇曳而生。

2016 年

① 伊丽莎白·福克斯—杰诺韦塞：《文学批评和新历史主义的政治》，张京媛主编《新历史主义与文学批评》，北京大学出版社 1997 年版，第 60 页。

黄礼孩诗歌论

当代诗坛上，黄礼孩的身影总是若隐若现，他从未进入过辉煌的旋涡，但也从来不会被人忘却。在念起与文学有关的美好事物时，他一直沿着诗歌小径挺进的背影总让你牵挂；当朝外的心要往更广阔的地方退去时，你更不能忘记他那些温暖纯粹的抒情诗。诗评者荣光启称他为“幽暗世代的光明之子”，我想，黄礼孩的光明不仅在于他诗歌形态的明亮，字里行间散发着宗教般的精神光芒，也离不开诗人追求光明生活的生命实践。诗歌及其诗人本身所呈现的明亮品质，常常让彷徨于时代内部的我感到一种巨大的安慰，这份情愫的产生或许仍要指向时代语境这个绕不开的老话题，可以说，自20世纪90年代以来，甚嚣尘上的商品经济大潮已昭告了这个开始四分五裂的时代，发生过的和正在发生的告诉我们，这不再是一个总体性的时代，不再是一个理想主义的时代，更不再是一个诗歌的时代，诗人们已退入不断被边缘化的世纪阴影中，成为金色物欲中的那点空白，“一切都四散了，再也保不住中心，/世界上到处弥漫着一片混乱”（叶芝）。混乱年代的诗歌随着诗歌“口语化”的呐喊、“下半身”的卖力舞蹈，似乎也走向了一个溃散的混乱之中，理想与激情悄然远遁，诗歌书写与诗歌欣赏已日益成为边缘化的小众活动，以致只有“梨花体诗”“羊羔体”等类似娱乐八卦的新闻才能激起人们对诗歌的重新关注，“诗人何为”的疑问与期待再次在新的语境下敲响它的警钟。显然，要在这混乱中坚守诗歌的道义与美德是令人沮丧的，然而正因如此艰难，黄礼孩在诗歌道路上持续不断的努力才让人尊重并感到安慰。在被人视为商品大潮浊浪滔天的广东，黄礼孩就像一阵清风，一个具有启示性与挑战性的绝对存在。他的意义不仅在于他坚持数十年独自穿越黑暗与贫穷，创办了享有“中国第一民刊”声誉的《诗歌与人》，更在于他作为一名从不懈怠、从来警觉的诗人，持续地表白了诗人最充沛的理想与坚持的力量，持续地坚持着诗歌的高度与纯度。我想，关注他就仿佛在关注我被尘埃掩埋已久的内心高地。

一、诗歌的朝圣者

90 年代之后的变化不仅内在于社会经济层面的转折，也内在于诗歌命运的转折。市场经济的崛起，一方面导致了大众文化的汹涌前来，另一方面则是理想主义精神的失落与诗歌的日益边缘化，80 年代那种充溢着启蒙精神的理想纷纷成为 90 年代诗人诟病的对象，拒绝深度、解构崇高、回归平庸等诗歌理念成为新一代诗人不约而同的选择方向，诗歌跃身飞下神坛，仿佛成为这个日益平庸的社会的一个注释。在这个背景上，黄礼孩对诗歌近乎信徒般的崇敬与狂热，不啻有着“虽千万人，吾独往矣”的气度。无论在有限的记者访谈中，还是在诗歌理论的阐发里，黄礼孩总反复强调诗歌的神圣性。在纲领性的诗歌宣言《完整性诗歌：光明的写作》中，他以信徒般执着的语气如是说：“诗歌是一门伟大的艺术，它除了技术上达到浑然天成，精神上更应成为人类的明灯。这才是我们呼唤并景仰的美轮美奂的伟大诗歌，伟大的诗歌肯定又在知道并帮助人类建设自身，消除黑暗达到精神的完整，这无疑是人类的光明。”[①] 在黄礼孩心中，诗歌高蹈于文学世俗功能之外，它所衍生的意义与宗教等同，是光明、神圣的代名词，有着指引人类走向光明、消除自身黑暗的指路明灯的功用。

这种对诗歌神圣性的诉求，首先表现在黄礼孩对诗歌的一种绝对精神的信仰上，怀着对于诗歌这种宗教般的信念，黄礼孩在不少诗作中以颂歌的方式抒发了一名信徒的决心与信念，在有关良知、承担、意义等终极性追问与思考中，呈现了一名与世俗名利隔绝的朝圣者的书写伦理。在《谁跑得比闪电还快》一诗中，黄礼孩表达了他圣徒般孤绝的姿态，“我要活出贫穷/时代的丛林就要绿了/是什么沾湿了我的衣襟”。诗句道出了一种平静又高傲的精神自况：远离时代的侵蚀，通过坚守理想的生命实践来对抗人类生活的顺流而下。我相信，一个在追求富裕与舒适的社会中坚持活出贫穷的人，必然是不被世俗规则所羁绊的人。在诗歌日益边缘化、诗人几乎成为“痴人”、无以谋生的弱势群体等代名词的时代，很多诗人在现实挤压下要么纷纷逃离诗歌堡垒，要么也自觉回避了诗歌中的重的层面，与消费社会、商品经济开始了暧昧的媾和，而黄礼孩却义无反顾地与这个时代背道而驰，将自身全身心投入诗歌事业这么一个巨大的旋涡里，他成为一个在商品时代逆流而行的独行者，一个在歌颂金钱的时代里歌颂贫穷的边缘人。

《困顿》《火焰之书》等诗有如诗人的精神宣言书，面对商品经济、消费理念顺流而下的时代大潮，他以“吾将上下而求索”的信念，向着诗歌的精神高地逆流而上。《困顿》一诗里跳跃着诗人一颗化作春泥更护花、虽九死而不悔的信徒的心灵：

---

① 黄礼孩：《完整性诗歌：光明的写作》，《诗歌与人》2003 年 7 月号。

秋天之后枯叶又深了一些//野兽惊骇的表情/很快消失在灌木丛中/我不属于别人/我有着信徒的生活/我依然暧昧/爱上时代的困顿/我从来不隐藏自己的恐惧/那些陌生的落叶/因为春天/它又称为地上的礼物

读到这首诗，我不能不想起黄礼孩在现世生活中似乎困顿的生活，在喧嚣凌乱的广州沙河顶，黄礼孩数十年如一日地坚持着诗歌杂志的编纂与传播。为了应付各项开支，他不断给各类演艺活动写台词、为各种文化公司写策划稿、为出版社打工，忙碌如斯以致他在诗中感叹，“我还没来得及悲伤/生活又催促我去奔跑”（《谁跑得比闪电还快》）。而他这样无暇悲伤的奔波劳苦，所赚的金钱只不过为了他的诗歌理想，为此，数十年来，他一直过着与他收入不相称的清贫生活。在这个以金钱、权力为标准来衡量人生成就的时代，黄礼孩这种为了供奉诗歌而甘愿清贫的生命实践，的确算得上是很多人眼里的“困顿”，清苦而寂寞的状态远远遁离了人们所孜孜追求的时代生活。在这个诗歌日渐沉寂的年代，黄礼孩数十年的坚持也并未给他带来尘世幸福的报酬，这样辛苦，又这样甘愿，这种“信徒的生活”让我想起了那些终年奔波在朝圣途中的教徒们，忍饥挨饿、跋山涉水，却满怀希望和爱。在最新版的诗集《热情的马祖卡》中，诗人将《火焰之书》放在最末，这仿佛是一个总结，也是一个昭告：

暮色透着薄薄的光/愈来愈近/我承担着今天的一切/旋转的早晨/落日一样平静/像神的故乡/明天再柔弱的大海/也会升起太阳/海底的火焰之书/纵容了我的心/动身去朝圣

面对即将降临的暮色，黄礼孩静静承担着一切，没有大声抗议或者自怨自艾，不管此时如何，诗人心中仍然有着对明天“升起太阳”的信念，有着对“神的故乡”不灭的信仰。他如一个坚韧而又痴迷的圣徒要“动身去朝圣”，朝圣对于朝圣者而言，往往必须践行两重意义。一重是信，还有一重则是以尘世的生活予以实践；信，源于对神性的信任，它是朝圣者的精神源泉；与此同时，朝圣者跟一般信徒不同之处在于，他们不仅信，而且用自己的生命实践来实施这份虔诚。当遭遇荒郊野岭那些衣衫褴褛却精神矍铄的朝圣者，我们能深刻感觉到他们身上焕发出的快乐与满足，并深刻震慑于宗教的精神力量。因此，当我遭遇黄礼孩的生命个体以及他的诗歌书写，一个诗歌朝圣者的形象在我脑海中经久不息地闪烁，他对诗歌那宗教般狂热的信仰与执着的生命实践，是一个时代精神坚守者的折射与映像，是诗人理想主义精神的重新张悬。黄礼孩的有关圣徒的自许及其对朝圣的强调，由此衍生了一系列闪光的精神谱系：以一种逆流而上的姿态抵制时代与历史的双重侵袭，通过诗歌的力量来反抗人类生活中江河日下的世俗化洪流。可以说，作为诗人与作为生活的人，黄礼孩是雅斯贝斯所说的那种人格与诗合一的人，执着、明亮、偏离世俗形态而不断向精神高地朝圣的生命实践，使得他的诗歌有如生命中自然散发出的一道光，充溢着纯粹的精神质地。

二、靠近圣诗的吟唱

在缺乏宗教意识的语境下，提及作家的宗教精神总让人觉得可疑，然而，不可否认的是，宗教所涵括的精神维度与价值取向对作家精神的照亮已经不是秘密。一个作家可能不是宗教徒，但生命经验中相关宗教行为的耳濡目染，有关宗教教义的思想触摸，会成为他日后面对世界时不自觉的精神攀援。黄礼孩从未承认过自己是基督徒，只是在《祖母》一篇短文中提及祖母的基督教信仰和儿时有关宗教的感性经验，但毫无疑问，幼时随祖母去教堂做礼拜、聆听圣歌的经验已经深深内化为诗人生命的一部分："而祖母带我去做礼拜却所走的是一条神秘的道路，让我幼小的心灵早早学会去敬畏大自然。童年的爱，是神预备的一份礼物，让我享用一生。"这种宗教经验在黄礼孩日后的诗歌生涯中，仿佛成为始终使他激动的神秘之音。在黄礼孩诸多明亮纯粹的诗作中，我们不难看见基督教精神与诗人之间的隐秘联系，这种联系不仅凸显在诗句中有关"天国""教堂""赎罪""感恩""福音"等反复出现的圣诗式的语汇里，也呈现为他诗歌世界所弥漫的神性诉求。那些轻灵干净的诗歌永远弥漫着一种超越当下，与天国、诸神有关的心灵光线，成为回荡着爱与赞美的圣歌。

黄礼孩的诗总是给人一种无法在尘世长久停驻的超越感，追随他的诗句，必然步入一个镌刻着永恒价值与神性之美的境地。就算诗人在尘世万物上有着或深或浅的逗留，但这种亲近，不是为了与万物合为一体，而是为了从中发现某种超越性本质，"相看两不厌，只有敬亭山"这类人与山水自然相交相融的古老体验在诗人这里难觅踪迹，黄礼孩所亲近的万物俨然是神所缔造的万物，平常事物在诗人眼中焕发出宗教般形而上的光芒："白杨树是世界的面目/阳光潜伏在它的身上/披上天国的衣裳"（《天国的衣裳》）。白杨树在这里不再作为自然的一部分而存在，在它的绝对存在里包含了世界的全部，并通过自身指向神，显然，诗人对它的观看，是一种贯注了虔诚的宗教式的仰望。诗人与白杨树在诗歌中并非物我混淆的结合体，而成为分裂的对峙物，诗人必须以仰望的方式通过白杨来看清"世界的面目"。同样，在《种树》这首仿佛圣诗般的吟咏中，"树"宛然成为神谕化身，成为尘世中人得以救赎的神圣通道：

旷野的花在大地消失了/果实腐败枯干/它比石头的指纹还要坚硬/神说，在此地种上树木/让困苦贫乏的人寻到水源//我种下树，一道道祈祷文/到达那已被无数次想象的天堂/绿叶上的光芒，追逐着风暴/风暴啊，你雨水的心肠/要在这荒芜的旷野走遍//遗落在旷野上的绿宝石/远远地被路过的人看见/他们在这里停下来，掘出来泉眼/他们中那人说："神啊，我的心切慕你，如鹿切慕溪水。"//那死里逃生的人/脱离了恶和恨成为义人/还有我的心和所有的心/它们迟钝，但被泉水穿过/那银河上来的隐秘声音/仿佛又来自人间新筑的鸟巢

万物凋零，困顿的人类死里求生，要想获得救赎，必须按照神的指令种下神谕般的树木。于是，自然中的绿树在诗中成为人类的祈祷文，成为人与神对话的重要通道："我种下树，一道道祈祷文/到达那已被无数次想象的天堂"。诗人笔下的万物，不再是未经精神笼罩过的原始之物，更不是可被任意操控的无生命之物，它们不但生命充盈，而且沐浴在神的光辉之下，是引领人类向上的神性之物，从中涌动着救赎人类的力量。在这里，人与物的关系成为一种具有上下之分的层级关系，被神所亲吻过的物成为人亲近神的中介物，是高于人之上的"物"。这就不难理解，诗人为何在大量诗作中总是以虔诚与谦卑的姿态去靠近那些细小平常之物："我一直在生活的低处/偶尔碰到小小的昆虫/当它把梦编织在我的头顶上/我知道再小的昆虫/也有高高在上的快乐/犹如飞翔的翅膀要停栖在树枝上"（《飞鸟和昆虫》）。"低处的小昆虫/在细叶间做梦/嘘，不要让它们醒来/我们不比它们更懂得去生活"（《我们不必它们更懂得去生活》）。这种因对神的信仰而放弃了人类自大意识的基督徒式理念，使得诗人笔下的"物"成为充满启示与绝对意义的事物，诗人在遭逢它们时，

总是于谦卑的自省中获取神启的重要力量。

黄礼孩说他的诗歌口袋“一袋装着甲壳虫、村庄、河流、野花、飞鸟；一袋装着善良、感恩、怜悯、爱恋、激情、勇气、坚毅”①。无疑，这些美好的事物与品质都衍生于黄礼孩诗歌中的核心词源“爱”，它不仅源于“爱情”“亲情”，更源于对一切生活的“爱”，“生活给我的荣光/我将永不妥协地去爱”（《晚安》）。“爱”是基督教的核心教义，据《圣经》所言，爱是上帝闪耀于十字架上的真理，它启示人们，只有爱才是生活的法则。因此，当诸多诗人在以苦难为音符编织诗歌，并沉溺于苦难所带来的光环时，当质疑爱与善成为一种普遍书写方式时，黄礼孩不仅要永不妥协地肯定爱，更要将爱提升到人类生活形式的最高处，以爱的光明来消除黑暗：“黑暗也有通道/你爱过/因为爱，是死亡唯一害怕的眼睛”（《爱是死亡唯一害怕的眼睛》）。仿佛圣徒的死亡被圣光所照亮，从诗人心灵的眼睛看来，“爱”必将照耀死亡。从哲学层面而言，爱，是人类在活着的时候能够超越肉身而达到形而上境界的重要通道，同理，死亡是人类离开肉身而进入永恒的必然形式。从这一点而言，爱与死之间有着息息相通的本质，黄礼孩以诗人的敏感直接进入到有关爱与死的本质性思考中，在他明亮的内心，爱所达到的形而上超越了死亡所带来的必然黑暗，爱的光明照亮了混沌的死亡。这种对“爱”的信任在于心有大爱，面对黑暗和伤害，黄礼孩不是抱怨、发泄和诅咒，也没有讥讽和嘲谑，他采取的态度是“信”，并用温暖的爱来昭示这一切：“在那贫穷的村庄，请相信稻草上的笑脸/请献出紫檀的芳香/请与那些初次向往远方的孩子攀谈/跟他们描述理想国/还有大地上的爱”（《攀谈》）。黄礼孩从尘世的种种困扰与苦痛中抽身而出，以信徒的方式，相信并向往着爱的“理想国”。

---

① 黄礼孩：《前言》，《我对命运所知甚少》，海风出版社2004年版，第1页。

值得注意的是，在洋溢着基督教精神的诸多吟咏美与爱的篇章中，“孩子”娇小纯洁的身影总随时出没，他们成为圣诗般诗歌旋律中的一个精灵式意象。有时，孩子在黄礼孩的诗中化身为飞扬的天使，从金色的天国向诗人遥遥招手，启示着神界的光明与美，成为诗人心中接近于神的象征：

> 天国在孩子们中间/在四季明净的底部飞扬/他们小小的手飞出光线/声音跳跃 竖琴美满/人间的歌唱坐在门槛上/孩子们/围着古老的星斗跳舞/他们献出新乐园的谦卑/这些无限小的神灵/一直在那里（《天国在孩子们中间》）

它宛然教堂里的一首圣歌，在光明、美丽的词汇舞蹈中洋溢着祈祷的回音，孩子们幻化为诗中的天使和发光的音乐、星斗的舞蹈一起，勾勒了一幅有关天国的黄金图画。显然，孩子在诗中洋溢着神性的美感，他们天然地与超拔于尘世的天国融为一体，这让我想起了《圣经·马可福音》里耶稣对小孩的赞美：“让小孩到我这里来，不要禁止他们，因为在神国的，正是这样的人”，“凡要承受神国的，若不像小孩，断不能进去”。小孩在《圣经》里是清洁与正直的化身①，在黄礼孩诗歌书写中，小孩作为其中的核心意象，也有着同等的隐喻功能。诗人所缔造的这些谦卑、无限小的孩子，他们作为神的宠者，以神灵的姿态飘扬于天国，成为人类纯粹之精神的象征，有时他们纤巧的身影化身为红尘中的精灵，为疲惫挣扎的人们点燃靠近神的信仰之火：“一个女人木然拾起作业本/她叫出的名字没有应答/她看见一个个嘴含薄薄花瓣的孩子/沿着梯子爬到云朵之上/主啊，让他们走吧/他们爬上来了/他们要奔走在群星之外”。

①《圣经·箴言》中说：“孩童的动作，是清洁，是正直，都显明他的本性。”

(《群星之外》）诗人抒写孩子，不仅因为在耶稣那里是最清洁、最正直，是离神最近的人，还在于孩子是人之初，是最本质意义上的“人”。他生存于神界与俗界的交界处，在葆有神性的同时仍负有人最初的原罪，在孩子身上，他的自然性最能体现人先天所背负的罪孽与阴影：

夜从海的斜面飞过/光线被流放/陪伴着赎罪的人//用不着伤心/阳光磨过的伤口/对自己露出的痛/藏在肌肤里//一个永不过去的旧时代/它比海水更幽暗/背负阴影的小孩/在静默里露出自己的美丽和哀愁（《小孩走在静默里》）

基督教中的原罪意识成为控制这首诗歌的主导理念，在原罪说中，人先天地被烙上了“罪行”，如《旧约·诗篇》所言“我是在罪孽里生的，在我母胎的时候，就有了罪”，先天背负的罪孽成为人被放逐于天堂之外的根本原因，这种浓郁的宗教意识笼罩着黄礼孩。诗歌中的小孩由此成为背负阴影的行走者，背负着作为人的不可避免的宿命，然而，承担罪孽时，诗人没有让小孩挣扎于无奈与反抗之中，而是于静默中露出美丽和哀愁，呈现出基督徒式的温顺与平和。孩子的这种“人”性有时使得诗中的他们会无望地被席卷于命运的旋涡，覆盖于孩子之上的爱抑或黑暗，皆因神的旨意，悲欣交集成为人之初无可抗拒的宿命。面对宿命，诗人采取的仍是基督徒式的承受方式，他化身为吟唱福音的孩子，在命运跟前低下了感恩的头颅：

小孩的牙齿轻轻咬着/时间的手指/这薄薄的花瓣有些痛/七个小矮人离我们很远/无人知道，命运躲在暗处/小孩的手指被施入福音/开出感恩的花朵/远方的眼睛像水一样

蓝起来（《手指》）

如童话一样灵透空旷的抒写中，黄礼孩以感恩的方式朝命运致敬，面对躲在暗处的命运，他没有召唤强大的主体意志去奋力“扼住命运的喉咙”来彰显人的力量，也没有低到尘埃里去哀叹无法掌控命运的无力。诗人始终虔诚而充满信念，面对黑暗仍俯身感恩，这让我想起《旧约》中受难的约伯，他虽然遭受命运的重重考验，仍然虔信主的光明，并以平和之心承受一切厄运，而清白无辜的孩子就如清白无辜的约伯，即使身陷泥淖，仍于信仰之光中绽放感恩之花，这种源于爱与信的感恩之光足以照亮暗处的命运。诸神退隐的时代，黄礼孩却在说神道圣；在相信人定胜天的时代，黄礼孩却在向命运感恩。这种洋溢着神性之美的诗作，就如暗夜里的一道光，面对无边的时光诉说诗人内心的神圣，它恍然应和着海德格尔的喟叹：“在贫困时代里作为诗人意味着：吟唱着去摸索远逝诸神之踪迹，因此诗人能在世界黑夜的时代里说神道圣。”①

三、以轻的方式存在

圣诗的形态多是轻盈而飘逸的，它们漂泊于教堂的穹顶之下，以轻逸的方式带领聆听者遁往天国。黄礼孩这些有着圣诗气味的诗作，不仅在精神线条上与之有着相似性，而且在诗歌的存在方式上，也有着与之类似的轻盈性。这种轻的诗歌质地，自然不是精神稀薄的空虚，不是语言戏谑的轻松，更不是情感失重的轻薄，在我看来，这种“轻”的内在美学意义更符合卡尔维诺在《未来千年文学备忘

① 海德格尔著，孙周兴译：《林中路》，上海译文出版社 1997 年版，第 276 页。

录》中所言的“轻”：“轻是与精确和坚定为伍，而不是与含糊和随意为伍。”① 卡尔维诺从语言审美的角度把文学分为无重量的和有重量的，“数百年来文学中有两种对立的倾向在互相竞争：一种是试图把语言变成无重量的元素，它像一朵云那样漂浮在事物的上空，或者不如说，像微尘，或者更不如说，像磁脉冲场。另一种是试图赋予语言重量、密度，以及事物、形体和感觉的具体性”②。面对西方文学“重”的传统阴影，卡尔维诺坚定地肯定了“轻”文学的美学意义，并从文字肌理、微妙元素作用、轻的视觉形象等三个层面阐释了轻的文学价值。毫无疑问，卡尔维诺的这种提法为我们重新审视黄礼孩那些篇幅小巧、语言精微、情感内敛的作品，提供了一个重要的理解通道。毕竟，试图赋予语言以重量的宏大型写作曾是中国现当代文学的主流传统，几乎成为当代作家创作中无法回避的阴影，因此，黄礼孩这种“轻”的书写，不仅成为他自身书写的重要铭刻，也成为当代诗歌文本中一种特别的书写方式。

固然，黄礼孩诗歌的“轻”，多因为大量的短章式的书写被不少评论者惯以“纤巧”“精致”来称呼，成为显而易见的“轻”的形式，然而，简洁的短章形式无疑只是诗歌最表层的外壳，根本不能彰显诗歌轻逸诗性的独特之处。为此，本章要考虑的是，如何结合卡尔维诺所谈的“轻”的美学含义来把握黄礼孩诗歌的“轻”的特质，我想，以下三个层面的精微阐析或许会在某种程度上揭示其诗歌“轻”的存在方式：一是语言的轻，二是意象的轻，三是思虑与情绪传达的轻妙。

诗是诗人对语言与存在的双重发现，王光明说：“20 世纪中国

---

① 伊塔洛·卡尔维诺著，黄灿然译：《新千年文学备忘录》，译林出版社 2009 年版，16 页。

② 伊塔洛·卡尔维诺著，黄灿然译：《新千年文学备忘录》，译林出版社 2009 年版，第 14—15 页。

诗歌最大的问题仍是语言和形式的问题，汉语诗歌的发展必须回到这一问题中建构，才能使诗歌变革加富增华，而不是因变而益衰。”①作为一名有良知与悟性的诗人，语言往往成为其一生执着的追求，对于这一点，黄礼孩有着清醒的自觉。在十几年的诗艺探索中，他努力消除语言的重量，在语言策略上始终坚持轻逸的语言美学，在他的语言择取中，我们会发现其中漂浮着大量富于“轻”之回响的形容词和副词，诗人毫不掩饰对“小”“细小”“微”“轻”等轻细词汇的癖好，通过形容词与副词的修饰与限定，诗中的语言仿佛被抽空了重量，变得轻灵而纤细。如“一只小兽从草丛穿过/我与它隔着一米月光的距离”（《小兽》），在“兽”这一有着野性与力量含义的名词上冠以“小”的修饰，兽便在诗中变得精致，产生了变形的效果，经过打磨的兽与阴柔的月光形成了美的契合。又如“夜的翅膀/在黎明时分摇动迷人的尾巴/比小天鹅更灵气十足”（《露》），在天鹅等表征了高贵的词汇前面予以“小”的限制，“天鹅”这一词的所包含的“高贵”重量被削减弱化了，它身上所负有的惯常的精神重量被人为减轻了，变成诗中灵气十足的夜晚精灵。“轻”的修饰方式俨然是诗人惯用的手法，诸如此类的诗句层出不穷。如“它要通过黑暗的门/取下一棵小树的耳朵”（《安静》）、“低处的小昆虫/在细叶间做梦”（《我们不比他们更懂得去生活》）、“想你的时候/轻轻地合上了眼睛”（《礼物》）、“有低低的喘息/像叶子就要飞起”等诗句，也因为“小”“轻”“低低”等轻细词语的修饰，诗句失去了现实中的重量，成为可以随着气流漂浮的词语羽毛，以一种轻柔的方式展开了诗人那颗漂浮于滞重之上的敏感、温柔的诗心。

黄礼孩消除语言重量的方法还体现在他将内在体悟与外在世界、个体想象与客观事物有效地编织于自由漂泊的语言之中，在能指与

① 王光明：《现代汉诗：反思与求索》，作家出版社1998年版，第30页。

所指、本体与喻象之间轻巧滑动，来营造诗人专制性幻想下被变轻的巨大事物。诗人写粗犷的胡杨林是“风吹胡杨林/金色阳光的睫毛”（《胡杨林》），将风中的胡杨林比喻为极其纤细的睫毛，这种在本体与喻体之间自由漂浮的想象力，构成了将外在世界纤敏化的语言链条。戈壁滩上粗粝的树木幻化为纤美的意象，诗句因此变得精致而清澈。这种着意从重的意象中抽空重量的语言魔术也体现在描写大海这一雄浑、壮丽的客观事物身上，如“两个大海拉着手歌唱”，大海在诗中被祛除了惯常的有关宏伟、博大的重感，变成了两个单纯的孩子。显然，黄礼孩这种语言上的“轻”度修辞，还多通过充满悖论的语言形态来凸显其诗意：“借助气流，天空和大地像两片叶子在飞/松开夜晚不安的睡眠”（《热情的妈祖卡》）。在这里，诗句通过“轻”的修饰手法产生了结构性的悖论，叶子与天空、大地等重物之间的结合，让诗句在轻重倒置下布满不合常规之感，浩瀚的天宇土地在诗中变成了飞翔的叶子，这让人联想起浪漫主义手法所专注的惊异，在充满专制性的幻想下，天空、大地变轻、变小，最后成为诗中可以漂浮的意象。诗人通过对事物进行“飞”“轻”等脱离了地球滞重引力的描绘，通过肆意的幻想控制，将滞重之物引向飞翔、漂浮的状态，这种灵动化的个体体悟对外在庞大事物的悖论式的“轻化”，使得黄礼孩的语言仿佛闪耀着魔幻光芒的羽毛，灵动地飘扬于诗歌的天空。

黄礼孩不仅精灵般地滑行于轻盈而灵动的语言链条上，而且在择取诗歌意象时，也普遍倾向于细小之物抑或具有轻盈质地的事物。意象是现代诗歌的基本构成之物，它指涉的是“诗人感情、智性和客观物体在瞬间的融合，它暗示诗人内心的图景”①。与语言一样，意象绝不是对他人创作的惯性复制，而是彰显诗人个体独特性的创

① 陈超：《生命诗学论稿》，河北教育出版社 1994 年版。

造物，优美而充满个性的意象会如透明的宝石折射诗人幽微的心志。黄礼孩的诗歌意象轻灵、优美并富含包孕性，他酷爱以苔藓、蛛丝、小昆虫、树叶等微小之物入诗，这与诸多诗人习惯选择的高山、大河、太阳等宏大意象背道而驰。在黄礼孩看来，这些细小事物因被遗忘而显得更加纯粹，因形式微小，更能凸显“一花一世界”的丰富含义：

我珍藏细小的事物/它们温暖，呆在日常的生活里/从不引人注目，像星星悄无声息/当我的触摸，变得如此琐碎/仿佛聆听一首首古老的歌谣/并不完整，但它们已让我无所适从/就像一粒盐侵入了大海/一块石头攻占了山丘/还有那些叫不出名字的小动物/是我尚未认识的朋友/它们生活在一个被遗忘的小世界/我想赞美它们，我准备着/在这里向它们靠近/删去了一些高大的词（《细小的事物》）

细小事物成为诗人捕捉诗思的重要载体，在它们渺小的形式之上，诗人以谦卑的灵魂俯身入内，窥见了平常事物形式下所包孕的巨大的情感能量与精神秘密。在他看来，世界上那些被人所忽略的细小之物，它们跟高山大海一样，“就像一粒盐侵入了大海/一块石头攻占了山丘”，一旦敞开它自身的意义，便敞开了一个幽深而魅惑的意义世界。卢克莱修在《物性论》中着意引导人们认识所有无穷小、轻和游移的事物，因为在他们的无穷小后面展示了组合、结构所有事物的秘密，在黄礼孩看来，细小意象也包含了这个世界的无穷机密，它们以无声的方式召唤着诗人的自由入驻。

黄礼孩诗歌的“轻”不仅表征于语言与意象的“轻”，更在于他对思虑与情感的微妙传达，为了以更精细、更富于诗性的方式传达内心情愫，黄礼孩的策略是以唯美的方式将粗粝、尖锐的情绪意象化，以隐喻、象征等修辞手法来间接传达情感的内在纹理，这种方式就如卡尔维诺在论述希腊神话美杜莎所指出的：“为了砍下美杜莎的头颅而又不被她变成石头，珀尔修斯求助于最轻的事物，也即风与云，然后把目光停留在只能以通过间接方式去看的东西，也就是镜中的影像。”① 在黄礼孩微云般清淡的诗歌天空，你极少看到汹涌澎湃的情感波动，再蚀骨、激烈的情绪在意象的绵延里，都变为镜中轻盈、美好之物，成为精致的诗歌之瓮，仿佛暴风雨来临前充满隐喻与暗示的玫瑰色天空，激烈的暴动最后转变为一片丰富的静美。诗人曾反复在诗作中悼念他早逝的母亲，但与一般凄厉的悼亡诗不同，诗人心灵所镌刻的铭心痛楚，不仅摒弃了死亡阴郁的黑色，反而升华为涂满明丽色彩的诗的火焰，如《掉下》：

海棠花像火烬/呼吸在我漆黑的内心/天堂的一朵朵火焰/划破我记忆的皮肤/伤痛仍在原处/母亲受伤的银器/像海棠花一样掉下/碎了/海棠花，海棠花/它与天使一起飞/我总是从反面看/它纯净得快要掉下/抱着白色的海洋

这些美丽的诗句，能让你触摸到诗人无边际的忧伤，却听不到呼天抢地的悲怆，诗人内心的伤痛与遗憾经过诗思的过滤与净化，幻化为美丽而哀婉的海棠花，花的坠落与飞翔委婉传达了诗人痛失母爱后的内心痛楚与无尽思念。通过火焰般的海棠花、白色的海洋等鲜明、美丽的意象，诗人有效避免了悼亡诗中直白的痛感宣泄，而将浓郁的情感与激烈的情绪着意控制，使之变轻，将之具体化为优美的形象来隐示诗人的心绪，让诗歌避免了一览无余的贫乏与长

① 伊塔洛·卡尔维诺著，黄灿然译：《新千年文学备忘录》，译林出版社 2009 年版，第 3 页。

歌当哭式的宣泄，避免了胶着于现实的“石化”，而走向宛如飞翔的珀尔修斯一般想象的灵动与自由。这种避免“重”的抒情方式，也极好地呈现在他那首《我不能再作比喻了》一诗：

我不能再作比喻了/时间来不及了/我不能再作比喻了/想到圣经上的话/我来不及，去做一个伪善的比喻/与阳光一起闪耀的/不一定就是温暖的事物/苦楝花开在高处/开在你够不着的地方/它在空中奔涌，含着紫色的毒/时间呀/你再给一些日子/在苦楝花落下之前/我要赶着那些幼稚的小鹅/从苦楝花下走开/远离它奔涌的美丽

诗人洞悉这伪善与丑陋，但是他的内心风暴并不通过单义、凌厉的语言对之进行痛快淋漓的批判，也不愿通过辛辣的讽刺达到投匕首的目的；甚至，诗中连丑恶抑或让人不快的意象都没有，紫色的苦楝花与幼稚的小鹅，它们的并置构成了一幅不乏美感的画面，诗人将锐利的愤怒凝结于有毒的紫色花这一意象之中，将内心波动的质疑、悲愤、反抗等诸类情绪化为一种“有意味的形式”，从奔涌的美丽诗意中传达其内在涌动的情绪。正如瑞恰慈所强调的，所有细腻的情绪都需要隐喻的传达。黄礼孩没有通过概念抑或直接抒情，而是将幽微情绪与激烈情愫浇注于美的意象之中，让滞重的思虑在隐喻中变轻、变神秘，从而抵达诗歌丰富的隐秘地带。

显然，阅读黄礼孩这样避“重”就“轻”的诗歌不需要动用过多的经验与智力，但这并不意味着进入他的诗歌世界是可以随意而粗疏的；相反，你必须动用你的心灵乃至全身感官投向他的诗歌天空，追踪诗人隐秘的情绪节奏与心灵波动。这种需要身心投入的阅读方式不再是一次经验的旅行、智力的挑战，而是一次心灵的邂逅、灵魂的呢喃，轻在这里是一种价值而非缺陷，我愿意相信，在当代

纷乱而滞重的诗歌丛林里，黄礼孩的诗歌以明亮的精神与轻盈的风致步上了一条溢满芬芳的蒙塔莱式的柠檬小道，而诗人就是那小径上追索诸神踪迹的光明之子。

2011 年

整合与超越

——评张桃洲《声音的意味：20世纪新诗格律探索》

新诗格律问题一直与新诗的成长如影相随，可以说，新诗形成以来所遭遇的困境都在这一问题上有着集中体现，以至于成为新诗史上聚讼纷纭的关节点。从胡适、徐志摩、卞之琳、林庚到王力、何其芳、郑敏等，诸位前贤纷纷从理论、技术层面提出各种解决方案，繁复缠绕的辩论以及话语实践似乎已经透支了这一话题空间，以至在影响的焦虑下，少有当代学人愿意涉险进入这一似乎固化与不再新鲜的语域。然而，对于有抱负的学者而言，新诗格律化仍是一个充满诱惑与生产性的问题，关键在于如何激活这个老问题，如何在诸多重叠的论断之下寻求另一种可能性，这不仅考验一名学者的学术眼光与知识累积，更是对其耐心与勇气的挑战。张桃洲数十年躬耕于新诗研究，新诗格律问题更是他持之以恒所关注的焦点，在他看来，“新诗格律问题的探讨，显示了迄今为止关于新诗与现代汉语之关系的最具深度的思考，它具有严密、系统的理论承传性”①。正是意识到这一问题的内在重量，张桃洲的新著《声音的意味：20世纪新诗格律探索》以堪三十万字的鸿篇，对20世纪新诗格律问题

---

① 张桃洲：《声音的意味：20世纪新诗格律探索》，人民文学出版社2014年版，第9页。

作出全面的清理与反省，并顽强地朝解决这一问题的可能性途径前进，呈现了一名学者丰沛的创造力与敏锐的问题意识。

在我看来，《声音的意味：20 世纪新诗格律探索》是一部有效整合了历史经验、超越理论拘囿、从更开阔的视域来反思新诗格律问题、探究新诗格律本质的力作，论者自由游弋于上下百年的新诗格律化探索的历史激流中，寻求变动不居的历史表象之下的新诗格律问题的实质，显示了开阔的历史视野与追根究底的探索精神。它以细密的文本阐析、卓越的审美意识、敏锐的辨别意识清晰地展示了新诗格律化理论与实践双重探索的得与失；更重要的是，作者在该书中确立了观照新诗格律、寻求新诗格律化方向的创造性视点，即从语言出发，结合“话语”的理论资源来剖析新诗格律的实质，提出“语调写作”的可能性方向，这种超越性的理论视域，打破了以往新诗史上从外部形式来探讨新诗格律形态、建构新诗格律模式的拘囿，将新诗格律探索引向了更为广阔的空间。

一、从历史清理开始

学术体例作为一种有意味的形式，也是作者学术理念的外化，在该书的体例编排上，张桃洲既没有选择传统的编年体体例，也没有遵循当下流行的以问题来连缀章节的模式，而是兼顾历史与理论、宏观与微观之间的张力，将章节划分为“发展论”“实践论”“范畴论”三个板块，呈现了一种张弛有度的运思方式。首篇发展论着重从历史范畴对新诗格律化探索历程进行整合清理；中篇实践论从审美范畴对新诗格律化进程中的具体理论与实践进行具体阐析；末篇范畴论则旨在探究新诗格律的本质，打开新诗格律问题的多面空间，并借此提出解决问题的可能性方向。这三个板块虽各有侧重，但都牢牢统一于新诗格律问题这一笼罩性的场域之中，形成从这问题出发的不同光谱，使得全书的新诗格律探索变得丰富而立体。而论者将略显厚重的发展论置于著作的开篇，也潜在说明该书并非旨在从理论制高点提供一种非此即彼的判断，而是首先从问题的清理开始，探析新诗格律化途中所堆积的种种问题与实践，“与其对新诗的历史与现状横加鞭挞，不如立足于对已有经验和教训的考察，来探讨新诗未来之‘形’的可能路向”①。正是怀着这样一种审慎、郑重的态度，张桃洲开篇便以潜入的姿态重返历史，深入触摸百年的新诗格律探索历程。

面对历史浊流下纷纭复杂的诗歌事件，论者特意强调他的“非线性”梳理，与传统学术史上的“线性”梳理形成有意的对峙。固然，线性的历史梳理多以流派更迭、时间流动的纵向方式来连缀历史，这类惯用的结构方式一目了然、便于把握，但潜藏着以先验方式来简化历史复杂性的风险，而张桃洲的非线性梳理，有意识地避开了线性描述这一劳永逸的、先验性的操作陷阱，自愿深入到庞杂、凌乱的历史现场中，从丰富驳杂的经验层面来把握历史的节点。如发展论中第二章对《少年中国》同人诗学追求的历史还原、第三章对沦陷区诗人诗学理念的把握、第四章对 20 世纪 50 年代新诗形式论争的叙述等，均有意识地回到了一种动态的、迁流不居的历史情境中。值得注意的是，张桃洲在处理上述历史经验时，没有耽溺于明快的书写快感，而是以一种审慎的态度，尽可能客观地展示相互纠缠的复杂矛盾，譬如在谈到《少年中国》的同人们与象征主义的关系时，他尽可能深入暧昧迁变的历史内部，指出最初李璜等一部分同人的诗歌态度是将象征主义看成自由诗兴起的一种动力，认为

① 张桃洲：《声音的意味：20 世纪新诗格律探索》，人民文学出版社 2014 年版，第 15 页。

它解放了诗歌的格律，潜在认同了象征主义与自由诗的关系。但随着对象征主义诗歌的进一步译介，李璜、吴弱男等又进一步从象征主义那里发现一种不拘于传统格律的音律，反而从象征主义诗歌处汲取建立新诗格律的营养。这种不断发现历史事件中相互冲突、相互妥协、相互纠缠的书写方式，正是福柯所言的“有效”的历史书写，“有效的历史却从事件的最独特特征、它们最敏锐的表现形式入手来处理事件。结果一个事件不是一种决定、一项协定、一种王权或一场战役，而是对各种力量关系的颠倒、权力的篡夺，是一种对使用者的词汇的占有，是一种在衰弱时毒害自身的微弱的支配关系，是一个戴面具的他者的进入”①。作者这种对复杂历史的耐心与有效的处理能力，使得诗歌事件中各种力量关系得到了清晰的呈现。

固然，返回历史现场的努力，复活了历史的细节与温度，敞开了诗歌研究的空间，但也存在可能再度封闭化的风险，如姜涛所言：“如果‘现场’仅仅指向某种抽象、静态的历史客观，返回也只是为了释放丰富性、差异性，为既定的文学史图像增添更多的细节或花边，那么研究的历史性恰恰有可能被抹擦。”② 的确，堪百年的历史进程中，有关新诗格律化的讨论一直绵延不绝、数量繁复，不少论述可谓重复、缠绕甚至意义匮乏，如果一味强调恢复其历史细节，诗歌研究的论述就会被漫无边际的现场所掩盖。张桃洲似乎早就意识到这种种陷阱，所以在开篇，他便强调其书写立场：“与其较多地从一些外在的义理对新诗格律进行探讨，不如首先发掘那些煞费苦心的格律倡导者内部的实际动因。不妨说，就根本的实质而言，格

① 米歇尔·福柯：《尼采、谱系学、历史》，《语言、对抗记忆、实践：论文及访谈录》，布莱克威尔出版社（英国）1977 年版，第 156 页。

② 姜涛：《大文学史与历史分析视野的内在化》，《文学评论》2013 年第 6 期。

律体现的乃是一种形式规范的吁求。”① “其中，格律一度被视为新诗之形的核心与归属，其在百年间的迁变昭示出诗人们为探求新诗之形所付出的努力和面临的困境。”② 将新诗格律化探索纳入到对新诗形式运动中进行考察，可谓张桃洲观照历史的一个基本观点，由此，有关新诗格律化的诸类探讨不再是基于流派纷争、社团口号而发生的偶然性事件，而成为中国新诗寻求形式规范进程中具有生产性的历史有机体。在这一意识笼罩下，张桃洲所择取的历史节点，都是有的放矢，从不同层面层层逼近有关新诗形式建设的问题，在分析沦陷区诗人吴兴华、朱英诞的诗作时，作者主要抓住了他们对中国古典诗歌形式的借鉴；对50年代新诗格律论争的描述，则主要探讨何其芳、卞之琳的“现代格律诗”理论与当时历史语境下的诗歌形式及20年代新格律体运动之间的关联；涉及90年代以来的新诗现象时，作者则凸显了有关“汉语人文性”的讨论对新诗形式建设的影响。可以说，在择取这些研究对象、处理这些纷繁复杂的资料方面，张桃洲充分从新诗的形式追求这一结构性冲动出发，纲举目张，有力地归纳了新诗格律化探索历史的内在逻辑线索。

更难得的是，作者还超越了地域性局限，将当代台湾新诗的格律化探索历程纳入考察视野，与大陆新诗的诗学探索构成了相互补充、相互借鉴之态，作者的历史书写由此获得了开阔的学术视野，这种非线性的、以点带面的、横跨大陆台湾两地的新诗叙史方式也极大丰富了中国新诗史的历史面貌。然而，毋庸讳言，对新时期以来大陆学界有关新诗格律化探索的论争，作者只是匆匆掠过，似乎越靠近当下越有失语之态，事实上，除了郑敏的形式探索外，王光

① 张桃洲：《声音的意味：20世纪新诗格律探索》，人民文学出版社2014年版，第6页。

② 张桃洲：《声音的意味：20世纪新诗格律探索》，人民文学出版社2014年版，第15页。

明、解志熙、许霆等学者的新诗格律化研究，均值得用相当的篇幅与之进行对话。

二、打开问题的症结：回到语言

就新诗格律化的研究现状而言，不少论者除了对不同历史阶段的新诗格律理论进行线性梳理外，多集中于格律形式与诗学观念层面的研究，这几乎成为新诗格律研究的范式，并支配了大多数论者相关研究的展开。显然，这类论述不仅严重饱和，而且呈现出自我循环的遮蔽性，其中最大的遮蔽是："讨论大多拘泥于格律本身而没有将之同新诗的其他诗学理论相勾连，故难以理清新诗格律问题的实质及其症结所在。"① 当一个问题被反复探讨，其问题实质却始终云遮雾绕时，有关追问会随之产生，正是不满于这一研究现状，张桃洲力图从上述支配性思路中解放出来，回到问题本身，对新诗格律问题产生的症结、新诗格律的实质进行追根溯源。

那么，新诗格律问题产生的症结何在？作者选择了与罗兰·巴尔特同样的讨论原点："古典时代的写作结束了，从福楼拜到我们的时代，整个文学变成了一种语言的问题。"② 在张桃洲看来，新诗的格律问题同样来自语言问题："实际上，新诗格律紧密勾连着语言的特性，理解现代汉语的特性与辨析新诗格律的实质互为前提。"③ 的

① 张桃洲：《声音的意味：20世纪新诗格律探索》，人民文学出版社2014年版，第2页。

② 罗兰·巴尔特著，李幼蒸译：《写作的零度》中国人民大学出版社2008年版，第30页。

③ 张桃洲：《后记》，《声音的意味：20世纪新诗格律探索》，人民文学出版社2014年版。

确，较之诗性的、适合制造格律之美、词约义丰的文言文，经过口语化改造、白话文引入、欧化熏陶等杂合而成的现代汉语，已是一种与文言文截然不同的语言材料，构成了与古典汉语世界相分离的“场”。“现代汉语相对于古典汉语的显著变化体现在：一方面，强调以口语为中心和言文一致，直接导致了古典汉语单音节结构的瓦解，和以双音节、多音节为主的现代汉语语音及词汇的构成，同时也导致了现代汉语书面语虚词成分的激增。另一方面，由于受西方语法的浸染，现代汉语一改古典汉语的超语法超逻辑的特性，而趋向接受语义逻辑的支配。”① 现代汉语这种语言浮泛、句法冗长的特性，使得古典诗歌中整饬、押韵的音律之美在新诗书写中遭遇严重破坏；或者说，现代汉语的特性使得诗歌格律难以获得相应的语言支撑，诗歌格律面临的是语言无可挽回的溃散，欲在现代汉语构成的新诗中重新寻求古典诗律的整饬无疑是缘木求鱼。语言的这种先天缺陷成为新诗格律存在的一个无法逃脱的先验性场域，也从理性层面规定了新诗的格律追求势必在上述现代汉语的特性之“场”中加以调适，于是，新诗的格律问题在某个层面可置换为新诗的语言问题：“在新诗中格律问题变成了：新诗的语言——现代汉语是否具有格律所要求的某种基质，既然它在外在样态上是与后者不相容的?”② 新诗格律化的自我寻找与现代汉语的自我淘洗、自我确认之间构成了相互交融的关系。

张桃洲立足于语言层面的追溯，可谓拨云见日，从源头上抓住了新诗格律问题的症结之所在，洞见了问题之问题。既然，新诗的格律问题源自新诗的语言，那么新诗语言所存在的问题，便成为新

① 张桃洲：《声音的意味：20 世纪新诗格律探索》，人民文学出版社 2014 年版，第 226 页。

② 张桃洲：《声音的意味：20 世纪新诗格律探索》，人民文学出版社 2014 年版，第 4 页。

诗格律问题的“元问题”，正是出于这样的逻辑考虑，张桃洲以精细的辨析方式对新诗语言问题的复杂性进行了准确的把握，指出围绕其间的三重张力——“白话与欧化、古典与现代、口语与书面语”构成了新诗语言也是新诗格律问题的“元问题”，因为“所有关于新诗本质的认识、关于新诗特性的悟察及关于新诗整体成就的评价等等问题，便都可以此为基点得以展开”①。出于这种理论自信，面对在“元问题”的张力之间回旋往复的中国新诗，张桃洲清醒地看到，任何非此即彼的论断都会如推石上山的西西弗斯，一劳永逸的解决方案终会趋于徒劳。因此，他始终保持张力中的警惕，强调超越二元对立的思维，从融合的角度来获取新诗的语言资源，以进行时的方式来寻求元问题的解决方案：“挣脱与牵扯、开创与回归——新诗就这样在古典与现代之间，做着永无休止的努力。”② 由此，附身于现代汉语之上的新诗格律问题，势必追随新诗语言在挣脱与牵扯、开创与回归之间做着永无休止的运动，成为一个始终在路上的充满开放性的与生产性的诗学问题。

正是追溯至语言之根，对元问题进行了有效辨别，新诗格律的实质也随之水落石出，“由于上述现代汉语的限制，新诗的格律只能趋于内在化”③。在对周作人、郭沫若、穆旦、昌耀等一系列诗人诗作的精湛分析中，论者表明“内在旋律”已成为新诗格律化进程中必然的、不可遏制的形态，“由于吸纳带汉语的特点和自身体式的限制，自由体新诗在建立格律时，更多地趋向一种内在的旋律。这种

① 张桃洲：《声音的意味：20 世纪新诗格律探索》，人民文学出版社 2014 年版，第 218 页。

② 张桃洲：《声音的意味：20 世纪新诗格律探索》，人民文学出版社 2014 年版，第 227 页。

③ 张桃洲：《声音的意味：20 世纪新诗格律探索》，人民文学出版社 2014 年版，第 8 页。

内在旋律的生成，显然经过了一个繁复的‘诗的转换’过程，这是诗人从现代汉语的特性出发，对语言所具有的散文性、浮泛化进行剔除和锤炼，并根据情绪的律动而锻造既贴合情绪，又符合现代汉语特性的节奏的过程”①。张桃洲从语言的角度来疏通新诗格律化的问题症结，寻求新诗格律的实质，应当说，这在理论上颇具说服力，新诗格律的本质也摆脱了以往模糊、泛化的形态而趋于明晰。

三、“话语”视域下的新诗格律：有意味的声音

众所周知，古典诗律是可以脱离诗歌内容而单向悬置的形式，在节奏、用韵的安排上，古典格律具体而透明，而繁复、冗长的现代汉语使得新诗格律丧失了这种形式上的透明性。它不再是自明、自足的形式体，而成为随时发生变动的事物，如同福柯笔下处于网络关联中的书籍：“当有人向它提问时，它便会失去其自明性，本身不能自我表白，它只能建立在话语复杂的范围基础上。”② 那么，对于失去了自明性的新诗格律，我们如何去把握？在古典格律之外，如何建立新诗的格律形式？虽然，张桃洲并没有给予我们一个一劳永逸的、肯定性的答案，但在返回历史、追溯问题的进程中，他不可避免地携带了自身的诗学视角，这集中体现于贯穿全书的融合了巴赫金有关“话语”理论的论述之中。

该书的主标题为“声音的意味”，这无疑有着向贝尔的“有意味的形式”致敬的意味，自有凸现作为声音形式之格律的形式内部之

① 张桃洲：《声音的意味：20世纪新诗格律探索》，人民文学出版社2014年版，第252页。

② 米歇尔·福柯著，谢强、马月译：《知识考古学》，三联书店2007年版，第23页。

丰富含义，也是张桃洲“话语”诗学观的具体呈现。可以说，它以开宗明义的方式回应了诗歌研究中的形式偏执问题，现代诗歌研究史上，新诗格律始终成为一种形式上的研究客体，一个自足的问题场域，而这样无疑会产生巴赫金所言的缺陷：“它们将其抽象地从整体割裂出来的部分结构充作全部整体的结构。”① 对于这一研究遮蔽，有的学者曾进行激烈的反思：“如果说现代汉语诗歌真的存在什么问题的话，那么，这个问题恰恰是某些人在如何认知诗是什么方面所表现出来的语言形式论的偏执。因为这份偏执，现代诗学话语才始终停留在语言形式本体论的单一层面上，诗歌写作的美学目标才始终局限在技术玩赏的浅近视野里。”② 正是敏感于当代诗歌研究中语言形式论的偏执性，从做博士论文伊始，张桃洲便借用了巴赫金、福柯的话语理论，提出了“新诗话语”的概念对此进行反拨。所谓“新诗话语”，即将新诗本体与历史看做一种“话语”（其中包含两个最基本的要素——语言与语境），由此探讨处于现代性境遇中的中国诗人，如何运用给定的语言和演说空间，将自身的现代经验付诸现代表达。③ 可以说，此文既有关新诗格律的研究，也是其新诗话语理论的一种承续，“不过返观自己前几年所进行的新诗话语研究，着眼点仍然主要在语言层面。能否将关于新诗语言的研究导向深入？我想到了格律这一并不新鲜却尚未得到充分讨论的议题”④。

固然，张桃洲的新诗话语观来源于巴赫金的话语理论，巴赫金曾言简意赅地为“话语”作如下定义：“任何现实的已说出的话语

① 巴赫金著，李辉凡等译：《生活话语与艺术话语》，《周边集》，河北教育出版社 1998 年版，第 82 页。

② 李志元：《诗歌语言形式本体论辨误》，《学习与探索》2013 年第 7 期。

③ 张桃洲：《后记》，《声音的意味：20 世纪新诗格律探索》，人民文学出版社 2014 年版。

④ 张桃洲：《后记》，《声音的意味：20 世纪新诗格律探索》，人民文学出版社 2014 年版。

（或者有意写就的词语）而不是在辞典中沉睡的词汇，都是说者（作者）、听众（读者）和被议论者或事件（主角）这三者社会的相互作用的表现和产物。话语是一种社会事件，它不满足于充当某个抽象的语言学的因素，也不可能是孤立地从说话者的主观意识中引出的心理因素。”①此定义精简地传达了巴赫金的话语观。首先，话语是一个社会事件，是一种负载了意识形态的社会实践；其次，话语是一种对话，是说者与听者相互交流、相互塑造的产物。借助于“话语”诗学的观察视角，张桃洲打开了新诗格律“尚未得到充分讨论”的问题空间，凸显出其有别于传统讨论的不同面向。譬如，论述新诗格律化历史之进程，作者不再胶着于形式与形式之间的置换分析，而是关注历史语境对新诗格律的渗透与塑形，指出在不同的言说空间下，新诗格律的变迁不再是单向度的形式运动，而成为形式与当下语境及其社会意识形态相纠缠的多重运动。这一运动方式着重体现于民间歌谣对新诗格律之影响，作者指出民间歌谣的“方言”入新诗，从侧面补充新诗格律的讨论和实践，潜在改变了诗歌风格与音调的底色，但这种“方言”补充并不仅仅出于形式上的考虑。“很多时候，‘方言’是在隐喻的意义上受到诗人们的青睐的，因为它首先意味着颠覆——对于以雅言为根底的诗学体系的颠覆。”② 从新诗格律迁变中，张桃洲窥见了民间文学与精英文学、俗言与雅言之间的相互争斗与策反，敏锐捕捉到其中所包含的意识形态的操控作用，从而将形式的变动引入到了巴赫金所推崇的社会学诗学的广阔领域。这类将新诗格律作为包含社会性、对话性的话语事件来进行研究的诗学方法，更淋漓尽致地体现于《朗诵：新诗音韵的探测》一节中。

---

① 巴赫金著，李辉凡等译：《生活话语与艺术话语》，《周边集》，河北教育出版社 1998 年版，第 92 页。

② 张桃洲：《声音的意味：20 世纪新诗格律探索》，人民文学出版社 2014 年版，第 262 页。

作者别具慧眼地注意到了朗诵对于新诗格律的作用，指出朗诵不仅从音韵层面探索新诗的节奏与韵律，而且也对诗歌进行重塑："诗歌朗诵之于诗歌理解与接受的一个特点，即以不同的发声去诠释、阐发诗歌作品，给予诗歌多种声部，为诗歌虚构多种语调，释放朗诵者对诗歌的释义性抒情。在一定意义上，朗诵乃是一种出于对诗歌进行自我理解、赋予诗歌含义的个体行为。"① 当诗歌文本进入朗诵的音域之中，它就不再是沉睡的文本，而身处一种被重新唤醒、重新塑造的语境之下，对于它的朗诵，不仅构成了朗诵者与倾听者之间的对话，也构成了诗歌文本与朗诵者之间的对话。不同的朗诵以不同的方式来诠释诗歌，从而发生出不同语境下不同的诗歌文本，朗诵中的诗歌由此成为一种不断变化的、充满创造性的流动文本，成为交流中的一种对话方式。

"话语"视角的引入，不仅让张桃洲在阐析新诗格律事件时得以独辟蹊径，而且在面对新诗格律形式如何建立这一世纪难题时，也敢于发人之所未发。张桃洲以冒险的方式将"新诗话语"的理论路径衍生于新诗格律问题的解决之中，创造性地提出了"语调"写作的概念，他大胆指出："今后新诗或许是一种包含了语调的写作，而不必预设某种固定的韵脚和音节。或许那样的写作，才真正地回到了格律的本义"，"他们从声音的复杂内蕴入手，有意识地在其诗歌创作中调配多层语调。他们的创作实践无疑敞开了新诗格律探索的路径，令人对新诗格律的可能性充满期待"。② 语调写作的灵感同样来源于巴赫金的话语理论，"掌握词语并学会在其整个生涯中与自己

① 张桃洲：《声音的意味：20世纪新诗格律探索》，人民文学出版社2014年版，第286页。

② 张桃洲：《声音的意味：20世纪新诗格律探索》，人民文学出版社2014年版，第313页。

周围环境全方位的交往过程中赋予语词以语调”①。“语调”超越了一般的节奏、音韵，而与语境、诗人的情感体验、意识形态乃至交流对方相关联。总之，将语调作为新诗格律的方向，可谓击破了声音形式的藩篱，将新诗格律置放于更为广阔的诗学空间，从闭抑的美学追求走向开放的动态的话语诗学追求。作者肯定语调写作不仅是一种亟待实现的书写方向，同时在某些优秀诗人那里也是一个现在时的书写方式，王寅、西渡等诗人便是契合了作者审美期待的拥有个人“语调”的诗人。《王寅诗歌语调的变奏》一文以高度的敏感精确地勾勒了王寅诗歌语调的独特性与演变历程，作者从音调和音色的辨析出发，指出在理想主义高音高奏的 80 年代诗坛，王寅诗歌却拥有一种由凝练的语句、轻盈的低语、单纯的自白所构成的语调，成为诗人中的异数；而进入 90 年代以后，王寅诗歌音调变得急促、迅疾，带有浓郁的呼吁性，但是，虽然诗歌外在的音调发生了变化，内在具有自白意味的语调并未减弱，反而成为其诗歌内核的支撑点。同样，在对西渡诗歌的分析中，作者也以同样的敏感发现了隐匿于西渡诗歌内部的悲音，那种对命运的隐忧、对于生死的冥想始终潜藏于诗歌肌体的内核之中，成为西渡诗歌的秘核。在上述诗歌文本的语调分析中，张桃洲所展现的精细的音调辨析能力、灵敏的节奏感，都无愧为声音的知己。毕竟，新诗没有古诗固定的格律，阐释一首新诗的音调之美，语调之态，没有固定的依凭，可谓空手缚兔，只能依赖于研究个体的个人感觉与鉴赏力。

值得进一步探讨的是，作者所言的语调写作主要强调的是包含诗人个体情感与体验、带有强烈个人风格的语调书写，是弗罗斯特式的深层的个人语调形态，这种强调对于当下浮躁、随众并专注于

① 巴赫金著，李辉凡等译：《生活话语与艺术话语》，《周边集》，河北教育出版社 1998 年版，第 104 页。

形式炫技的诸多诗人而言，不无提醒意义；但不可略过的是，深层语调的建立不仅跟个体的情感、意识有关，也逃离不了外在语境如社会总体意识形态的操控。五四新文化运动伊始，建立于个人本位主义之上的情感抒发成为一代诗人的语调特征，而30年代以来，诗人自我扩张式的抒情话语开始受到民族、集体的外在遏制，诗歌的语调形态随之发生了集体的变迁。或许，语调写作应该是诗人个体与外在语境相互商榷、渗透而形成的一种既有共性又有着不可替代的独特性的一种有意味的声音形态。

结　语

可以肯定的是，在新诗格律的梳理与探索中，张桃洲始终是审慎而犹疑的，“或许”“似乎”“可能”等具有协商性的词语在书中频繁出现，它们显然在表达：这不是一部下结论的封闭性的书籍，作者在此并不是为了赋予新诗格律一个明确的定义，给予一个固定的答案，而是始终抱一种开放的理念，一种可能性的探究姿态，将新诗格律从所谓的明确性中拯救出来，澄清围绕其间的问题，并由这些问题出发，发现另一些问题，并将问题晦暗处的可能性光亮展示出来。对我而言，这种不那么自信的书写方式反而显示了一名学者的理性精神与谦抑态度，而这种精神与态度在当下诸多意气之争的诗歌评论界是罕见而值得珍惜的。

2015 年

从自我出发的吟唱

——东荡子诗歌论

东荡子去了，一扇通往美好诗国的门扉悄然关闭，曾经，我们通过他窥见了诗国丰盛的秘密，如今，我们只能追寻他的文字森林来缅怀诗人远去的足音。东荡子一生将大部分时光抛掷于漂泊之途，游荡于体制之外，并于长期的书写过程中因得不到主流话语圈的认同而苦苦挣扎，他于知天命之际离去，留下不过薄薄几本诗集如《王冠》《阿斯加》《不爱之间》等。对于这样一名曾被长期埋没而只在南方民间诗歌圈内得到热烈推崇的草根诗人，有几个疑问一直盘旋在我脑海并经久不息：一，东荡子大半辈子辗转于社会底层，受尽边缘人所遭遇的辛酸与屈辱，见证过人世间的阴暗与污浊，但他的诗歌却拥有黄金般明亮高贵的质地与圆融的诗意世界，这是缘何？二，熟悉东荡子的人都知道他极少沉浮于书山文海，所受的正规教育也有限，然而，他的诗歌却拥有深刻的洞见与哲思，其秘密是什么？三，在一次悼念东荡子的民间诗会上，不少诗人都指认其诗作在审美维度上拒绝进入、不可阐析，果真如此吗？事实上，这个三个问题涉及的是有关诗人与诗歌的三个方面，即诗人如何建构他与世界的关系、诗歌以何种方式生成、诗歌的美学特征如何把握。

一、自我放逐与自我建构

如果把当前甚嚣尘上的消费时代比喻为一个具有席卷性的场域，那么，在这个场域里，东荡子无疑占据着一个非常边缘乃至落魄的位置。他从湖南南部的东荡村出发，时而停留于长沙，时而落脚在深圳，时而隐匿于广州，徘徊各地过着近乎浪人的生活。期间，他开过饭馆、做过生意，都不了了之，索性一路呼朋引伴谈诗论道。这种越轨的生存方式与时下总体时代的价值取向总是背道而驰，除了诗歌与他一生形影相随，东荡子从未在这个时代执意进取获得过世俗的安稳与利益。这种自我放逐的、波希米亚式的漂泊生活，内在地结构了他的诗歌形态，即诗作中的主体始终处在与“人们”“他们”的疏离与对抗之中：《一意孤行》中的“你”面临人们孜孜经营的世俗生活，始终采取偏离的姿态，“人们杀虫灭鼠，整修粮仓，而你一意孤行”；《不要让这门手艺失传》中的“我”也是主动逃离人群，“他们说我偏见，说我离他们太远”；《异类》中的“我”更自诩为异类，“我孤身一人，只愿形影相随，叫我异类吧”。俨然，诗人主体与外在世界之间的疏离与对抗，成为东荡子诗歌的一类重要的原型结构，诗中的他们、你们、人们，作为一类异己性的他者，它们指向此在的消费时代、关心世俗生活的庸众，乃至一种巨大的话语霸权。诗人的逃遁，有着对权威共同体的不屈从，更带着不合时宜的巨大骄傲：“如果我真的显得多余/像南方商业的噪音，以及人们对金钱的谩骂/我的多余，正是对你们恰到妙处的打击”（《和谐》）。东荡子有关多余人的自我体认，并未滑向软弱或者愤怒，而是以一种上扬的姿态，让多余成为这个时代的一个巨大打击，这种自甘被边缘化的多余体认犹如本雅明所言：多余不过是诗人摆脱作为一件商品、一个符号的存在所必须付出的代价。对于这一代价，东荡子显然甘之如饴，一意孤行地捍卫着他作为异类、多余人的主体性。

怀着这份自诩为异类的巨大勇气，东荡子让自己有效避免了陷入这充满利益得失与个人束缚的时代生活，如展翅于尘世之上的羽鹤，东荡子的自我放逐是为了飞向一个更广阔的诗意世界。在他诸多具有超越性的诗作中，我们极少看到世事喧嚣与世相动荡，诗人已经挣脱了这个时代的外在表象与内在纠葛，坚定地与外在经验相分离，甚至逃离了写实的泥淖，不再纠缠于碎片化、细节化的生活事实，而是依仗自我的内在力量创造了一座自足的、万物各得其所的意义世界——打铁的匠人、筵席散尽才大驾光临的“他”、击痛天空的木马、阿斯加的河流与草地、开放的花朵与奔跑的种子。它们亦幻亦真，剥落了现实的蛛丝马迹，摧毁了生活的固有逻辑，作为生命状态之自由的象征物，它们共同构筑了东荡子的诗意世界。相对于遭损毁的外在现实，诗人更关注的是形而上的精神生活，更愿意展示精神平原的广袤与美，为此，诗人展开了想象的羽翼，将这一漂浮于现实之上的光明世界不遗余力地展现出来：“那里有参天的树木和纯洁的鸟群，那里金色的屋宇/闪耀着黑暗的光明，那里王与臣民平等而友好/那里的道路向上，平坦而惊奇，犹如下坡一样轻松”（《卑微》）。这是由诗人精神之光所缔造的乌托邦世界，他们从内部生长，从梦想出发，“蜘蛛没有翅膀，也没有梯子和脚手架/它却造出了空中的梦想”（《空中的梦想》）。由此，杂糅的外部经验在他诗歌中如树叶般一一落去，梦想中的存在物闪烁着诗人赋予它们的意义而自在自为，诗人因此独踞于自我世界的山巅，吟咏从这些纯粹象征物之上所呈现的人类绵延不绝的爱欲生死。

这类忽略了时代碎片而铸造自我意义体系的书写方式，使得东荡子最为激烈的对抗性话语也未呈现出任何的内心分裂，漂泊的生涯与异类的生活不仅没有让诗人陷入碎片化、多向化的生存状态，反而因为诗人始终如一的精神坚守，成为奔向光明途中必经的荆棘路："我一直坚持自己活着/疾风和劲草，使我在旷野上/活得更加宽阔……我确实活得不错/是我知道路的尽头是水/水又怎样/我就这样趟过河去"（《水又怎样》）。一种坚定的、自足的声音始终在诗歌内部回荡，被排斥被疏离的主体并未被外力所击碎反而生成一个更确定的自我，一个拥有秘密花园和巨大自信的独行者形象逐渐凸显，东荡子诗歌由此形成了一种由疏离到完整、由内部空洞到丰盈的运动趋向。

对于东荡子而言，诗人的边缘化并不趋向放纵与迷离，充满主体性的自我放逐是为了更完整的自我建构，动荡的追逐因为理想高悬而始终坚定，犹如太阳下的奔跑，东荡子的诗歌始终被他"完整性写作"的诗学理想所照耀。"完整性写作"由世宾、黄礼孩、东荡子于2003年所倡导并发起，其基本理念如发起人之一的世宾所总结："'完整性写作'者们深切体会生存世界的破碎性，但他们不随波逐流，不为自己的苦痛、挫折或得意而改变自己的立场；他们不是反对派也不是赞成派；他们发出的诅咒或赞美与自己的生存境况无关；他们是一些对生命已有了彻悟的人，是真正的'不以物喜，不以己悲'；他们的内心世界是圆盈的。"① 正是秉持不随波逐流、不以己悲的创作原则，东荡子虽然于长时间的颠沛中体会到生存世界的破碎与黑暗，但并未因此而跌入人性幽暗的深渊，而是以全部的勇气来寻求光明："大海的疯狂是一滴水的疯狂，它要把匣子打开/看见里面的光，又看见外面的光"（《看见里面的光》）。打开黑暗的匣子，看见光芒，这是东荡子有生之年所持续的内在追求："我愿望

① 世宾：《"完整性写作"的唯一目的与八个原则》，世宾、陈培浩主编《完整性写作》下卷，青海人民出版社2011年版，第160页。

在诗歌之中消除自身的黑暗，从而获得完整性。”① “完整性”的诗学理想是一个召唤，也是一种救赎，它让诗人避免陷入动荡的分裂，成为超越了时代碎片的获救者。东荡子漂泊又坚定的书写犹如卡夫卡的一段自白：“无论什么人，只要你在活着的时候应付不了生活，就应该用一只手挡开笼罩着你命运的绝望……但同时，你可以用另一只手草草记下你在废墟中看到的一切，因为你和别人看到的不同，而且更多，总之，你在自己的有生之年就已经死了，但你却是真正的获救者。”② 东荡子活着的时候被时代远远抛在后面，不够应付生活，却于诗中创造了一个光明的自足世界来抵抗现实的颓废与残缺，建构了一方圆盈的诗意世界。

二、从自我出发抵达光明

东荡子的诗歌仿佛由本质所构成，尘世的迷惑与浮华总在他穿透性的语句下乍然溃散，当我们阅读到这样的诗句，不能不惊讶于他哲人般的智慧与了悟：“写在纸上的，必从心里流出/放在心上的，请在睡眠时取下/一个人的一生将在他人那里重现……失败者举起酒杯，和胜利的喜悦一样”（《宣读你内心那最后一页》）。东荡子的不少诗句总能够永久地激动人心，它们有能力深入复杂的真理根部，并将之以一种近乎透明的姿态将它呈现，由此所绽放的诗句如深谙泥土芬芳秘密的花朵，每一句都足以成为散发格言气味的花瓣。这种从不被表象所迷惑、总能直接展露本质的诗歌，让诸多诗人惊喜

① 东荡子：《消除人类精神中的黑暗——完整性诗歌写作思考》，《王冠》，天津社会科学院出版社 2005 年版。
② 卡夫卡：《日记》，1921 年 10 月 19 日。

又迷惑，对他们而言，东荡子仿佛来自诗国的自光体，他发光，并且将这光芒慷慨地分享于同伴。不少广东本土诗人在追溯自我诗学理念的形成时，会不自觉地将影响来源指向东荡子，然而，现实世界中的东荡子，并非硕学鸿儒，也非被主流话语谱系所经典化的大家，他不仅沉沦潦倒，而且天然地与书本保持距离，有意无意地远离人类文明累积中的知识与传统，但是，他的诗歌却拥有警句格言般的洞见与哲思，其秘密是什么？

“我坚信从自己身上出发，从他人身上回来，我将获得真正的光明。我要读的最重要的书是我一生一世都读不完的自己这本书，真正读懂了自己，一定就会读懂他人，世界也不过如此。”或许，正是这段自白照亮了诗人发光的秘密，他诗歌的来源，不是依仗他人的经验，更摈弃了由经典堆积的话语理论，而来自对自我生存的永不懈怠的思考，“我依靠思索/穿过荆棘和险恶而达到欢迎我的人们”（《诗歌是简单的》），当自我成为思考的对象，诗人将无时无刻不在获得。东荡子夫人聂小雨曾于《九雨楼札记》中有这么一段描述：“荡子有着自己的理由：孔子没有读过《史记》没有读过《红楼梦》更没有读过莎士比亚，照样产出伟大的思想，那么人类第一个伟大的思想家的思想从哪来的呢？显然不从书本中来。当一个人懂得所有的思想来自于自己对日常的观察与思考，来自于大脑和内心这个本质，也就懂得了世界上没有一本书是必须读的。”① 从日常的观察与思考出发、由自己大脑和内心本质而生成的思想，它们天然地靠近恒久不变的真理，往往与悬置于生命体之外的传统不约而同、发生共鸣。正是源于这份领悟与坚持，东荡子获得了思考的自由，更愿意“每一个创作都是书写自己、虚构自己，或许是更真实的自己。

① 聂小雨：《九雨楼札记》，待出版。

在人与神两道门槛之间，东荡子自由地出入”①。

书写自我、从自身出发的创作方式，让诗人以更清晰的方式拨开历史迷雾抵达真实的透明，在《世界上只有一个》一诗中，东荡子明晰地表达了他对历史、修辞的怀疑以及从自我出发抵达世界的追求：“什么是新的思想，什么是旧的/当你把这些带到农民兄弟的餐桌上/他们会怎样说。如果是干旱/它应当是及时的雨水和甘露/如果是水灾，它应当是/一部更加迅速而有力的排水的机器/所有的历史，都游泳在修辞中/所有的人，都是他们自己的人/诗人呵，世界上只有一个”（《世界上只有一个》）。当这个世界源源不断地制造迷惑人心的时髦新概念、新规则时，东荡子却能从思想的迷乱与蛊惑中跳将出来，直接质问“什么是新的思想，什么是旧的”。对于他而言，只有天地间的农民才更接近生存的根本，而被建构的历史不过是修辞术所堆砌的文字游戏。要避免这类思想蛊惑与历史陷阱，东荡子指出，只有所有人都成为自己，才能得以救赎。一如诗人，就其独特的生命感受与日常经验而言，诗人永远只是这独特的一个，但这一独特性却能抵达普遍的真理与本质。东荡子于诗中毫不留情地批判了远离生命的虚假思想与历史叙事，将自身作为意义的最终源泉，独立思考成为其与世界对话的唯一方式。在这个运思过程中，外在的概念抑或历史脱落了被人为赋予的意义，它们被恢复了原有的初始性，以尚未被命名的、从未展开过的陌生者的方式，被诗人的思想所穿透，存在的迷惑以一种透明的方式被揭示。这类充满自我力量并能自我发光的诗歌只能来源于诗人依靠独立思索与自我体悟而产生的意义旋涡。

当代诸多诗歌缺乏灵魂，更缺乏引起他人灵魂战栗的原因之一，在于它们更多是一种翻译的诗歌。面对自我、面对灵魂，他们似乎

① 聂小雨：《东荡子：最可贵在于诗人合一》，《南方都市报》2014 年 6 月 8 日。

失去了深入的能力，更缺乏直接面对的勇气，而多通过转译别处的生活、他人的经验、名家大作中的精神理念来拼凑诗歌版图。大量的诗歌在经典指涉、他人话语的缠绕中匍匐前行，诗歌生命在流转的翻译中远离了真实的根本，如张爱玲《封锁》里翠远苍白虚假的人生："生命象圣经，从希伯来文翻译成希腊文，从希腊文翻译成拉丁文，从拉丁文译成英文，从英文译成国语 ，翠远读它的时候，国语又在她脑子里译成了上海话。"经过重重指涉而曲折呈现的诗歌，更多地成为一种语言盛宴、智力的展览，唯独属于自我的生命领悟缺席，没有从生命内部生长起来的诗歌自然难以打动读者。诗歌的边缘化固然有着时代、社会诸种外部因素的阻挠，作为诗歌内部的这种遮蔽是否也值得我们深思？东荡子在一次采访中说他的诗歌追求空穴来风，要超越诗歌狭小的形式黑暗与技术纠缠，这一理念类似大乘佛教的般若空宗所讲求的"空"观万象，认为诸相"无常"，无须执著于现象表层，超越固定的意义，达到对万物、诸相的真如体悟。东荡子诗歌的生成方式与此类似，它抛却诸多意象的堆积、意义的纠缠，始终坚持求之于己，以直抵生命内部、思想核心的方式，达到空穴来风的化境，这类珍珠般从生命内部孕育的诗歌自然成为澄明灿烂的自光体，足以一瞬间击中我们被掩埋已久的内心。

三、一座透明的美学迷宫

东荡子的诗歌往往一瞬间击中我们的心扉，但在细部解读上却让人如陷迷宫，它的存在类似卡夫卡笔下的城堡，遥远地彰显其清晰的轮廓，却让测量者难以靠近，这或许跟他节制、简洁的抒情方式以及高度隐喻化的书写风格有关。简洁节制的抒情剥离了大量可供分析的诗歌修辞，让诗作如石头一样坚硬与难以进入；而隐喻化的书写让诗作笼罩于晦暗，并尽可能地远离诗歌的单义性内涵，而成为一种含义丰富的形体。这种简约的言说方式与内涵错杂之间的不和谐使得东荡子的诗歌如一座透明的迷宫，成为胡戈·弗里德里希所言的具有魔力的现代诗歌："这种诗歌更情愿成为一种自我满足、涵义富丽的形体，这形体是那些以暗示方式作用于前理性层面，同时又让概念的隐秘区域发生震颤的绝对力量所组成的一种张力织体。"①

东荡子诗歌给人最基本的印象便是一种由节制而生发的简洁感，秋天般高远的洁净似乎成为诗人不懈的美学追求，他的众多诗作多为短诗，且语句简练、修辞匮乏、情感隐伏，一如凋尽枯叶的秋木，仅裸露出富于质感的枝干，其被众人所传诵的诗作《黑色》《伐木者》等均只有短短几行简单的句子和必要的词汇，似乎诗人一直以减损、退却的方式使用词语，一些不必要的修辞、带有情感色彩的附属语都被刻意摈除了，也有意制造了美学分析上的难题。它的干净、简洁总吝啬于留下相应的阐释线索，如"伐木场的工人并不聪明，他们的斧头/闪着寒光，只砍倒/一棵年老的朽木/伐木场的工人并不知道伐木场/需要堆放什么/斧头为什么闪光/朽木为什么不朽"(《伐木者》)，这类以修辞退却的方式来接近诗歌的写作，是如此简单而自成一体，仿佛一块光滑、坚硬的石头，拒绝惯常美学分析的挺进。面对《伐木者》这首刚开始不久就戛然而止的诗作，我们却不禁要迷惑，诗中的伐木者为何不聪明？他们为什么只能砍倒一棵朽木？他们为何一边劳作一边处于无知之中？对于这一切，诗人都没有提供答案，句子与句子之间的意义连接出现了大段的逻辑空白，在意义断裂的空白处，东荡子这类节制、简洁的书写与他留下的巨

① 胡戈·弗里德里希著，李双志译：《现代诗歌的结构》，译林出版社 2010 年版，第 2 页。

大的想象空间之间形成了一种复杂的张力，留下了一座字面容易进入而内在肌理纠缠的文字迷宫。

东荡子的诗作简洁却充满复杂张力，始终离不开他高度隐喻化的书写，东荡子诗歌中的词语之所以如此洁净，不依赖过多的形容词、助词，因为它本身就是一个高度浓缩的隐喻体，在它之上有着诗人赋予的广阔空间。多余的修辞已然成为一种负担，譬如东荡子《打铁》笔下的打铁匠，它与“诗人”这一本体完全交融，并与诗人的对象性等同，“铁匠铺的师傅已经麻木，他从胸膛/取出烧红的铁，使劲地打，操着他的铁锤/他要把它打成他想到的模样，他要把它打黑”（《打铁》）。诗中没有对打铁激情洋溢的赞美与精雕细琢的细部勾勒，铁匠的面目也是模糊不清的，总之，全诗如一幅速写，只将最必要的情节加以叙述，但其中蕴含的理念却在这粗笔勾勒中呼之欲出。因为，打铁与诗歌创作之间的等同性，打铁匠与诗人之间的等同性，他们已经在诗中合二为一，打铁已成为一种高度隐喻化的活动，滥情的赞美与多余的修饰在这里只会成为诗歌的一种伤害。

隐喻往往恢复了异质的、飘零的事物之间的联系，而高度隐喻化的书写更使得诗中呈现的事物合二为一，它不再是负载情绪与哲思的空洞载体，它们本身就是一个象征物，是此又是彼。《树叶曾经在高处》中的城堡、落叶、钟声、尘土，它们本身已与时间、光荣、死亡合二为一，你无法将它们一一剥离，你最终只能在两者的汇合里领悟内在的真理。这类似弗里德里希所说的现代隐喻：“现代诗歌隐喻不是用隐喻为一个现存者唤起一个相似者，而是借用隐喻强迫彼此分离者汇合为一。”① 所以，当我们读到这样的诗句——“密不

① 胡戈·弗里德里希著，李双志译：《现代诗歌的结构》，译林出版社 2010 年版，第 208 页。

透风的城堡里闪动的光的碎片/并非为落叶而哀伤/它闪耀，照亮着叶子的归去/一个季节的迟到并未带来钟声的晚点/笨拙而木讷的拉动钟绳的动作/也不能挽留树叶的掉落。你见证了死亡/或你已经看见所有生命归去的踪迹/它是距离或速度的消逝，是钟声/敲钟的拉绳和手的消逝。大地并非沉睡”（《树叶曾经在高处》），我们俨然穿行在一个象征的森林。落叶的离去与人的离去，钟声的消逝与时间的流逝，它们高度统一在一起，它们在诗人的体验下被把握和融合，生成了类似维特根斯坦的诗意世界。庞德要求隐喻的图像“是发射光芒的漩涡，理念呼啸着穿过它”①，可以说东荡子的诗歌图像准确地达到了庞德的要求。其中沉浮的隐喻体不再是飘零的、需要联想来牵线的，而是本身就闪烁着理念的光芒，成为理念的一个悠远回声。

东荡子因高度隐喻化而略显简单、坚硬的诗作，因除去了多余的修辞与词汇显得不那么丰赡与华美，一如中国水墨画，设色简单、笔触简练。这类创作自然与中国画中留白的美学追求一脉相通，古人绘山水，多喜于水墨间留下大片空白，达到方寸之地亦显天地之宽、以无胜有的艺术境界。东荡子的诗歌于节制间所留下的语言空白，并不是意义匮乏、苍白无力的表征，而是类似中国画中的留白艺术，寥寥几笔现天地，成为叶维廉所言的好诗中的空白：“空白（虚、无言）是具体（实、有言）不可或缺的合作者。语言全面的活动，应该像中国画中的虚实，必须使作者同时接受言（写下的字句）所指向的无言，使负面的空间（在画中是空白，在诗中是言外契合的物物关系）成为重要、积极、应作美感凝住的东西。”② 显

---

① 转引自胡戈·弗里德里希著，李双志译：《现代诗歌的结构》，译林出版社 2010 年版，第 195 页。

② 叶维廉：《中国诗学》，人民文学出版社 2006 年版，第 57 页。

然，东荡子诗歌追求深深契合了这一来源于中国绘画的美学理念，他有策略的词语撤退最终在撤退的空白处留下了巨大的想象空间与阐释维度，形成了意在言外的悠长余韵，让他的诗作如此透明地接近我们，又如此狡黠地远离我们。

2015 年

让诗歌自由呼吸

——评俄罗斯当代女诗人英娜·丽斯年斯卡娅《孤独的馈赠》

20 世纪俄罗斯的诗歌天空可谓群星闪耀，阿赫玛托娃、茨维塔耶娃、帕斯捷尔纳克、曼德尔施塔姆等以各自的光谱与芬芳构筑了后白银时代熠熠生辉的发光体，其中，丽斯年斯卡娅就是一颗稍后升起的清冽新星。对于她的诗歌价值，索尔仁尼琴曾给予热情的肯定，1993 年，他写信给丽斯年斯卡娅："人们好像还曾忧虑：在阿赫玛托娃和茨维塔耶娃之后，由谁来延续俄罗斯诗歌自己的独特性，为其增添光彩，树立威望呢……这由您达到了，显然，这并非按照既定的计划，而是非常简单，自然而然，水到渠成的。"这是一名俄罗斯精神巨人对另一名巨人的致敬，俄罗斯诗歌的伟大传统爝火不息，丽斯年斯卡娅不仅薪火相传而且为之增光添彩，这一切在索尔仁尼琴看来，都是以一种自然的方式发生的，仿佛诗人英娜生来便是隶属其中的。20 世纪 90 年代以来，苏联时代曾失去发表资格的丽斯年斯卡娅接连获得了索尔仁尼琴奖、俄罗斯国家诗人奖，成为继阿赫玛托娃、茨维塔耶娃之后当代俄罗斯诗人的典范。然而，这么一名有着纯正俄罗斯精神血脉与广泛声誉的女诗人，在中国却极少被国人所关注，翻译过来的诗作也寥寥可数。针对这一匮乏，黄礼孩主编、晴朗李寒翻译的诗集《孤独的馈赠》无疑给予我们一个莫大的安慰，在茨维塔耶娃之后，我们看到了一个毫不逊色的英娜·丽斯年斯卡娅。

一、“孤独的馈赠”

意气风发的年纪却被冷漠地抛掷于时代巨轮之外，人至暮年又痛失人生与灵魂的双重伴侣，因时代禁锢而造就的孤独与因人生无常而带来的孤独联袂而至，它们成为丽斯年斯卡娅一生的承受，仿佛诗人的命运处于与孤独永无止境的纠缠之中。俄罗斯一位诗评者感慨：“孤独无时无刻无处不在地伴随她，在此种境况下，孤独不再是浪漫的，诗人而是斯多葛主义的孤独，孤独，它不为人所选择，而只能承受，好像是命定而无法回避的。”① 孤独，对于英娜来说是双重的，既是形而上的抉择也是形而下的承受，既因外在禁锢也因内在坚持，诗人的孤独与诗歌的孤独融为一体，成为雅斯贝尔斯所言的诗歌与人的合二为一。

政治高压的苏联时代，丽斯年斯卡娅承受的是边缘化乃至被禁止发表作品的孤独，这种孤独与其说来自被动承受，不如说来自诗人因内心良知的自觉选择。爱伦堡曾如此描述通往奴役时代的苏联人民整体的精神状态：“完整的语句说了一半戛然中止。思想和情感不由自主地屈服于环境的影响。”② 个体在思想情感的自我放弃中，最终与体制融为一体，无疑，这是集权与奴役共鸣的岁月，也是精神测量的一把无情尺子。是顺流而下屈服于权威，还是孤绝地坚持

①《我总是不合时宜的——英娜·丽斯年斯卡娅访谈录》，《孤独的馈赠》，北岳文艺出版社 2015 年版，第 187 页。

② 爱伦堡著，冯南东、王金陵译：《人·岁月·生活》第一部，人民文学出版社 1979 年版，第 2 页。

自我；是随声喝彩，还是专注于诗歌“忧伤的手艺”①，面对种种抉择，从俄罗斯诗歌光源中走来的丽斯年斯卡娅，毫不犹豫地遵循内心法则。众声喧哗中，她仿佛一个孤独的精灵：“我在泪水与讥笑中生活，/无依无靠，却很自豪。/向我乞求慰藉吧，/那些安慰——永远不会得到！”（《我在泪水与讥笑中生活》）从丽斯年斯卡娅高傲而不合时宜的诗篇中升起的是不羁的灵魂与奔赴自由的高贵精神。

盛行僵化教条主义的苏联文坛，崇尚的是主题先行、与时代话语保持一致性的“正确”诗歌，这种文化禁锢，使得大部分诗人要么噤若寒蝉，要么蜕变为时代传声筒，丽斯年斯卡娅自由而敏感的心性不禁让她对禁锢时代产生了激烈的怀疑，19 岁便发出了反抗的呐喊：“请用棉被裹紧我，/把窗子关闭/任何理想/请不要向我提起 /你看，我如此疲惫/身心困倦，/在深夜我很少入睡，/活力削减。而在思绪的墙壁上——/是乘风鼓起的白帆，/我不能无视它们，/请让我闭上双眼。这种相似令我恐惧，——/摘下那双面挂毯吧，——/我如此竭尽全力，/就像帆船要冲出墙壁。”（《请用棉被裹紧我》）这是一个拒绝世界、活在自我想象中的少女，她似乎看透了“理想”的虚伪、困倦于外在的规训，而宁愿闭上眼睛，依仗内心燃烧的激情破壁而去！这首少年之作横空出世，宛如一道闪电划破阴沉的天宇，一开始就奠定了诗人的精神基地，即始终要以内在的真诚与不羁的精神来冲破强权加诸其上的禁锢，自由的诗魂绝不妥协于外在的规训。时隔 13 年后，人到中年的丽斯年斯卡娅并未松懈她挺直的脊梁，当发现本应高贵的语言嬗变为歌唱权力的工具，主流的词语成为蛊惑人心的咒语，依仗词语来构筑诗歌的诗人变得异常痛苦：“哦，那些词语多么令我痛苦！/它们流淌着，像从额头滑落的雨

① 来自英娜·丽斯年斯卡娅的诗句：“甚至生活已经不能/与我忧伤的手艺相融。”（《哦，那些词语多么令我痛苦》）

滴。/主流的词语/隐匿了次要的含义。//一切都在逐渐改变，/寒霜被称着白银，/甚至生活已经不能/与我忧伤的手艺相融。//生活曾在我的眼前/而一切隐藏在字句里/就像书页之间/夹起一枚槭树的叶片。//只有在死神的面前/一切事物才找到了自己的位置。/钉子成为钉子插在自己的孔眼中，/而高处成为了天空。”（《哦，那些词语多么令我痛苦……》）面对词语的堕落，指鹿为马的虚伪，自由的诗人要用真诚来击破这虚伪的世界并不惜用死亡来净化一切，诗人感到在谎言成灾的年代，只有死才能还原词语的本义，让“一切事物找到自己的位置”。丽斯年斯卡娅深知她是在没有限度的荒谬中寻求真理，终止这荒谬的最好方式便是越过理性的重重障碍直抵死亡，这决绝的方式类似舍斯托夫于旷野上的激越呼喊，以一种非理性的直觉来中断貌似理性的规则与谎言。

丽斯年斯卡娅这种不合时宜的真诚与绝不妥协的自由姿态，让她的诗歌一直游离于苏联时代的主流诗歌圈子。作为诗人个体，因1979年对苏联作协的抗议，她跟先生更是被禁声十几年，失去了计划经济时代作家所享有的一切权利，成为被时代所掩埋的活人。对于降临于作家身上的种种灾难，诗人无怨无悔并将孤独视为馈赠：“有的人会得到/幸福的馈赠——/它能飞，会叫，/就像栖息的群鸟。有的人会得到/特权的馈赠——/它有分量，易腐烂，/就像小铺里的商品。有的人会得到/神奇的馈赠——/就像有益健康的/甜美的花蜜。而我会得到/孤独的馈赠，/它干涩，激烈，/如同大海里的火焰。”（《孤独的馈赠》）这是自我放逐的孤独，也是坚持内心戒律的孤独，诗人在顺流而下的时代话语中逆流而上，固执而坚定地游向由内在自由与真实灵魂所构筑的诗歌岛屿，成为苏联时代不合时宜的孤独者，这位写诗向阿赫玛托娃与茨维塔耶娃致敬的女诗人，骨子里俨然与两者有着同样高贵的诗魂，有着“在天空之上是我的葬礼”（茨维塔耶娃《葬礼》）的高傲与自信。

如果说与外在强权相疏离而造成的孤独，宛如淬炼的火焰，让丽斯年斯卡娅变得高傲而纯粹，那么，当伴侣谢苗·利普金于2003年逝世，爱人的生离死别则成为诗人灵魂的炼狱，让她对孤独有了更切近本质的思考，即一个孤零零的灵魂被突然抛到了这世上，该当如何去承受命运所加于人的孤独。《没有你……》《翻转的世界》等组诗既是对爱人的悼词，也是诗人对于孤独的纵深体验："我从自己的黑暗中慢慢挣扎而出，/比从坟墓的骨殖中生长出灌木，还要迟缓。/……就让他们来吧，我们会思念起那些人，/那些在另个世界回想我们的人。/我们凭借记忆区分开人与野兽。/金黄的猫咪蜷缩在我的台阶上，/我真切地感受到，我的心中充满了/怎样的失落，我又是多么的孤独。"（《我从自己的黑暗中……》）这是弥漫于整个生命之中的黑暗的孤独，也是失去了外在束缚之后自生命内部升起的孤独，诗人经历了巨大的社会变革之后，于新的时间链条上回望过去，历史善恶的轮廓在良心的天平上有了清晰的形状。然而，尘埃落定，爱人远去，诗人陷入了与历史、生死的单独对话中，作为生命个体的孤独处境以一种本质的方式凸显出来，丽斯年斯卡娅进入了存在主义哲学家克尔凯郭尔所言的"孤独的个体"式的本体孤独之中。显然，诗人晚期的诗作从尖锐的向外的抗争性孤独走向了更为深邃、阔大、充满哲性的孤独之境。

二、"你是多么切近，哦上帝"

宗教所涵括的精神维度与价值取向对俄罗斯作家精神的照亮早有共识，别尔嘉耶夫、舍斯托夫、谢·布尔加科夫等无不有所撰文，弗兰克总结俄罗斯文学与宗教的联袂在于它们"不在于纯理论上的、不偏不倚地认识世界，而总是对生命的具有宗教情感的解说”①。宗教与文学宛如俄罗斯作家生命内部升腾的气流，始终萦绕不绝于他们精神的天空。基于耳濡目染，丽斯年斯卡娅自幼就与宗教结下不解之缘，“从十四起我便开始不断地阅读圣经。记得年幼时保姆经常带我去教堂”，“从八岁，后来我曾经用诗歌做祈祷，还是押韵的”。② 这种种切近宗教的经验对诗人而言，不仅是教义上的思想触摸，更是与之如影相随的生命之光，是始终激动着诗人的神秘呼唤。

丽斯年斯卡娅的诗作自始至终吟唱于宗教的天穹之下，东正教义中有关苦难、承担、牺牲等理念与理想已如盐化水溶于她的诗作中。东正教教义维度下的苦难跟牺牲有关，更与重生相维系，“毁灭和灾难往往与启示录联系在一起，苦难过后，往往是拯救，是新的世界，是重生。这样，苦难成为黎明前的黑暗，成为拯救的代价”③。“受难者”（MyetlHoK）往往是俄罗斯最高级别的圣人，因为圣人在对苦难的承担中净化自我、淬炼为神；正是源于这么一种植根于民族宗教内部的苦难认知及其衍生出的承担意识，俄罗斯作家始终俯身拥抱苦难，从苦难的泥泞中思索苦难予人的意义。帕斯捷尔纳克用哭泣的墨水书写时代赋予命运的苦难，体现了一代知识分子的良心；阿赫玛托娃更是始终站在苦难的泪水中移动她孱弱的笔杆，成为抚慰俄罗斯苦难的淡淡月光。同样，丽斯年斯卡娅承续了这一不绝如缕的精神血脉，以拥抱苦难的姿态直面苦难，以承担与牺牲的方式来消解苦难，将苦难转化为自我净化、缔造光明的淬炼。诗人的一生是笼罩于苦难阴影中的一生，外在强权加诸的精神苦难、不

① 弗兰克著，徐凤林译：《俄国知识人与精神偶像》，学林出版社 1999 年版，第 4 页。

②《我总是不合时宜的——英娜·丽斯年斯卡娅访谈录》，《孤独的馈赠》，北岳文艺出版社 2015 年版，第 193 页。

③ 郭小丽：《俄罗斯民族的苦难意识》，《俄罗斯研究》2005 年第 4 期。

合时宜而被排挤的生存苦难、痛失爱人后的情感苦难，诸苦集结，成为诗人无法逃匿、必须承受的命运："请你不要绕过我，/这倒数第二的不幸！//至于那最后的不幸/我自己也不会主动绕行。"（《椴树花疯狂绽放》）面对降临身上的不幸，诗人毫无闪避，而以内在的勇气与道义去承担最后的不幸，仿佛就刑的耶稣，要让全世界的罪孽都抵消于个人的受难之中，"我用石头雕凿出十字架，/为了慢慢地扛着它前行"（《头发渐渐稀疏了》）。诗人自觉地背负十字架走向不幸，就如她自觉地将自身献作多灾多难的祖国的人质："我从土壤中生长，像一棵云杉/那是多层的土壤，/六角的星星/不能把我从这里救赎。/在俄罗斯风雪与俄罗斯音节中/我生根长大——没有别的出路，/我已把自己献身为人质，/从吸气到呼气！"（《人质》）诗人仿佛将全俄罗斯的苦难都背负一己身上，将自我献为人质，将承担罪孽的身体牺牲于祖国之前，就如以洁白的羔羊为世人抵罪①。受苦、牺牲、承担，它们闪耀的精神火焰燃烧在丽斯年斯卡娅的诗作中，仿佛教堂穹顶下回荡着有关受难与救赎的圣曲。

值得注意的是，丽斯年斯卡娅永远是自由呼吸的不羁之子，对于宗教，她更多地从精神共鸣的层面靠近，亲近而绝不盲从，因此，我们发现，虽然她的诸多诗作中上帝、天使频繁出现，然而，诗作中的上帝只是诗歌内部的一种坚实的力量，诗人信任它却绝不依附于它："上帝审判了我，上帝宽恕了我，/他庇护我，关注我，惩罚了我，/但他从未用手为我/指出一条可行的道路。//按自己的内心选择吧：/自己的道路，自己的归宿，自己的生活方式，/不要视地狱为天堂，/也不要把天堂当做地狱。"（《上帝审判了我，上帝宽恕了我》）对诗人而言，上帝无所不在，它具有绝对的律令，但它并非

①《约翰福音》记载，约翰看见耶稣来到他那里，就说："看哪，神的羔羊，除去（或作背负）世人罪孽的！"

无所不能，诗人主体更强调遵照内心指令，强调以个人勇气打碎上帝的偶像；在这里，丽斯年斯卡娅体现了她基于人本主义之上的宗教观，即人并非匍匐于上帝脚下失去自我的朝拜者，而是有辨别、有力量、有勇气的个体存在。正是对于个人力量的确定，她才会弃绝了教徒对于上帝、天使的哀恳与乞求，而指向基于人自身的自我拯救："所有人都散乱而匆忙地消失了，/可是，我的天使啊，我没有呼唤你。/不要安慰我，我是极度伤心的女人。/但无论如何我会熬过这一生。"（《所有人都散乱而匆忙地消失》）俨然，诗人信仰宗教但旨归于人："我尊重戒律，逃避规则。……我引用耶稣基督的话说，人非为礼拜六而生，而是礼拜六为人所设。"①上述自白有着诗人不羁灵魂的闪现，但就更深的层面而言，诗人对宗教的信奉不是模式化的偶像崇拜，更不是对僵化规则的恪守，而是心灵的靠近与融入，是类似犹太教的内在性肯定："否定了祭品和偶像崇拜在宗教中的作用，把宗教崇拜转化为内在的、纯精神的。"② 由此，上帝、天使成为诗人诗中的一个精神实体，它们并不是高高在上仅供诗人崇拜与呼吁的对象，而成为时时与诗人进行对话、交流的他者，从这个层面而言，对上帝的认同与爱始终离不开对人的认同与爱，如弗兰克探讨精神空虚的俄罗斯人该如何与活的上帝相遇时所言："我们所面对的不是许多压抑我们灵魂并引诱其走上迷途与绝境的理想、原则和规范，而是只有两条戒命，它们就足以使我们的生命有意义，有坚实基础，使其丰富而有活力：这就是对作为生命之源泉的上帝的爱和对人们的爱。"③ 显然，丽斯年斯卡娅诗作中的上帝便是弗兰

---

①《我总是不合时宜的——英娜·丽斯年斯卡娅访谈录》，《孤独的馈赠》，北岳文艺出版社 2015 年版，第 193 页。

② 王亚平：《基督教的神秘主义》，东方出版社 2001 年版，第 49 页。

③ 弗兰克著，徐凤林译：《俄国知识人与精神偶像》，学林出版社 1999 年版，第 142 页。

克文中活的上帝，它离弃了圣物、理想等加之于上的空洞的意义，而成为与生命同在的实在之物。

直至晚年，上帝仍是丽斯年斯卡娅诗歌中一道明亮的眼神，一个与诗人生命共振的实体：“你是多么切近，哦，上帝，/我的主，又是多么遥远！……在这只盛满咸菜的大桶里，/艰难地仰视/太阳升起在海面，/哦，上帝，光的睫毛中是你的眼！”（《你是多么切近，哦上帝》）这是诗人逾80岁所写下的诗句，行至晚年，死神并不遥远，若远若近的上帝变成了生命中的一道光线，洋溢在诗人四周，我们仿佛看见一个行走于生命终端的诗人专心地审视自己的灵魂，并于跟上帝相遇中发觉内在的光明。自始至终，丽斯年斯卡娅诗作中的上帝并不是被悬置的概念抑或虚化的终极价值，而是与诗人一起交流的实在之体，如弗兰克分析俄罗斯宗教精神所言：“我们所寻求的对象不是幻影，而是真正的实在，不是某种遥远的不可企及的东西，而是和我们无限接近的、永远和我们在一起的东西：因为这一生命于光明的永恒源泉，本身也就是驱使我们寻找它的力量。”①沐浴于宗教光线中的诗人，与宗教的关系与其说是崇拜与被崇拜，不如说是切近的交流；从宗教那里得到的与其说是教徒式的拯救与安慰，不如说是源于生命内部的精神共鸣。

三、丰富的单纯

英娜·丽斯年斯卡娅的创作始终置身于欧美诗歌运动迭起、形式技巧转变频繁的时代之间，然而，专注于自己“忧伤手艺”的诗

① 弗兰克著，徐凤林译：《俄国知识人与精神偶像》，学林出版社1999年版，第138页。

人却有意疏离这时代，她拒绝了眼花缭乱的形式冒险与语言实验，坚定地朝诗歌内部的小径挺进。正是这种安于孤独、不惧潮流的特质让丽斯年斯卡娅始终保持了自己清晰的诗歌面貌，缔造了专属于自己的单纯而坚实的诗歌体。

威廉·巴雷特在《非理性的人》一书中这样写道："俄国作家中最有价值的，是他们对生活的直接把握，对文学形式与象征的技巧做作极端鄙视。"① 这或许也可以用来描述丽斯年斯卡娅那些直接而慑人的诗作。或许环境使然，或许天性使然，诗歌风格上，丽斯年斯卡娅有着俄罗作家的鄙视形式与技巧的直接性，并更趋向于茨维塔耶娃式的犀利与激烈。面对失去信仰却又谎话连篇的极权年代，诗人的愤怒不加修饰地喷薄而出："老党员从被窝里摔出/《真理报》——都是令人厌烦的胡扯……/我觉得很好，我还不知道/是信仰它，还是盼着它倒掉。监狱的囚车从火车站/开往冻土地带，那里充满饿狼的嗥叫，/我觉得很好，我还不知道/他们是自由，还是命丧荒郊。"（《人们把土豆、猪油拖向市场……》）对于笼罩一切的谎言与强权，诗人的诗句毫无忌讳，反而尖锐如匕首，直抵现实、刀刀见血，强调对生活进行直接表达。不过，有着直接力量与正义情怀的丽斯年斯卡娅并不因此成为第二个茨维塔耶娃，显然，她貌似猛烈的诗歌还有着自己不可复制的独特性：清晰的精神线条、高度准确的意象与灵敏的节奏感。这些珍贵的特质让丽斯年斯卡娅隶属于俄罗斯伟大诗人谱系的同时，又幸运地拥有了自己清晰的面貌。

在日趋碎片化的不安时代，英娜的诗作仿佛那动荡晦暗里始终坚持的一点光，呈现了一种坚定的精神面貌与价值理念，并擅长运用格言般洁净的语言来突破各种复杂的现实纠葛："洞察一切，/一

① 威廉·巴雷特著，段德智译：《非理性的人——存在主义哲学研究》，上海译文出版社 1992 年版，第 138 页。

切真理都很平常，/不要向圣者请求宽恕，/请向犯罪者请求原谅。”（《没有甜蜜的忘却……》）“在死一般的沉寂间，/风对我歌唱：/谁参与了战斗，/谁就不会摆脱战争!”（《在死一般的沉寂间》）大量判断性的句式、斩钉截铁的语气均凸显了诗人清晰的价值观，其中没有犹豫、没有挣扎，仿佛诗人抒写之初，就已确定了牢固的立场，诗人借此来洞察纷纭复杂的现实事件、斩断瞻前顾后的情感牵绊。稳定的精神线条、坚定的抒情姿态让丽斯年斯卡娅的诗作结构趋于水晶般坚实的形态，形成了明快、透明的书写风格。

丽斯年斯卡娅的诗歌意象并不繁复，但每一个意象的出现都恰到好处，似乎诗人已将意象择取的可能性榨取干净，非如此不能表现其中的力量，诗人如此来形容“敌对”与“穷困”：“我不知道敌对的面孔，/但我想象它是这样的：/从红色的死水中抽出的/生满铁锈的短剑。我不知道穷困的面孔，/但我想象它是这样的：/从人行道污浊的水中捡起的/黄边儿的五戈比硬币。”（《我不知道不幸的面孔》）死水与短剑、污水与硬币，这样让人不适又惯常的事物，在作者的安排下，并列于空间的它们不仅以鲜明的颜色诉诸视觉，而且在时间运动的瞬间被诗人融为一体进行了雕塑似的定格，富于暗示性的一刻迸发出直指人心的力量。阅读丽斯年斯卡娅的诗歌往往会于瞬间遭受强烈的视觉冲击与情感力量，其秘密或者正源于诗人对诗歌意象精确而有效的控制。丽斯年斯卡娅的诗不仅以意象震惊视觉，还如一名高明的弹奏者，善于从听觉层面调度词语，寻求一种最贴切、最富有表现力的诗之节奏，其不少诗作段落整齐分明、节奏清晰、语调转换自然，并擅长于整齐的音中穿插和谐的语音伴奏，譬如这首她成熟期的诗作《低低，低低的，今年第一场雪》：“低低，低低的，今年第一场雪/低低的声音。/温柔，温柔的，我把温柔的双手/搭上朋友的肩头。//洁白，洁白的，洁白的飞絮——/洁白的雪花从空中落下……/我战胜了奴隶的意识，/你也克服了它。//面对永恒的时间我们的恐惧不会长久/只是在这样的时刻，——/第一场小雪，如同生病的孩子，/身子蜷缩紧贴在院墙上。”全诗共分三节，每节四行，段落清晰，而各段的语调相互应和。前面两段诗人特意择取音节暗沉的词语加以重复，营造出一种静谧、感伤的气氛，仿佛喑哑的大提琴前奏，以抒情的方式将诗歌缓慢推进，行至第二段第三行“我战胜了奴隶意识”始，语调变得激昂铿锵，它处于诗歌的中下部，宛然乐曲中闪亮的音符岛屿。而至第三节，冗长语言的流动让语调变得绵长，复杂的语言结构形成了富于沉思的语调，宛然曲子将近而余音缭绕。诗人张弛有度的节奏安排让整首诗如一首协奏曲，由内而外发出和谐而曲折有致的共鸣。

有俄罗斯的评论家认为丽斯年斯卡娅的诗看起来很简单却并不单调，的确，阅读丽斯年斯卡娅的诗作不需要动用过多的智力与学识，它们总是在第一时间以直接的力量将你打动。然而，这种貌似简单的直接性并不意味着丽斯年斯卡娅的诗歌世界是粗率无文的，经过主体性的熔铸与创造，丽斯年斯卡娅的诗作已淘尽了现代诗作流行的晦暗性语调与分裂的破碎性，而趋于一种坚实、清晰的整体形态，成就了独属于诗人自己的单纯而丰富的诗歌体。

结　语

终其一生，丽斯年斯卡娅坚守“异端”的创作原则，让诗歌自由呼吸，国内不能发表，就发地下刊物，甚至投向“没有自己读者”的国外。经年的孤独成就了诗人，自由的书写缔造了超越狭隘时代的恒久诗篇。值得欣慰的是，20 世纪 90 年代以来，丽斯年斯卡娅接连获得了索尔仁尼琴奖、俄罗斯国家奖、俄罗斯国家诗人奖，在她 80 岁的生日上，总统梅德韦杰夫高度评价了诗人：“作为一名杰出的抒情诗人，您闻名于国内和世界，享有极高的声望。您的作品以其精美的风格和深刻的印象，成为俄罗斯文学中最为鲜明和显著的现象之一。”或许，这些迟来的荣誉是世人对诗人孤独的另一种馈赠。

2016 年

点亮风景暗物质的电光石火

——小评冯娜《无数灯火选中的夜》

由于族裔身份及其边域的生活经验，不少论者对冯娜诗歌的指认总绕不过对其地理、民族的追索，它在有效梳理诗人诗歌的某些特质的同时，也带来了符号化的拘囿。或者，剥离上述论说限制，我们更能深入冯娜的诗歌文本，体味其诗作中或明媚或幽微的电光石火，并意识到，冯娜诗作的诱惑性并不依赖于对边疆等特殊题材的占有，而是其感同身受的领悟力、创造性的个人化书写构成了诗歌文本的内在魅力，它们共同点亮了冯娜诗作中无处不在的风景片段，有效接通了个体与存在之间的秘密通道。

冯娜的诗歌多涉风景，自然之景抑或人世之景，它们交相出没、相互呼应，构成一幅与诗人心象交相辉映的诗歌图景；然而，风景的大量书写对于当代诗人而言，未免不是一种冒险。因为就中国诗歌传统而言，有着成熟的制作方式与运思路径的风景诗历来为古典诗歌之大宗，它们如此让人耳熟能详，以致成为当代诗歌需要避免的陈腔滥调，更何况山水风物的书写在层层叠叠的传统泥淖下已经难以有新的突围。从这个层面而言，冯娜大量的风景书写更需要卓绝的勇气与创造力。

与传统风景诗崇尚借景抒情、以物观物等运思路径不同，冯娜拒绝将风景作为诗歌客观描述物，并不遵从事物的自然秩序，也有意逃离将风景作为情感抒发点的工具性操作，从一开始，她就不满足于在风景表象的滑行，而是直接进入风景的内部，始终与风景相纠缠、相对话乃至相互置换。《对岸的灯火》一诗是冯娜与风景之关系的一个典型隐喻，灯火牵引“我”，并通过明亮与黑暗碰撞的声响告诉“我”“一定是无数种命运交错/让我来到了此处/让我站在岸边”。灯火与“我”之间的相遇成为彼此命运的浸入、交集，灯火此刻内化于“我”的命运之中，成为“我”的一部分。与此同时，“我”引导并嵌入了灯火的命运之中，“我只要站在这里/每一盏灯火都会在我身上闪闪烁烁/仿佛不需要借助水或者路途/它们就可以靠岸”。由此，灯火成为发光的生命体，“我”与灯火之间不再是主体与客体之间的观照与铭记，而成为彼此命运的融入与领悟，人与景的内在纠葛，使得冯娜的风景诗成为诗人的生命密码，镌刻了生命的体悟与悲欣。

风景指向生命的弥散性，使得冯娜笔下的风景与人合二为一。在《春天的树》中，树的迷恋、叛逆与怀疑一如“我”的精神历险，人的主体性与树的主体性已然合二为一，即此即彼，诗人在书写树的同时注视着自身的精神链条与欲望迷图。这种往来回复的注视于反思中强化了诗歌的情感张力，形成了单纯又繁复的不透明的诗歌质地。也正是主体与风景的高度纠葛，冯娜的诗作具有超越了表层的隐喻性，甚至成为寓言化的书写。《纪念我的伯伯和道清》不过才简洁的四句诗，茶花、跛脚的人，它们共同构成的隐喻化图景，留空了余韵悠长的阐释空间，凸显了冯娜高度的概括能力。固然，冯娜的不少诗作中，物象的更迭非常频繁，譬如《云南的声响》等诗，迭出的物象如流水般漫过诗篇，但高度隐喻化的它们始终被置于高度的意义关联之中，成为诗人的心象符号，成为与主体生命相勾连的命运共同体。

值得注意的是，冯娜笔下的风景，并无太多雄奇瑰怪之景，也无超拔之人，它们平常乃至庸常，是我们身边随时可被忽略的风物，而冯娜选择它们，也即回到了生活的常态，贴近了生活的真相。从这部诗集中，我看到一个曾耽溺于幻美风景并在词语幻境中漂浮的身影正坚定地向存在靠近，向沉默而坚硬的暗物质挺入，诗人伸展开她灵敏的触角接通庸常事物，让它们起电、发光，照亮庸常背后的无常命运与新鲜疼痛。《乡村公路》所描述的风景，是每个辗转于途的行走者所熟悉的，冯娜有效避免了田园式抒情，也远离了有关城乡分裂的社会学诘问，而是恢复了乡村公路的重复与无聊："司机的口哨绕着村寨曲折往复/多少个下午，就像这样的阳光和陌生/要把所有熟知的事物一一经过"。然而，正是从这熟知的无聊风景内部冯娜却敏感到了其中的悲凉与无常："多少人，和我这样/短暂地寄放自己于与他人的相逢/——纵使我们牢牢捍卫着灌满风沙的口音/纵使我们预测了傍晚的天气/（是的，那也不一定准确）/纵使，我们都感到自己是最后一个下车的人"。诗人总是能在瞬间与永恒、庸常与宿命之间寻求到诗歌的火石电光，一种澄明的了悟乍然照亮枯燥荒芜的无边生活。我一直认为，正是源于对日常生活的高度洞察力与自由游走的灵气，冯娜才成为那一个获取了诗歌秘密的幸运者。

2016 年

趋光的书写

——世宾诗歌论

在当代诗歌评论版图上，北方诗人及其蜀地诗群一直处于评论的聚光灯之下，他们的诗论、诗作成为诸多评论者青睐并追踪的对象。相形之下，粤地诗人群要么隐伏于评论的边缘地带，要么遮蔽于“打工诗人”这样巨型的话语羽翼下，而成为沉默的大多数，尤其是身为知识阶层的粤地诗人，他们热烈的付出、寂寞的书写，总让人想起王维笔下纷纷开且落的木芙蓉，如此绚烂、美好，却少为山涧外人知之。正是基于上述遗憾，我认为评论界应该祛除惯习的、潮流的各类遮蔽，多关注这群洋溢着梦想与力量的粤地诗人们，他们持续不竭的创作需要相配的尊重，他们的诗学思想需要被重新审读，他们安静的面孔需要从暗处闪现。在我看来，围绕“完整性写作”展开诗学建构并数十年躬耕于诗歌创作的世宾，便是其中一名代表性的诗人。闪耀着理想之光的诗论与洋溢着精神之光的诗歌是他起飞的双翼，虽然现实生活在幽暗中下坠，而被光芒所牵引的诗人却始终在梦想的天宇翱翔，仿佛不倦的趋光的飞蛾，世宾倔强地朝着光明之处飞翔，那是让他为之目眩神迷的神之所在，也是他愿意为之耗尽生命的一生事业，“为了写下一首真正的诗歌/流尽最后一滴血”（《倾诉》）。在这个破碎而功利的时代内部，我想，我们有足够的理由向世宾这样的诗歌践行者与梦想家致敬，他明亮、坚定的精神结构与不断自我调整的书写风格，有力地呈现了粤地诗坛倔强的生长力与不可掩目的成果。

一、“完整性”与“批判”：世宾的梦想与现实

毫无疑问，我们仍处在海德格尔所言的“上帝之缺席”的黑夜时代，世俗洪水全面泛滥，资本逻辑、消费主义正在蔓延，昔日光环炫目的诗人正快速被边缘化。边缘化固然会带来一种回到诗歌本身的朝内的书写，同时也会让诸多诗人自觉收缩自身的精神能量，主动放弃了诗歌的价值追询，一种技术化的、以狂欢方式滑行于一切之上的书写姿态成为不少诗人不约而同的选择。炫技性书写、泥沙俱下的经验见证与美学享乐一起构成了诗歌内部的自我喧哗，在这么一个以轻逸为美、以解构为乐的时代内部，世宾不惜冒着意识形态化的指责，展开了关于诗歌的沉重思考，他渴望重新恢复诗歌的伦理责任、扩张诗歌的精神能量，呼唤他一再期待的“完整性写作”：“在当下，它（写作）的首要任务就是对创伤性生活的修复，使具有普遍性的良知、尊严、爱和存在感长驻于个体心灵之中，并以此抵抗物化、符号化和无节制的欲望化对人的侵蚀，无畏地面对当前我们生存其中的世界，以人的完整照亮现实的生存，直至重建一个人性世界。”① 在一切坚固的东西都烟消云散的当代社会，重建不那么现代，甚至颇具形而上学意味的“完整性诗学”，类似手持长矛的堂·吉诃德，在一个蔑视骑士精神的世俗时代向往成为一名高贵的骑士。这份逆流而上的执着离不开世宾对诗歌的虔诚与重整世

---

① 参见世宾：《“完整性写作”的唯一目的和八个原则》，世宾、陈培浩主编《完整性写作》下卷，青海人民出版社 2011 年版，第 159 页。

界的梦想，更有着知其不可为而为之的悲壮：“由于现实的有限性，它已永远不与梦想重合，但作为诗人，他一生的努力，就是要毫不妥协地从事着堂·吉诃德式的工作，自作多情地企图把这两者糅合在一起。”[①] 的确，谁规定一定要与时俱进、顺势而为才是正确的方向，对于有担当、有责任感的诗人，诗歌的价值正在于与时代对抗的悲剧性关系之中，在于“不在”中恢复尊严与可能性的不倦追求。

世宾不合时宜的特立独行，与其说来自堂·吉诃德式对古典时代的沉溺性缅怀，不如说来自对当下生活机制的先觉式的敏感体验。无论在他滔滔数万言的诗学叙述中，还是在火光一跃式的诗句里，分裂、破碎始终是他对于这个时代的指认。“但这一切在工业文明之后——世界呈现出分裂的状况，人呈现出分裂的状况，一切必须重新收拾”[②]，“碎了。神的天空、殿堂碎了/偶像碎了，已没有一块地方需要跪下的膝盖/碎了，自然中那些神奇造物/圣人隐居的茅屋/神圣的诗篇/碎了”，甚至“这世界，已找不到一块完整之物/石头碎了，心碎了/黑暗笼罩，啊！黑暗笼罩/我也只是破碎之物/在众多碎片之中”（《碎了》）。破碎的呼喊、分裂的指认，仿佛夜枭不祥的鸣声让人不适，毕竟，在资本自由流通、通讯快捷即时的当下，地球村的统一幻境是如此令人迷醉，似乎这个世界在“上帝已死”之后，于资本、技术的驱动下重新建立起了有效的统一性。时代分裂的本质正被深深掩埋，这种自欺欺人的幻觉不由让人想起海德格尔所言的夜半时分：“世界黑夜的贫困时代久矣。既已久长必会达到夜半。夜到夜半夜即最大的时代贫困。于是，这贫困时代甚至连自身的贫困也体会不到。这种无能为力便是时代最彻底的贫困了，贫困者的贫困由此沉入暗冥之中。贫困完全沉入了暗冥，因为，贫困只是一

① 世宾：《梦想及其通知的世界》，中国戏剧出版社 2009 年版，第 7 页。
② 世宾：《梦想及其通知的世界》，中国戏剧出版社 2009 年版，第 10 页。

味地渴求把自身掩盖起来。”① 而指认“破碎”与“分裂”的世宾却毫无避讳地喊出了这个时代的荒芜与破碎，执意要揭开这被掩盖的贫困，敏感地指出了现实世界被资本浊浪、技术狂潮掩盖下的另一面：支离破碎、满目疮痍。世宾毫无避讳的呼喊声里无疑有着里尔克、海德格尔等前贤的清澈回声在其中荡漾，当现代科学和各类技术成为人类趋之若鹜的曙光，里尔克、海德格尔们却在一片狂欢中看见了生命被对象化、个体走向破碎的宿命式的阴影。由此，如何重返澄明的诗意世界成为技术世界内部的敏感者们心有戚戚的愿景，对于世宾来说，“现实喑哑无声，清音遥远，这就要求我们必须经由批判来接通两者的联系”②，诗人反对以同谋的、弥合性方式去面对世界，而是要以撕裂的、批判的方式去揭开和净化现实。在资本、技术已然统一的狂欢语境下，批判，成为世宾抵御时代的利器，也是借此投向现实的梦想之长矛。他内在于阴影，又返身抽离于这片阴影，一再强调诗歌对现实生存真相的揭示和批判意义，并且把批判作为其他一切追求的基础。③ 通过批判，世宾得以揭示被遮蔽的存在之真相；通过批判，世宾获得了诗歌的纠正力量来干预碎片化、去本质化的日常生活，并指向富有终极意义的诗意空间。

世宾不仅渴望通过写作来批判现实、恢复人与世界的完整性，而且由书写直接进入行动，走向都市的稠人广众，以生命实践来表达其诗学理念。世纪之交，世宾发起了以诗歌“污染”城市的行为艺术，希冀通过诗歌的实践性批判全方位干预日渐消灭人类天性的城市生活。他复制商品社会的运作方式，戏仿“包治梅毒”类商业

① 海德格尔著，孙周兴译：《诗人何为》，《林中路》，上海译文出版社 2004 年版，第 287 页。

② 世宾：《梦想及其通知的世界》，中国戏剧出版社 2009 年版，第 10 页。

③ 参见世宾：《“完整性写作”的唯一目的和八个原则》，世宾、孙培浩主编《完整性写作》下卷，青海人民出版社 2011 年版。

广告形式，将印满诗歌的小广告贴至公共汽车、电话亭、居民小区等都市公共场所，对沉沦于商品运作逻辑下的都市进行了一次诗性的颠覆。在他看来，诗歌这次戏仿式“污染”是一种策略，也是一种强硬和不合作的姿态，诗歌通过对现实批判而达到宽阔。世宾这种起义式的姿态、无畏的担当、天真而真诚的行动实践，难免不让人再次想起与风车奋勇作战的愁容骑士——堂·吉诃德。堂·吉诃德幻想在一个泥沙俱下的黑铁时代恢复世道人心，虽然遭遇了重重挫折与嘲弄，却仍然坚定地相信自己于这个世上的责任与使命：“桑丘朋友，你该知道，天叫我生在这个铁的时代，是要我恢复金子的时代，一般人所谓黄金时代。各种奇事险遇，丰功伟绩，都是特地留给我的。我再跟你说一遍，我是有使命的。”① 而世宾正是这么一个梦想在铁的时代恢复黄金时代的现代骑士，渴望在逐利的、分崩离析的技术社会重新恢复诗歌与人的尊严，深渊式体验与不妥协的批判让他更深地进入时代的晦暗郁结处，也因此从存在敞开处望见了神性光芒，拥有了源源不绝的梦想力量。

二、从“水”走向“光”：世宾诗中关键词的置换

波德莱尔认为：“要看透一个诗人的灵魂，就必须在他的作品中搜寻那些最常出现的词。这样的词会透露出是什么让他心驰神往。”② 的确，诗中最常出现的词仿佛隐而未发的神秘征兆，它们指示了诗歌命运的来龙去脉与内在秘密，与此同时，诗人的本质与渴望总不

① 塞万提斯著，杨绛译：《堂·吉诃德》，人民文学出版社1987年版，第145页。
② 转引自胡戈·弗里德里希著，李双志译：《现代诗歌的结构》，译林出版社2010年版，第31页。

自觉地通过具有反复性的词语表象来隐约彰显自身。阅读世宾的诗作，我们不难发现，“水”与“光”始终是诗人为之心驰神往的词语。“水”以自由的流动、无言的阔大承载了诗人面对这个对象性世界所发生的精神运动；“光”则从水的平面乍然升起，以一种强光的形态而存在，照耀了诗人的理想之所在。因此，要看透世宾作为一个诗人的灵魂，“水”与“光”无疑就是那个会准确暴露他的关键词，通过它们，我们将得以窥见诗人隐秘的精神结构与灵魂形态。

水流过世宾的诗歌，有时它作为“水”的原态凸显其不可遏制的生命力，形成与规则世界对抗的强大力量，有时又化身为大海雨水，以母性的阔大、阴柔包容一切、超越一切；正是在对水的书写中，世宾不自觉地暴露了他与世界的双重关系。组诗《水在流淌》中，水以其不竭的奔流作为其主要运动构成方式，自由自在的奔流不仅是水的存在形态，更是水的自由意志：“水终将要流淌，水终将要自由地流淌/在那高高的山间，在那高高的坝上/水终究要自由地流淌/当它不再沉默，当它以说出力量/那些人们修筑的大坝/那些高音喇叭里唱出的诗篇/将迅速崩塌，在水的愤怒里/它们将消失得无影无踪”。终将流淌的本性与意志让水冲破这一切而成为它自身，走向了一个桀骜不驯者的破坏性的自由，水的自由与诗人的自由，它们共同流淌于字里行间。流淌的水应和着诗人桀骜不驯的自由心性，展现了诗人身临世界时所爆发的强大的抗拒性力量，它呈现了世宾金刚怒目的一面。而化身为雨水、大海的水，则呈现了世宾与世界的另一种关系：超越、悲悯。世宾的不少诗歌总给人一种消弭一切人间悲喜的超越感，虽然他总喜欢在诗句中咒骂、抱怨那些破碎之物，抑或怀着深深的敬意细笔描述令人尊敬之事，但行至诗歌末尾，一种大海终将归于平静的超越性，会将前面所有的骚动吞没并随着诗句的完结而走向沉默：“他们的轮船在海上航行/从北美洲到亚洲的渤海湾/在海面上掀起了浪花/有时会因为超重，或其他原因/在海里沉没，大海会因此而咆哮/但很快就归于沉默”（《大海终将归于沉默》），“它们知道雨水终将来临/一切痕迹将被夷为平地”（《雨水将一切夷为平地》）。在水的消弭、吞没中，尘世间一切荣光与卑鄙都变成易朽之物，一切终究成云烟，这不是历史虚无主义；相反，对于内心始终怀抱梦想、渴望一个完整性世界的世宾来说，他是要超越个人乃至尘世的各类纠缠，毫无负担地朝着精神的腹地前行，因为这尘世的现实“就是被物质通知的地方，也即人的肉身出现和寄存的物理空间和社会空间，它体现了一种有限性”①。只有在对有限性的超越中，诗人才能以纯粹的方式进入到他所梦想的具有无限性的心灵空间。

然而，世宾似乎并不满足于水所能表达的精神形态的某部分，他要走得更远，要为自己的精神寻找一个更阔大、更纯粹的对应物。于是，有如神启，光从上面下来照亮了世宾。光浩渺、纯粹、神圣，它既照亮了世宾的世界，又从诗歌内部发出绵延不绝的光芒。

光是从混沌内部迸发而出的第一道裂缝，也是上帝创造的第一物，基督教义中，光就是上帝的化身。《圣经·约翰》有着明确的谕示“上帝就是光”，光的原始意义与宗教维度上的神圣性无疑照亮了世宾的梦想之物，光在世宾的诗中始终处于从高处、深处向四周弥散的扩张性运动之中，诗人以一种布道的激情，歌颂从高远、深邃处将启示与力量带回人间的光：“要相信光，光从上面下来/从我们体内最柔软的地方/尊严地发放出来//大地盛放着万物——高处和地处/盛放着绵绵不绝的疼和爱/盛放着黑暗散发出来的光/光从上面下来，一尘不染//那么远，又那么近/一点点，却笼罩着世界/光从上面下来，一尘不染/光把大地化成了光源”（《光从上面下来》）。当光来自上面的清空，光在基督教义中居高临下的位置被世宾有效改

① 世宾：《梦想及其通知的世界》，中国戏剧出版社2009年版，第9页。

造了，而成为神与人之间的一个中介，它遥远又切近，仿佛里尔克诗歌中的天使，居于人类无法抵达的高处，游弋于尘世与天堂之间，传达神的旨意并予人以照耀。而当光从我们体内发出时，光又从宗教维度切换至人性维度，成为从身体内部乃至黑暗内部发出的人性之光，它与肉身的爱恨情仇息息相关，呈现了人自身的绝对价值。由此，诗中的光既来自缥缈的形而上高处，也来自形而下的肉身内部，光不仅溢出了纯粹的宗教性意义，又超越了普泛的人性价值，而成为世宾诗中一种神性与人性二者同体的绝对性价值。

在世宾诸多诗歌中，与光有着同样本质的“诗”的吟咏赞颂也如萦绕不绝的光线从他的诗篇内部流溢而出；“诗”化身为“光”的肉身，成为世俗世界高悬天穹的发光体，彰显了光的神性维度。《在我和诗之间》中诗与光合二为一，诗拥有光的基本质地，成为光的一种，“我知道你的存在：明亮而宽阔/在我和诗之间，隔着千山万水//我听见你在召唤，隔着千山万水/你如此清澈、深沉，像高处的光”。清澈、深沉如光的诗歌从世俗化、技术化的泥淖中卓然上升，被赋予了终极性的意义线条，成为诗人眼中的恍然神祇的“召唤者”。诗歌不仅如光一样在高处闪耀，而且俯身人世，从庸常生活中伸出了它的拯救之手：“一句诗光临了我，我看见/它周身散发出光芒——/一束光，来自那崭新的世界/照亮我，使我从污浊中脱身……一句诗周身散发出光芒/如果它源自我已厌倦的日常，我爱！”（《一句诗周身散发出光芒》）如一束光的诗歌接通了现实的敏感神经，见证其中的哀乐苦痛，它照亮人心并予人以宗教性的解脱和安慰。为此，世宾甘愿成为诗歌虔诚的信徒：“那些被信的力量牵引的诗人，他们像圣徒一样在苦难的大地上跋涉，满眼是沧桑的人生，但他们的心中深埋着光明的火种，他们相信这世界至少有一种来自天堂的力量能与黑暗对抗，并最终统治世界，这种‘信’，最终使他们来到一个坚定、宽阔的境地。”① 诗歌与光、诗人与圣徒合二为一的象征性书写，不仅让失去了自然呵护与宗教庇护的当代社会重新找到了诗歌这个可靠的类宗教式的庇护所，而且让诗人褪去了世俗的衣裳，在追求终极价值的道途中化身为度人亦度己的宗教徒。世宾执意在诸神远去、全面世俗化的语域内部视诗为光、说神道圣，宛然追踪众神足迹而漫游于黑暗森林的吟咏者，以逐光的方式来靠近当代诗歌向来所缺失的神性维度。

三、直接激烈与如其所是：世宾诗歌的两张面具

作为一个艾略特式有着自觉理论建构并善于反思的诗人，在路上的世宾如始终向前流淌的水，从来不会固定于某一种单一风格，在他生命的每一重要阶段，强烈的创造欲望和毫不妥协的自尊心会让他义无反顾地抛弃上一阶段已经定型乃至得到广泛认同的风格，而专注于他认为更接近于诗之完美的风格塑造。于是，我们可以看见世宾数十年的诗歌漫游生涯中呈现了至少两种不同风格的诗歌面具，其中一张面具热情、激烈，有着斧头伐木式的直接准确；另一张面具则凝定、内敛，如雕刻般拥有重量与力量。

世宾的诗歌书写起步于上个世纪的 90 年代，熟悉诗坛命运的关注者不难知道，那是一个诗歌正被放逐并日趋碎片化的不安时代，诸多当代诗人沉溺于用晦涩、破碎的方式来书写他们所面临的无奈与荒谬，这种弥散性的诗作固然反映了部分时代真实，但也从中折射出诗人主体内在的分裂与摇摆。对于大多数无所适从并匍匐于时代内部的人们而言，面临世相的破败，更需要一份完整的坚持、一

① 世宾：《梦想及其通知的世界》，中国戏剧出版社 2009 年版，第 13 页。

道坚定的光线。世宾的诗作混生于那个时代，却并没有沾染上那个时代的颓靡习气，反而如动荡晦暗里始终愤怒的一点光，呈现了一种坚定的精神面貌与激烈的批判姿态：“人们在忙于生产、恋爱/只有我，独自远离/在无人的房间写着无人阅读的诗歌/丧魂落魄地在大街上奔走/他们在背后发出嘲笑，指指点点/我孤单的身影在轻轻地摇晃//我是被自己的热情灼伤的人/在一条布满砾石和荆棘的路上/我偏执地走着，仿佛要去往一个地方”（《被自己的热情灼伤的人》）。独自远离的诗人坚定地要与人们及其现实相分离，仿佛摇晃于非议中的堂·吉诃德，诗人一意孤行的偏执，有着对沉沦时代的迎头痛击，更带有不合时宜的巨大骄傲，“我还要不断向前/过去令我惊慌的风暴和狼嗷/我已敢于与它们对峙/我已可以无视任何诱惑和命令”（《世界因无畏而变得广阔》）。在这些言辞悲壮、充满英雄主义气息的诗句中，诗人有效突破了各种复杂的现实纠葛，以斩钉截铁的语气凸显了诗人清晰的精神形态，其中没有犹豫、没有挣扎，仿佛诗人抒写之初，就已确定了牢固的价值立场。借此，诗人洞穿了纷纭复杂的现实事件、斩断了瞻前顾后的情感牵绊，赋予了诗作干净利落的精神线条与锋利的批判光芒。世宾这些直接、尖锐的书写离不开他早期野蛮生长的诗歌激情与强悍的理想主义精神，它们的喷薄而出使得诗人往往难以顾及诗歌形式的打磨与斟酌，而天然趋向于追求诗歌一瞬间的直接力量，追求以“劈开”的方式来揭露被掩盖的现实：“伐木者伐木，诗人写诗/他们不需测量、计划/斧头落在哪里，木头就在那里断开”（《秘密不再躲闪》）。年轻时代的世宾如一把精准、锋利的斧头，要以单纯、直接的方式猛烈地进入世界并斫取这个世界的内在秘密。

然而，有抱负的诗人不仅要永远地处于个人与传统的搏斗之中，也同样要永无止境地厕身于个人与自我的激烈肉搏之下。世宾早期直接、犀利的诗风在确定个体面貌的同时，也带来了相应的束缚与限制，比如诗风的相对粗粝、情绪的过于外溢。诚然，世宾是不满于此并有着清醒反思的，他要化茧成蝶，在确定之外重新寻找一种更契合的书写方式。2003 年前后，世宾以大量的、密集性的书写宣告了这一转折的到来，他的诗作一反前期风格，以静观的姿态化解了激烈的抒情，以物的自我呈现消弭了诗人主体的外在批判，如其所是式的诗歌书写让抒情诗走向雕刻式的厚重、凝定。

人到中年的世宾似乎厌倦了那不断围绕自身的动荡的抒情、激烈的诘问，他要从自我英雄主义的陷阱中抽身而出，重新观看这世间万物。于是，自 2003 年起，世宾诗中的“我”悄然退位，概念、情感降入了物的肉身世界，“物”成为诗歌的唯一主体。择取诗中之物时，较之传统的风花雪月，世宾青睐的更多是渺小乃至卑贱之物，落叶、水虫、死猫、毛竹，它们在诗人深入其间的构造下，重新确定了主体，生成为诗意之物。譬如面对朝生暮死的水虫，世宾以史诗般的慎重描述了它们“只有一天”的命运：“它们在出生、交配、生产和死亡/在水波的荡漾里，它们已体验了生命的欢乐/和显然无法掩饰的疯狂/只有一天，而后是无边的静默/它们放弃了曾令它们害怕的躯壳/它们关闭了所有欲望的通道”（《它们在黑暗中》）。黑暗中的水虫在盲目地生死，欢乐、疯狂、害怕，一切原始情绪只在欲望支配的生命冲动下进行，诗人在书写它们的同时，何尝不指向人类灵魂暗处类似的盲目与疯狂。世宾诗歌对“它们”的这种雕刻性书写与形而上的强调，不自觉地包含了里尔克式关于“物”的思考，“人类的灵魂永远在清明或凄惶的转折点中，追求这比文字和图画、比寓言和现象所表现的还要真切的艺术，不断地渴望把它自己的恐怖和欲望，化为具体的物”①。固然，里尔克讨论的是罗丹的雕刻之物如何从更真、更高的方向展现人类的灵魂，然而，引而言之，

① 里尔克著，梁宗岱译：《罗丹论》，广西师范大学出版社 2001 年版，第 212 页。

我们可以说，正是在对“物”的雕刻性书写中，世宾也同样发现了一条可以真切释放灵魂恐怖与欲望的通道。

从“我”返归至“物”，世宾的诗歌逐渐消除了火气，万物如镜在他诗中舒展开来，诗人的观看也变得越发纯粹、平静。《宰牛记》全篇是对濒临死亡的一头老牛的描述，全诗没有一个“我”的字眼，仿佛作者只是在冷静地观看、客观地描述：“现在轮到它了。它的肌肉本能地抽搐/但这不是恐惧，它已没有力气/用来恐惧，它很想躺下/但还不是时候。它庞大的身躯有些摇晃/向尊严借来的一丝力气，已快用尽//它看见屠夫走向它，用一块黑布/蒙住了它的眼睛。呵，黑暗来临/现在它感到安详，一切与它已毫无关系/它安静地站着……安静地站着/随后它听见一声沉闷的敲击声/一个世界轰然倒塌//它看见了光”。这是一头老牛被动走向死亡的历程，平静、缓慢的书写仿佛电影中的慢镜头，世宾的这种凝视的观看方式与里尔克类似，冯至在《里尔克——为十周年祭日作》如此阐释里尔克的“观看”：“他开始观看……一件件的事物在他周围，都像刚从上帝手里做成；他呢，赤裸裸地脱去文化的衣裳，用原始的眼睛来观看。”① 当诗人用一双原始的眼睛来观看，“牛”上升为独一无二的“这一个”，它被赋予了雕塑般的形态，并成为一个敞开的召唤者，而诗人则成为被召唤上前的潜入者。他始终与牛同在，甚至，诗人已然化身为牛，深味了牛的悲哀与苦恼，如佛化身万物，遍尝众生的苦恼。在此，世宾与牛一道同呼吸、同历生死爱欲，诗人的心灵内在于物的心灵，于共同存在中，世宾深切地把握住了物的可能性，与此同时，作为物的牛也给予诗人生存之上的诗意敞开，诗人与物的生命融入仿佛里尔克笔下罗丹之灵魂与物的融入，它们凝为一体，坚固而自足。

---

① 冯至：《冯至全集》第四卷，河北教育出版社 1999 年版，第 85 页。

“诗人需要超越自我以达到一种超于自传的声音。”（希尼语）如果说，世宾早期诗作带有浓郁的自传色彩，“我”是诗歌旋转的中心，那么，经历千山万水之后，世宾对观看方式的重新调整以及与物同在的、如其所是式的书写，让他的诗篇超越了自我，从倾泻式的自传走向有限制、有体积的雕塑式诗作。它们精粹而饱满，以沉入的方式昭示了更宽广、更幽邃的“在”。

结　语

当诸神远遁，“贫困时代里诗人何为”？荷尔德林的询问至今回响大地，它如许清晰而尖锐，以至于不少诗人选择逃避回答抑或在技术编织的幻觉中消除这一回声。与此同时，一些有抱负、有勇气的诗人仍愿意攀爬于这一问题之光所照亮的荆棘路上，以持续的行走去追踪远去的众神之迹。可以说，世宾就是这么一名愿以全部力量致力于回应问题的诗人，他有勇气深入时代的冥暗郁结处来指认这个贫困时代的迷狂与破碎，有梦想在一地荒芜之上重建一个具有普遍性良知、尊严与爱的诗意世界。在民间写作与知识分子写作锋刃交加之际，他于岭南一隅提出了让众人为之沉静的“完整性”诗学纲领，追求在人神分离的大地上重建统一性；在众生沉浮于解构与祛魅的狂欢话语之际，他的诗歌却始终坚持其伦理意义与精神高度，对于这个外在的现象世界，他更愿意如那个追踪众神踪迹而远行的歌者，不倦地朝着有光的精神高地奔跑，并从不回头。

2016 年

及物的抒情

——游子衿诗歌短论

游子衿的诗是一种及物的抒情诗，让人想起美国诗人弗罗斯特的诗作，素朴、及物同时又有着沉思的面孔。游子衿的抒情跟高蹈的、天马行空的情感释放不同，他总是俯身入世，着重于对自然、周边人事乃至某个具体动作、某场对白展开书写，并于具体书写中包孕了情感的激流与渺远的哲思。通过《松口中学》《梦江南》《伤心咖啡馆之歌》等诗作，我们可以窥见，作者的情感异常饱满，它们翻腾、挣扎，但又被很好地控制住了，作者娴熟地将这种情感浇注于具体的情境之中，情感被有效情境化，从而赋予了情感以重量与形式，形成了一种既坚固又开放的诗歌文本，这种坚实的诗歌形态避免了空洞、不及物的抒情陷阱，更能恢复我们对于诗歌的感受。

游子衿的诗歌固然总以具体情境为支点展开及物的抒情，但情境不过是渡江之筏，其诗歌指向始终是内面的精神生活，它并不面向外在敞开的世界，也不刻意寻求与他者对话，相反，诗中出现的情境始终是朝内的，它对纷乱的外在现实具有一种包裹自身的抗拒性。《日子》这首诗具有相当的典型性，一个外在于现实的男人在广场上抽烟，他处于广场这一现实情境之下，但诗歌导向的却是诗人的存在性问题，他越来越深地进入到绝对孤独的体验之中，而成为外在世界的不在场者。

抒情形态之外，还值得关注的是诗集所反复书写的主题——时间。博尔赫斯对于时间有无尽迷恋与本体性感知："假若我们知道什么是时间的话，那么我相信，我们就会知道我们自己，因为我们是由时间做成的。造成我们的物质就是时间。"（博尔赫斯语）游子衿将诗集取名为《时光书简》，固然有着时光不再的纪念性质，更有着如博尔赫斯一样的对于时间的高度自觉，毕竟，这是一本当代诗歌中罕见地从不同维度、不同形态来反复书写时间的诗歌集。其中有对时间瞬间的凝视，一瞬间，事物的包孕性得以展开，秘密的芬芳乍然绽放，如《在时光流逝之前》《晨曦将至》便如是；有对时间与记忆之纠葛的深描，如《深大记忆》；有对时间的超然性与永恒性的领悟，如《林中洼地》；还有关于时间轮回的叙写，如《当我老了》。其诗歌《发生史》更是以环绕的、诗意的笔触展示了对时间内部秘密的不懈追询，在这里，时间并不是空洞而单质的，它由一系列生命的挣扎、期待、遗忘所构成。可以说，时间成为游子衿诗歌的核心，而其中的情感、想象、记忆，不过是对时间一次又一次的辨认，成为书写主体与时间关系的不同转换，而"不断失去"是游子衿时间抒情的主调，因而对于时间的抒情始终回荡着逝者如斯的悲凉低音。

当然，这只是基于个人兴趣、视野之上的某种看法。就书写形态来说，游子衿的诗歌抒情特别是情诗，大部分是单音部的，是人为加以提纯的抒情，部分诗作由于过于沉溺于个体的情感、情绪之中，而缺乏现代诗那种杂音与不纯所形成的张力，也缺乏自我辨别、自我质疑的复调性。穆旦的《诗八首》，作为一组现代情诗，或许可以在某些层面给予作者一些启发。

2015 年

自由的一种方式

——浪子诗歌小论

地图，不仅是一种被人类制造为己所用的工具，更是意志的命名、权力的标记、自由的规训，它以一种先验的暴力方式规范河流、山川，并简化每一个秘密澎湃的都市城镇。于是，本来灵动自由的大地固化为简洁的符号，僵化为被抽空的表征，从这个意义而言，对地图的反抗，就是对规训与先验的反对，就是从外在的束缚坚决走向内在的、无边无际的自由。浪子将诗歌集命名为《走失的地图》，从地图的命名中凌空蹈虚，最后抵达了对地图的内在超越。于是，浪子所流连过的地方，不再是地图的某个标记，它们从命名的粗暴符号之下溢出，成为浪子个人的生命印痕，甚至连印痕都趋于虚无。

浪子从乡村到都市，从客村到小洲村，他流浪于广州各地，中心或远郊，然而，无论是他蛰居广州闹市、投身于轰轰烈烈红尘之际，还是他彻底放弃谋生诸法，与一架乱书、一壶浓茶开始了小洲村的自由生活，那种出尘的寂寞、无望的悲凉已如影子般纠缠，它们昭示了诗人无惧失去的未来。这首写于1999年的《广州，1999》或许最能概括浪子与栖息之地（浪子与尘世生活）的真正关系："你不再属于我　其实/你从来就不属于我　你是你/我是我　最初是这样的　最后也是/我的存在是对你恰到好处的讽刺/我的孤独就像你的污染　你无法摆脱/更无法从中作梗　打击我　使我自己叛离/在

一个人的城市里　我庆幸我所知太少/还不够一个葬礼仪式的挥霍/因此我心旷神怡　在踽踽独行中/充满发现的感动　（没有谁属于谁）/躯体寄居何处无关宏旨　只要心灵/穿越世俗的偏见提取到真理　人类的良知/仍在追随黎明的路上燃烧　栖落何处无关宏旨”。生存之地的广州对浪子来说，不仅陌生，更是虚无。浪子不仅如本雅明笔下的拾荒者一样对无关己要的都市进行观看、发现，以波希米亚的方式穿行于稠人广众之间，而且，更重要的是，都市在诗人的内在生命体验中，它们更类似一个虚无，一个随时可以抛却的躯壳，因为，浪子诚如其名，他的本质即是无根：“比自然的屏障更加牢固　无根的人/满足于无根的生涯　是美德的赐予”（《对死亡的爱》）。无根意味着流浪、颠沛，无根的同时，也让无根者拥有不固定、不确定的自由，或许，正是迷恋于自由这一主体，浪子从未真正停留于某地，他自觉斩断个体与尘世的诸多纠缠，并于无尽漂泊中得到人生的大欢喜。

浪子曾自言，自己一无所有，除了诗歌。在我看来，一无所有需要太多的勇气与坚持。尘世有繁花似锦，亦有诸多束缚牵绊，因此，众人还是愿意循于庸常生活，安于乱花迷眼，在生活满足与远方情怀的高压线上小心翼翼地保持着平衡，这是一种安全而不失“尊严”的活法。而浪子却一直剑走偏锋，一路放弃，最后无可失去，除了诗歌的慰藉。浪子的茕茕孑立，跃出生活轨迹之外的无尽漂流，似乎具有悲剧意味，但又似乎昭示了某种众人有想法却无勇气的生活方式。

浪子的诗，总是直抵本质，生与死、意义与虚无，还有如影相随的与生俱来之孤独，它们的交相出没构成浪子诗歌的内在与外在，因为，除了本质之外，所有一切不过是地图的迷障，它们对浪子而言不值一提。

2016 年

第二辑

文似看山

WEN SI KAN SHAN

（俄罗斯）尼·彼·克雷莫夫《晨》1911年

晚清域外游记与中国散文的现代性嬗变

有关现代散文的兴起，学界大致循照两种路径来进行解释，一种从梁启超的“文界革命”开始清理，认为梁启超所倡的新文体开始了散文的现代改良，成为现代散文的萌生标记；[1] 一种则认为于白话文运动中诞生的五四散文实现了散文从古代形态到现代形态的转变。[2] 这类指认都视标记性的文学事件为界线，忽略了散文作为文本自身的现代性嬗变，这无疑掩盖了晚清散文内部生动潜隐的精神变化与语体裂变，让诸多“过渡散文”被笼统归于近代前期散文抑或古典散文的范畴，由此蜕化为历史的遗留物。这一现象也引起一些学者的警惕，郭延礼发现王韬的域外游记就因域外经验的进入而产生了新变现象：“由于多是写外国题材的，因此在形式上较之传统的中国游记也有所变化。一般说，篇幅较长，内容充实，与古典散文中空灵飘逸的山水小品有明显不同；另一方面，作品描写成分显著增多，语言趋向通俗化与自由化，并杂有许多新名词，都表现出了

---

① 陈子展在《中国近代文学之变迁》中主张近代文学当从“戊戌维新运动”开始，沿着“新文体”、翻译文学这一主线，阐释文学之嬗变。游国恩的《中国文学史》视梁启超的散文为新体散文。袁行霈的《中国文学史》认为梁启超创造了新文体。

② 钱理群等在《中国现代文学三十年》中认为：“五四时期散文的革故鼎新，……实现了从古代形态从现代形态的转变。”

散文新变的迹象。”① 郭预衡也于《中国散文史》指出薛福成出使远游的体验导致了其古文的丕变：“福成之文，尤其是出使四国以后诸作，其内容与风格，都有异于桐城诸家者。”② 他于史论中三次提及薛福成的域外游记“具有新的时代气息”，这“新的”识见显然告诉我们这么一种事实：包括薛福成游记在内的晚清域外游记所呈现的散文变革趋势表征了一种应和时代潮流的新散文正在形成。

晚清域外游记，指的是自鸦片战争至民国成立前这一时段，国人远蹈海外，基于生存实感，以散文体式所书写的记游文本，如志刚的《初使泰西记》、郭嵩焘的《伦敦与巴黎日记》、王韬的《漫游随录》、梁启超的《新大陆游记及其他》等。有关它的兴起，梁启超所追溯的域外地理学之兴起可作一参见：“海禁大开，交涉多故，渐感于知彼知己之不可以已，于是谈瀛之客，颇出于士大夫间矣。盖道光中叶以后，地理学之趋向一变，其重心盖由古而趋今，由内而趋外。”③ 显然，随着道光年间鸦片战争一役，超越历史经验范畴的西方文明叩关入国，固有的抵御经验已然失效，晚清上下怀揣“知己知彼”之意，乘槎远行者络绎不绝，于地理、文化的越界中，追寻西方文明的秘密，并留下了卷帙浩繁的游记书写。清人王锡祺曾编《小方壶斋舆地丛钞》，录晚清域外游记 84 种；20 世纪 80 年代，湖南人民出版社、岳麓书社陆续推出了钟叔河主编的“走向世界丛书”，钩沉晚清域外游记数十部，近 500 万字；除此之外，全国图书馆文献中心编印的《历代日记丛钞》、沈云龙编的《近代中国史料丛刊》、吕长顺的《晚清中国人日本考察记集成》等也辑录了大量的域外游记文本。

① 郭延礼：《中国近代文学发展史》，山东教育出版社 1991 年版，第 1109 页。
② 郭预衡：《中国散文史》（下），上海古籍出版社 1986 年版，第 599 页。
③ 梁启超：《中国近三百年学术史》，上海三联书店 2006 年版，第 282 页。

这批洋溢着不安力量的游记书写与古代游记不再一样，内外交困之下，它最早因域外经验的进入而成为古文的变风变雅之作，不仅彻底偏离了传统游记吟山咏水的闲情逸致，而且偏离了古文的义理旧轨，以西洋新知取代了儒道性理，引发了主体精神结构的一系列变迁，如现代空间观的形成、科学世界观的兴起、文化比较意识的萌生等，它们为中国现代散文的发生奠定了全新的精神品格。文体乃精神之肉身，晚清域外游记昭示晚清士人精神嬗变的同时，其体式也发生了相应变化，西方外来语的引入与自造词的大量使用，不自觉地打开了文言文封闭的空间。游记文旨在探其利弊的消息化、宣传化的书写方式，也破古文之体并开启了现代报告文学等文学新体式的发生，可见，无论是精神结构还是文体样式，晚清域外游记都足以成为中国散文史上一类富于包孕性的“过渡”文本，有效呈现了古文向五四散文转化之间瞻前顾后的复杂流变。

一、域外体验与散文精神结构的现代性转型

自给自足的农业文明的生产方式，使得国人世代黏着于泱泱土地之上，崇尚安土重迁，就如费孝通在《乡土中国》所言：“以农为生的人，世代定居是常态，迁移是变态。”① 封闭的生存方式衍生了追求超稳定状态的心理结构，生成于此文化语境下的古典散文，其精神结构不出传统的载道言志，刘勰论文“若征圣立言，则文其庶矣”（《文心雕龙·征圣》），以立圣贤言为作文合格的标杆。清一代古文以桐城文为正宗，以维护周公、孔、孟、程、朱之道统、承续唐宋八大家之文统为己任，方苞有“非阐道翼教，有关人伦风化者

① 费孝通：《乡土中国 生育制度》，北京大学出版社 1998 年版，第 7 页。

不苟作”之说，这十分清楚地表达了桐城文人对于古文书写的精神诉求，即传统士人作文必须关乎人伦道统，为儒学规范添砖加瓦。然而，晚清游者一旦进入异质的西方世界，乍然被纳入到一个声光化电、求新求变的文明维度之中，西方文明所体现的本质与生成的意义已远非传统义理所能解释了；更何况，域外经验与自我意识相激荡，不仅动摇了现实体验的表层结构，更会动摇背后摇摇欲坠的儒道传统。站在西方这么一个巨大的异己性的他者之镜前，晚清游者的主体精神被空前地激活，他们或者言论无忌地进行中西文化的比较，或者大谈昔日被传统士人所不齿的商务与机器，甚至借助西学概念重新解释被伦常性理所遮蔽的现实世界。总之，歧变的理念与传统义理均拉开了相当距离，而发生了知识结构、文化意识以及世界观等层面的现代性嬗变，为古文僵化的精神世界注入了现代活力。我们至少可以从以下两个层面来把握游记散文所凸显的精神结构的现代转型。

首先是西洋科技体验下科学精神的兴起与科学世界观的形成。科学在五四被奉行，不仅由于科学知识的普及、对科学救国的信奉，而且还出于科学世界观的逐步形成，如汪晖所言：“五四新文化运动也是一个科学话语共同体的运动，即一个将科学的信念、方法和知识建构为公理世界观的努力。”[①] 从晚清域外游者的科技信奉、西学评述以及借助科学概念来解释外部世界的运思方式中，我们可以看到一种“将科学的信念、方法和知识建构为公理世界观的努力”，堪为五四赛先生的登场作了重要的思想铺垫。

当晚清游者从一个运行恒常的古典帝国进入了另一个声光化电、机械纵横的近代西方，科技器物作为物化的科学，不仅以迥异于传统器物的物质形式震惊了晚清游者，而且以挟带了科技知识与科学

① 汪晖：《现代中国思想的兴起》，三联书店 2008 年版，第 1208 页。

精神的内在力量冲击着晚清士人固有的理念图式。晚清士人普遍以求知图强的姿态对科技器物进行客观、精确的描述，并逐渐构成一种实事求是、客观理性的科学精神；与此同时，科技背后具有原动力性质的科学知识如天文学、物理学、化学等也迅速成为晚清士人着力介绍与探究的对象。他们在介绍、阐释西学的过程中，形成了一套看待世界的基本方法，即借助系统化的科学知识来论述天地万物，有效地将之从道德遮蔽与义理阴影中解放出来，使得外在世界成为一个可被科学阐释、理性探究的对象，从而建构了人与世界的新型关系，逐步形成了一种颇具现代意义的科学世界观。

初入西方，晚清游者就遭遇了王韬所慨叹的现代工业文明所建构的行旅方式："呜呼！余于此日东西之行，非火琯风轮，即飙车电驽，邮程无滞，水陆无惊，亦云快矣。"① 与古典时代的竹杖芒鞋、轻舟瘦马迥然不同，令人震惊的科技力量率先席卷了最初的旅程，火车、铁路、轮船等现代交通器物不约而同成为晚清游者集体关注的焦点，譬如张德彝、志刚、郭嵩焘的游记就多次列专章来描述火车、轮船诸类交通工具，并动辄上千字。丙寅三月，张德彝从法国马赛至里昂，他以近乎工笔的方式刻画了火车的形状：

> 第一车系蓄火机，形如炮车，通身铁制，共六轮，四大两小。上卧圆铁筒，长约八九尺，高五尺余，内藏水火轮机，外树烟筒，长约八九尺，高五尺余，内藏水火轮机，外树烟筒，长约四尺……②

在上千字的描述中，张德彝从长度、宽度、高度各个方面将火

① 王韬：《漫游随录·自序》，岳麓书社1985年版，第42—43页。
② 张德彝：《航海述奇》，湖南人民出版社1981年版，第40—41页。

车的细节逐一呈现，个体柔情与想象在这里被冷静地挤掉了，被取而代之的是对具体器物的颇具“科学”精神的观察与还原，并以精确的描摹表达了其信息记录的可靠与客观。这类科技说明书式、巨细无遗的绵密书写最终抵达的不是审美的彼岸而是现实的客观所在，这并非是个体化的描述方式，随意翻翻晚清的域外游记，此类非人格化的、多挪用数字来勾勒西方器物的方式似乎成为晚清游者的书写惯例。李圭在描述铁甲船时，连船的厚度、容量乃至动力都记录得清清楚楚：“船身木厚一尺八寸，铁甲厚一尺二寸，容四千六百五十吨，机器力抵马一千匹。”① 其记述以冰冷的数字作为描述核心，说明对物体构造的理性关注远远超越了对它的审美凝视。传统游记所崇尚的及身的、表情的书写在域外游记中严重流失了，着意挤掉了情感的域外游记，已然成为不及身的客观化书写，其理性的、客观而条缕分明的话语运作方式脱离了擅长载道、言情的古文模型，从道德、审美领域走向知识领域。晚清域外游记中大量类科学话语的出现，不仅表征了一种新的话语方式的形成，更展示了一种实事求是、客观理性的科学精神。

对于普遍晚清士人而言，鸦片战争以来中西对决下的自我挫败主要纠结于器物与技术的落后，这不仅导致了晚清游者对火车等科技器物连篇累牍的书写，也敦促了部分敏锐的游者追溯西方技术发达背后的原因，如薛福成所言：“夫西人之商政、兵法、造船、制器及农、渔、牧、矿诸物，实无不精；而皆导其源于汽学、光学、电学、化学，以得御水御电之法。”② 在此逻辑下，科技背后具有原动力性质的科学知识如天文学、物理学、化学等纷纷被晚清士人视为挽回世运的利器，它们在域外游记中集体登场并被悉心介绍，在亦

① 李圭：《环游地球新录》，岳麓书社 2008 年版，第 294 页。
② 薛福成：《出使英法义比四国日记》，岳麓书社 2008 年版，第 132 页。

步亦趋转述西学的同时，一种摆脱了天道、名教理念而借助科学概念来解释世界的世界观逐渐萌生。面对天地万物，晚清游者尝试运用化学分析、物理运动、天文地理知识对之进行重构，从自然科学的角度重新阐释被传统文化赋予的意义世界，消解与重构中，一种依据西方科学谱系而建构的意义世界正在形成。譬如对于自古被赋予祥瑞灾变之征兆与诸多情感寄托的天象，黎庶昌只以平实的语言对之进行科学描述："月绕地球而行，为附地之行星，径长二千英里。所行之轨为白道，每二十七小时四十三分而绕地一周，亦自转一周。其向地一面，有常不变。"① 承载天道之理的天象意义系统在黎庶昌类似科普说明的描述下被解构了，被祛魅的月亮成为宇宙中一颗可被丈量的、毫无特色的星球。这一认知图式也完整地体现在薛福成对电的论述中，他指出："细察物理，大抵空中之电，因太阳蒸海水化为湿气，遇空中之风，彼此互相摩擦，即能生电，但其力量大于人工所作之电耳。"② 薛以客观知识代替了古人有关闪电的诸种传说想象，通过对自然现象的学理性展示，描绘了一幅新的认知图景。

晚清域外游者从科学知识谱系出发对世界进行系统化的解释，不期然摆脱了天人合一、客观外在与性理道德相纠缠的认知泥淖，逐步瓦解了个体与外在世界的传统联系，由此，自然万物不再是道德化的象征体，更不是包孕诸多传说与想象的人文符号，而成为一种可被客观认识乃至人为操控的他者。这是一种新的世界观的兴起，如汪晖所言："我们所了解的世界图景很大程度上以来于我们用以观察世界的概念体系，而这些概念体系最终能够提供看待我们自身及其与环境的关系的依据。时间、空间、元素、电气、汽、能量、地

① 黎庶昌：《西洋杂志》，岳麓书社 2008 年版，第 507 页。
② 薛福成：《出使日记续刻》，岳麓书社 2008 年版，第 600 页。

史统系等等概念不仅扩展了人们对宇宙自然的看法，而且也根本改变了人们对世界的想象图景。”①

其次是异域与本土的二元对比视野下文化比较意识的形成。有学者指出：“文化比较意识的产生则是中国人精神发展历程中的一件大事。”② 此言不虚，自古华夷之辨的意识屏障，遮蔽了域外文明作为独立文化体的意义，对于晚清之前的中国而言，如梁启超所论：“吾国夙巍然屹立于大东，环列皆小蛮夷，与他方大国，未尝一交通，故我民族常视其国为天下。”③ 天下意识的装置下，文化比较意识天然匮乏，就算内部曾出现一系列的思想动荡，如东汉士人的不治而议、东林党人的针砭时政，他们也只是居于内部而反对内部。在他们的古典世界里并没有一个有效的参照物，缺乏一个异质而发达的异质文明作比较，其抗争仍是企图在固有的文化体系中寻求新生，“为让偏离了的‘势’再次回到‘理’的轨道而奋斗”④。而晚清士人于变局之际，进入异质文明空间，得以站在传统之外，跳出“庐山”，置身于一个同级的甚至客观上更为强大的文明体系下回眸中土文化，获得了重新观看自我、反思传统的文化条件，这是意在讥评朝政，甚至泣血抗争的古代士人所无法遭逢的时代语境，这可谓特定的时代机遇。正因具备了这种超越“自我”的比较视野，书写者才有可能形成前所未有的精神世界，我们才会从薛福成的游记里读到了从未有之的中西比较之论：

① 汪晖：《现代中国思想的兴起》，三联书店 2008 年版，第 1118 页。

② 李怡：《日本体验与中国现代文学的发生》，北京大学出版社 2009 年版，第 93 页。

③ 梁启超：《新民说》，《饮冰室合集》第 6 册，中华书局 1989 年版，第 2 页。

④《沿着鲁迅开辟的文化方向继续探索》，转引自刘再复、林岗《传统与中国人》，安徽文艺出版社 1999 年版，第 24 页。

> 中国用人以富者为嫌，西俗用人以富者为贤，其道有相反者。夫登垄断以“左右望而罔利市”者，谓之“贱丈夫”，中国数千年来，无愚智皆知贱之……贬之曰铜臭，斥之曰守财奴，中国之习俗然也。泰西各国最重议绅。议绅之被推选者，必在殷富之家。①

只有立足于“中国”之外，于异域他者的参照下，薛福成才能明确中国之贱富的弊端。由彼及此的议论展开，不仅引发了他对“以富者为嫌”这一传统迷思的检讨，而且从中带来现代崇富、重商思想的发展，从这个意义而言，游者在注视西方的同时，西方也折射出观看者的影子并返照于观看者，引发观看者对自我的重新审视。这类他者映照下的自我反思也屡次出现在郭嵩焘“自愧”“所愧”的感慨中，他见英国船舰彬彬有礼，反观“中国之不能及，远矣”。观西方井然有序的学校体制，深觉“中国师儒之失教，有愧多矣”②。西方的比照下，中国的“不能”“有愧”等负面阴影凸显出来，自我文化被纳入到否定性的批判体系中，从而赋予自身文化、体制的巨大反省性与亟待救赎的需要；诚然，西方的呈现，已成为晚清游者将西方启示带回中国现场并重现自我匮乏的一面镜子。

自惭形秽之下，晚清游者积极展开的二元文化比较下的自我批判性清理更是一种认知的调整与深化，曾不下数十次参观议院、旁听议会的郭嵩焘，通过中西政体的对比，对中国传统所崇尚的“圣人之治”展开了尖锐的批评：

> 圣人之治民以德，德有盛衰，天下随之以治乱。德者，

① 薛福成：《出使英法义比四国日记》，岳麓书社 2008 年版，第 772 页。
② 郭嵩焘：《伦敦与巴黎日记》，岳麓书社 2008 年版，第 31 页。

专于己者也，故其责天下常宽。西洋治民以法，法者，人己兼治者也，故推其法以绳之诸国，其责望常迫。其法日修，即中国之受患亦日棘，殆将有穷于自立之势矣。[①]

郭嵩焘以“圣人之治”与“西洋治民以法”作比较，指出依赖君王的个体人格来治国并不可靠，因为“德有盛衰”；与此相对，西洋“治民以法”的民主制度，避免了因君王个体人格差异而带来的政局动荡。郭嵩焘的这一立论无疑对传统的政体模式起了强大的离心作用。显然，在域外这个充满西方符号的意义世界里，晚清游者更在乎的是如何将此符号拉入对自我文化体系的有效反思之中，如何在对他者文化的认同叙事中有效展开对传统文化的检讨与甄别。

晚清域外游者行旅甫始无不被卷入本土/西方、古典/现代的对比关系中，竹内好曾言：“所有的事物只要是处于近代这个框架之内，就无法逃脱欧洲式的视野。”[②] 正是在这样无法逃脱的对比境遇中，域外书写在记录、想象现代西方的同时，也凭借西方之镜重新反思自我，这种想象他者与质疑自我的过程一旦全面展开，并以返回之态作用于书写者以及阅读者，固有的古典性精神内涵势必发生变化，新的现代性意识则开始萌生。正如五四文人郁达夫总结异域体验对于自我精神结构的巨大冲击：“是在日本，我开始看清了我们中国在世界竞争场里所处的地位；是在日本，我开始明白了近代科学——不问是形而上或形而下——的伟大与湛深；是在日本，我早就觉悟到了今后中国的运命，与四万五千同胞不得不受的炼狱的历

① 郭嵩焘：《伦敦与巴黎日记》，岳麓书社 2008 年版，第 627 页。
② 竹内好著，李冬木、赵京华等译：《近代的超克》，三联书店 2005 年版，第 185 页。

程。”[1] 由彼及此的文化比较意识的萌生无疑对近现代知识分子的精神结构产生了巨大的影响。

二、新词的命名活动与汉语的现代性衍变

作为文学的外壳，语言是最易发生动荡的表层，而语言中的词语变迁则最能彰显语言的变化维度。梁启超曾从新名词的变迁现象来归纳晚清时期的语言变化：“社会之变迁日繁，其新现象、新名词必日出……一新名物、新意境出，而即有一新文字以应之。新新相引，而日进焉。”[2] 新名词的突现往往与语体的流变相激荡，最终在“新新相引”中生成新语言。这类带来文体日日新的新词在晚清域外游记中可谓层出不穷。当晚清游者进入别有洞天的西方世界，面对纷繁复杂的西方“异”物，固有的文言文已捉襟见肘、无力描述，而不得不窘迫地制造新名词来为它们命名，于是，一批新词应运而生，它们有自造词，有外来音译词，到处出现照相机、显微镜、巴力门（议院）、自行屋（电梯）、飞桥（索道）等新词的身影。它们有的在历史流转中被保存、延伸下来，成为我们如今耳熟能详的惯用名称，如博物院、自行车的命名；有些则蜕变为历史的遗骸，成为我们恍然回首时的记忆片段，如木马（自行车）、道德（博士）、神镜（照相机）、肾衣（避孕套）等富于想象性与个性化的命名。它们内部充满动荡的词语运动让我们发现，随着旨在考察西方这一目标的日趋坚定与清晰，那些具有想象性色彩的词语命名逐渐转化

---

① 郁达夫：《雪夜——自传之一章》，《郁达夫文集》第 4 卷，花城出版社、三联书店（香港）1982 年版，第 93 页。

② 梁启超：《新民说》，《饮冰室合集》第 6 册，中华书局 1989 年版，第 57 页。

为相对客观的、平实的词语，并且英译外来词成为不少书写者的挪用方法。命名的变化不仅以其迁流的名词形态凸显了词语形构日趋明确与单义性的运动方向，而且，其音译词内部所呈现的汉语双音节、多音节的转化也有力地冲击了传统古文，带来了汉语书面语体系的新变。无疑，晚清域外游记中由命名活动所衍生的新词，正以其形态变化与异质思维成为五四白话文生成前的重要准备。

名与物，命名与被命名，当作为“名”的词语成为“物”固定的、被普遍认可的并具有历史性的符号时，名与物似乎合二为一了。但是当“物”以一种溢出历史认知框架的方式出现并亟待命名时，如何去命名它们？在还不可靠的命名过程中，作为“名”的词语又发生了怎样的变迁？这种考古式的追问或许能够让我们思考晚清域外游者有关异“物”的命名活动，到底展现了语言主体什么样的力量，又呈现了作为“名”的新词的何种运动趋势。以照相机的命名活动为例，林鍼在《西海纪游草》中以诗兼文的形式讲述了他所命名的“神镜”：

> 山川人物，镜中指日留形（有神镜，炼药能借日光以照花鸟人物，顷刻留模，余详其法）

照相机是中土前所未有的事物，缺乏一个赋予它的强制性的语言符号，所以，林鍼肆意地行使他的“主权”，表达他的感受与想象。它们集中体现在对“神”的表述上，“神”指涉的是一种超越现实生活的力量，林鍼初见照相机，惊羡于它能“指日留形”而呼为神镜，充沛地表达了他对这一现代器物的神异想象，这种命名显然与实物有所背离。

这种出乎想象的、夸张的命名方式很快随着志刚的命名而消失，被神秘化的神镜被志刚赋予了一个相当朴实的命名“照相机”，并指出："照像之法，乃以化学之药为体，光学之法为用。所谓化学之药者，西人率以硫磺、焰硝、盐碱等物煎炼成水，以之化五金，为强水。"① 有关照相法的追本究源的化学分析，以客观的、务实的现实力量颠倒了林鍼笔下的神话。照相机在此通过硫黄、盐碱等毫无感情色彩的词语说明被还原成为一种普通的、可以被认知的事物，它似乎在历史的隧道中嘲笑林鍼的空疏和想象。此后，郭嵩焘等游者均沿袭了这一名称，这是命名演变并逐渐被固定的过程，它的发生与固定方式与索绪尔分析的人造语一样："人造语只要还没有流行开，创制者还能把它控制在手里；但是一旦它要完成它的使命，成为每个人都东西，那就没法控制了。"② 自从"照相机"的命名在志刚手里开始固化后，如今我们对照相机这一"物"的称呼就无法进行控制了，它成为再也拉不回来的符号。

与照相机的命名历程类似，从想象性命名趋向精确命名的词语活动，还可从"木马"到"自行车"的命名变化上一窥全豹。斌椿初见自行车，以类比的方式将它命名为"木马"：

> 有木马，形长三尺许，两耳有转轴。人跨马，手转其耳，机关自动，即驰行不已。殆亦木牛流马之遗意欤?③

张德彝第一次随斌椿出洋，也不约而同地以"木马"来命名儿童自行车这一新兴的西方器物：

> 又见一铺，出售一种木马，身长二尺许，高亦二尺，

① 志刚：《初使泰西记》，岳麓书社 2008 年版，第 321 页。
② 索绪尔著，高名凯译：《普通语言学教程》，商务印书馆 2001 年版，第 114 页。
③ 斌椿：《乘槎笔记》，岳麓书社 2008 年版，第 107—108 页。

耳有转轴，蹄有小轮。小儿跨之，以手转其机关，自然急走，曲直随意。想武乡侯木牛流马之法殆传西土耶？[①]

两位游者对自行车不约而同的命名，均源于他们对木马固有的文化经验与认知图式。木马最早的称呼出现王充的《论衡》中，三国时期诸葛亮发明的木牛流马，更被视为古代智慧的巅峰展示，这都是历史流转中所遗留下的经验认知。面临异质的西方自行车时，斌椿与张德彝起句便是“有木马”和“出售一种木马”，在命名前，没有迟疑更无预设，破空起笔就将“木马”推入读者眼帘，显然他们天然地以归化的方式将西方“异”物自行车纳入固有的关于“木马”的文化认知图式中。以由此及彼的联想方式对“异”者进行同化和归纳，在文化原型力量的吞噬下，“异”物消失了，成为光滑的、能够被顺畅接纳的充满丰富含义的名称。

但是，这类借助文化典故进行联想类比并蕴含多重意味的命名方式在随后的游记描述中却发生了不可逆转的变化。张德彝在随志刚再出使的《再述奇》（即《欧美环游记》）中，“木马”变成了倾向客观描述的“自行车”：“又有自行车，前后各一轮，一大一小，大者二寸，小者寸半，上坐一人。…… 质亦系马口铁。”[②] 此后，“自行车”替代了“木马”成为晚清游记中的固定命名。

这是发生诸多晚清旅行者身上的命名故事，时光流转中，基于想象并蕴含多种可能性的命名行为似乎消遁了，域外游记中的“异”物命名，渐趋客观化与精确化，如“照相机”“织布机”“缝纫器”“自行车”等都是基于实际功能的单义性的命名，它们身上不再负载古典文学中约定俗成的意义元素，也收拢了富于个体想象与文化象

① 张德彝：《航海述奇》，岳麓书社 2008 年版，第 573 页。
② 张德彝：《欧美环游记》，岳麓书社 2008 年版，第 706 页。

征意味的羽翼，而成为指向单一、含义明确的语言。这一变化固然部分地与非语言因素相关，如社会总体意识的变迁、人文精神的嬗变等，但同时，我们绝不可忽视这样一个重要的事实，命名方式的迁徙首先是狭义层面的词语制作方式的迁徙，即从多义的、模糊的构词集体迁向单义的、明确的构词，这是呈现于晚清域外游记中一类普遍的词语运动。颇具一致性的、日趋精确性和真实性的新词的大量出现，显然表征了一种现代汉语的形构方式正在集体形成，也有力证明了汪晖有关现代汉语形态及其形成的论述："对于五四新文化运动的参与者而言，评价现代语言、进而现代文学的尺度显然是：恰当、精确和真实。""宇宙、自然和人自身在这种精确的语言中只有一种展现方式，从而古代语言所展现的宇宙存在的多种可能性日渐地消失了。"[①] 从"神镜"到"照相机"，从"木马"到"自行车"诸如此类命名的人为转换，不正意味着存在大量模糊空间、足以展示事物多种可能性的文言文开始被摈弃，一种单义性的、明确指向现代事物的新词逐渐成为普遍的词语形态吗？

命名活动不仅以上述趋向单义方向的意译方式制造新词，还大量采纳了音译词来命名西方的"异"物，如果说意译词语的运动流变带来了词语构造方式的现代转型，那么这些意译词、音译词语内部新的组合方式如双音词、多音词的大量出现，则深刻影响了文言文书面体系的流变，昭示了一种新的、现代形态的语言形成。桐城文人黎庶昌描述热气球时所采纳的大量的音译新词，便鲜明地标识了语言的迁流形态：

> 球皮用布缝成……其大径三十五买特尔，围圆一百五买特尔，容轻气二万六千建方买特尔，空中压力每建方买

① 汪晖：《现代中国思想的兴起》，三联书店 2008 年版，第 1136、1142 页。

特尔重一百吉罗。司球者云，若无绳可升至四五千买特尔，再上则人不能呼吸。①

短短的引文便嵌入了买特尔、轻气、吉罗等新词，这些新词并未经过作者的特意解释，成为直接侵入文言文的语言成分，这对崇尚文字峻洁的桐城古文而言可谓大忌。与黎庶昌类似，作为“曾门四弟子”之一的薛福成为了讲清楚他认为“神乎技矣，真令人不可思议矣”的电报，其间自造的新名词、英译词也屡见不鲜：

至今电报所用之气，由意大里人嘎剌法尼暨佛尔塔二人究得一法，系以强属与金属相感而生，谓之湿电。……近更有以电传声为德律风者。而传信均用号码以审厥字，尤为明显而画一。……奇妙至此，神乎技矣，真令人不可思议矣。②

上述两段引文中有关“买特尔”“吉罗”“德律风”等西方名词的引入，不仅对固有语言层面造成了触动，而且作为能指的符号，这种词汇内部的组合方式出现了从文言文向现代汉语的转型。王力曾指出：“中国语向来被称为单音语，就是因为大多数词都是单音词，现在复音词大量地增加了，中国语也就不能再称为单音词了。这是最大的一种影响。”③ 文言文多为单音词，几乎每个字都是一个涵具意义的自足体，这就使得古人津津乐道于“炼字”，可以为了“吟安一个字，拈断数茎须”，文人骚客中的“一字师”也因此被称

① 黎庶昌：《西洋杂志》，岳麓书社 1985 年版，第 487 页。
② 薛福成：《出使四国日记》，湖南人民出版社 1981 年版，第 58 页。
③ 王力：《中国现代语法》，商务印书馆 1985 年版，第 339 页。

为佳话，上述种种均佐证了文言系统内部对单音词的习用与倚重。而通过半音译、音译等方式被纳入书写的“异”物的命名则多为复音词，必须在字与字的整体勾连中才能表达一个独立的意义，如果将字分开，则成为风马牛不相及的事物。比如“买特尔”，连在一起，它表达了对西方测量尺度的一种描述，相当于现在所指的“米”，但是分开来，组成词的三个字基本上失去了语境中的意义，成为无指涉的、无根的字的漂浮。同样，“德律风”（电话）如果分开，更成为各奔东西的字符，这种必须连在一起方能体现意义的复音词的出现不仅引起了文言文体系的变革，也是汉语语言与思想现代化转变的一个重要趋势。黎庶昌、薛福成等域外游者于游记中大量引入这类音译词，并且将之作为语言的重要构成成分，显然冲破了文言文雅顺的固有面目，在文言向现代语言的转变上起到了开化的作用。而背后引入的西方的度量理念、科技文化则可谓随着新语言进入而潜入的西方事物，读者只有在接纳了上述描写手法并理解其意义的情况下才能进行顺利的阅读，这类语言上的裂变何尝不同于梁启超所谓的“时杂以俚语、韵语及外国语法，纵笔所至不检束”的新文体书写？

三、文体裂变与新文体的发生

古典散文对文体相当重视，古人为了使文章合乎规范，强调作文首先须辨体：“凡文章体制，不解清浊规矩，造次不得制作。制作不依此法，纵令合理，所作千篇，不堪施用。”① 明清时期，徐师曾作《文体明辨》、姚鼐作《古文辞类纂》，无不孜孜强调“辨体”的

① 遍照金刚：《文镜秘府论·论文意》，《文镜秘府论》，中华书局2006年版。

重要性；然而，当法度森严的古文体式面对广大而陌生的西方世界、面临内忧外患的多事之秋，它就显得力不从心了。显然，对于晚清域外游者来说，尚洁尚雅的古文体制已无法承载他们所要表达的域外经验与裂变的情感世界，一如薛福成所感慨："方今西洋诸国情状，贾、陆、苏三公与文正所不及睹也。福成即睹四贤所未睹之事矣，则凡所当言者，皆四贤所未及言……遂谓奋笔纂辞，可不师古人也。"① 当陌生而异质的"未睹之事"成为行文的核心，固有的行文法度与审美诉求已经无法对之进行描述，这就意味着薛福成"可不师古人"，摒弃严谨的古文规则，而为现实需求寻找新的言说形式。

这类"不师古人"的破体之作已然成为晚清域外游记书写的普遍情势。黎庶昌的《西洋杂志》满文充斥着内容杂糅、体例多样的文字，有外交接见的描述，有婚姻、子嗣的风俗考证，有历史事件的叙述，有钢铁、玻璃等器物说明，还有书信、条例的摘录等，内容的复杂、主题的蔓延使得作者在取材、立意、结构、布局上难循桐城章法。为方便起见，不同文体往往交相出没，使得整本游记成为各类文体纷然登场的大杂烩。稍后出国的薛福成显然就这种文体的裂变有着相当自觉，特意为自己不守法度的写作加以解释："据所亲历，笔之于书，或采新闻，或稽旧牍，或抒胸臆之议，或备掌故之遗……于日记中自备一格。"② 在《出使英法义比四国日记》中，薛福成既有史料的引录，也有地理考察的摘要，大量资料的征引与事物描述中，还夹杂诸多薛福成的自我见解，整本游记布局随意，体例更是散漫流衍，篇幅短则一两句话，长则数千字，薛所谓的

① 薛福成：《出使四国疏奏》，丁凤麟等编《薛福成选集》，上海人民出版社 1987 年版，第 518 页。

② 薛福成：《出使英法义比四国日记·咨呈》，《出使英法义比四国日记》，岳麓书社 2008 年版，第 60 页。

“自备一格”的游记书写显然逃逸了传统的山水纪游，更突破了古文辨体的法则，而成为诸体杂糅、破古文之格的散文创作。

文体的裂变除了部分地与内容及思想意识的变化有关，近代印刷业发展所带来的文本制作与传播方式的更新，也为文体变革提供了物质条件。随着报纸、杂志等新兴传播媒介的兴起，晚清域外游记多与报章杂志相结合，在冲破古文桎梏的同时，其新型的书写形态还昭示了与报告文学等现代文体之间的亲缘关系，大致可体现为三个方面：其一，晚清域外游记多以消息类文字刊登于报章杂志，不再是搜奇揽异、吟风弄月等构筑审美空间的传统游记，而是旨在考察社会、描绘世相的实录文字；其二，中西文明比较视野下的游记书写，多着眼于文化比较、政治议论，具有强烈的批判锋芒；其三，旨在觉世的域外游记，多具强烈的情感鼓动性，以达到启迪新知的目的。上述三种特质与现代报告文学所呈现的文本特征如新闻性、批判性、鼓动性可谓一脉相通。

晚清域外游记发生于神州濒临陆沉的变局之际，在这个由挫败、思变、图强所构成的特殊的生存场域里，民族危亡所促发的使命感使得晚清游者无法承续古人“传世”的迷梦，而有着即书即版的强烈的传播冲动，如康有为于《欧洲十一国游记·自序》所言：“今欧洲十一国游既毕，不敢自私，先疏记其略，以请同胞分尝一脔焉。”① 罗森于1854年写就的《日本日记》当年即刊发于香港英华书院主办的中文月刊《遐迩贯珍》上；李圭的出游日记《环游地球新录》于1878年9月至1879年4月连载于《万国公报》，随后，《东行日记》刊发于当时流传最广的《申报》；梁启超的《新大陆游记》于1903年发表于《新民丛报》的临时增刊；与之相呼应，本局囿于朝廷士大夫阶层的出使游记，也着意求“闻达”于墙外，以报刊连载、结

① 康有为：《欧洲十一国游记二种》，岳麓书社2008年版，第57页。

集出版的方式广为流传，光绪年间，驻外使臣及随员的日记、旅行记被刊印数十种之多。

这批通过现代传媒出版发行并意在觉世的域外游记，可视为川口浩所指的类报告文学的近代工业的产物，① 它们积极进入公共领域并有着明确的现实诉求，异域消息的收集与报告成为游记的书写之。罗森于《日本日记》前作一段按语："《遐迩贯珍》数号，每记花旗国与日本相立和约之事。……兹特著于《贯珍》之中，以广读者之闻记，庶几耳目为之一新。"② 罗森所著的游记重在"广读者之闻记"，成为国人了解美、日和约的信息来源；梁启超作《新大陆游记》有两个目的："一以调查我黄族在海外者之情状，二以实察新大陆之政俗。"可见，晚清游者均自觉抽离了古代游记的情景交融与抒情言志，而将其改造成旨在传递消息、调查世相的类似报告文学的文体书写。报告文学的理论开拓者基希曾以实例的方式阐释了游记和报告文学的区别③，在基希的区分范畴下，游记多为风景的展示、文化的体味，有着强烈的异国情调；而报告文学追求纪实、客观，以社会世相为主，循此辨别，郭嵩焘与李圭的游记，俨然与报告文

① 川口浩认为报告文学史是"近代工业社会的产物，印刷发达以后，一切文书都用活版印刷的形态而传播，在此，才产生了近代散文……Reportage 就是这种形式的兄弟"。见川口浩：《报告文学论》，《北斗》1932 年 2 卷 1 期。

②《遐迩贯珍》1854 年 11 月。

③ 报告文学奠基人基希以举例的方式阐释了游记和报告文学的区别，他指出游记在描述锡兰这个地域时会写道："珍珠岛的美丽，冲激海岸的波涛的音响，永远在颠簸的木筏，往昔的王宫废墟，以及其他关于自然的美及古代文化的遗迹诸如此类的东西，对于可厌而又可怖的日常生活，只字不提。"面对同一描述对象，报告文学的论述方式是："从十月到一月之间，有三万以上的儿童因疾病和营养不良而死亡。这里的百分之八十的儿童，饿得连走到学校那样的力气都没有。……这里的人民吃着草根树叶，每日继续有人走着由乞讨到饿死的道路。"见基希：《一种危险的文学样式》，《报告文学研究资料选编》下册，山东人民出版社 1983 年版，第 1210 页。

学客观纪实的书写方式如出一辙：

> 伦敦纵广二十余里，横长三十余里（在赤道北五十一度三十一分）。毗连四部……代模斯江横贯其中（宫殿苑囿皆在江北，作坊栈店多在江以南），东距海口二百里。中城两岸至白赖克华尔，船坞及各阜头为多。
>
> （郭嵩焘《伦敦与巴黎日记》）

> 美国卡厘方利亚省之三藩谢司戈城，华人以其地产金，称为金山。嗣南洋澳大利亚岛亦产金称金山，而以新旧别之。称此为旧金山，美国海滨一大都会也。计华人在美，男女共约十六万名口，居三藩城者约四万人，居卡省别城者，约十万人，余皆散处腹地各属。
>
> （李圭《环游地球新录》）

上述有关异域的纪游文字，显然摈弃了游记文学惯常的风景书写与情感抒发，触目的是冷静平实的都市概况与人口统计，它们客观纪实的行文方式显然更符合现代报告文学重讯息与实录的论述方式，契合基希所甄别的报告文学的书写模式。在资讯尚欠发达的近代中国，这类登载于报纸杂志之上的域外游记因其消息的灵通与书写的纪实，使得普通大众得以窥见因条件所限而无法抵达的西方世界，往往替代了新闻报道而成为国人了解异域的第一手材料。

无论个体出游还是受遣远行，域外游者均处于一种与中西文明保持距离的悬置情境下，这种漂浮于中西文明罅隙之间而得以比较眼光观看自我与他者的状态，让诸多游者面临传统与现实始终保持了一种批判的态度，印之于书写，则与传统记游拉开了距离，行文之间具有了报告文学所持的社会批判态度。西游途中，康有为对君主专制的愤懑指责、郭嵩焘针对诗儒之学而作的尖锐批评，无不处处持社会批判之眼光。梁启超作《新大陆游记》，更是怀揣批评的意图，纽约成为梁启超指摘美国资本经济之弊的范本，华盛顿成为梁启超凝视共和政治之殇的聚焦点，旧金山则成为梁启超批判华人劣根性的有效版图。游记中每一个自然的地理版图都成为充满意义与启示的所在，它们被主动地编织进梁启超有关"告别共和"的政体变革理念中，成为社会批评的有力文字。川口浩的《报告文学论》曾指出近代旅行记与报告文学在社会批判层面的血亲关系："譬如在德国，一般认为德国近代散文之滥觞的海涅的《旅行记》曾以辛辣的笔锋，批判了旅行所及的东方的人物和制度等等。……现在，以这种被近代散文遗失了的精神而再生的，就是所谓报告文学！"① 从晚清域外游记的字里行间，我们不难看到这种辛辣的社会批判精神。

诸多刊行于报纸杂志的晚清域外游记，不再追求藏诸名山、诗文酬唱，其拟想读者已从文人同侪扩至普罗大众。行文方式上，不仅破古文之体，更须调动比拟夸张、情感渲染等文学性手法，以达到煽动读者情绪，传播西洋新知的目的，这一行文鼓动性的追求与报告文学的行文方式也不谋而合。《基希及其报告文学》的作者 T. 巴克指出："在小说里，人生是反映在人物的意识上。在报告文学里，人生却反映在报告者的意识上。"② 这段话表明，较之通过塑造人物来曲折表达作者情感的小说而言，报告文学是作者情感意识的直接表达。的确，报告文学甫出便有着宣传鼓动的内在追求，面向普遍民众的新闻书写就如同面向普罗大众进行一场无声的公共演讲，要求以充沛的情感来打动读者；与之类似，晚清游者于启蒙新知的

① 川口浩：《报告文学论》，《北斗》1932 年 2 卷 1 期。

② T. 巴克：《基希及其报告文学》，《报告文学研究资料选编》下册，山东人民出版社 1983 年版，第 1214 页。

同时，不乏以倾向性强的激越情感来进行思想鼓动，最典型的莫过于康有为、梁启超的游记书写。康有为曾七游法、九至德、八游英，作《欧洲十一国游记》，不惜以“广长之舌”宣扬“只可行立宪不可行革命”的政治理念，游记中处处可见排比、对比、反问、设问、感叹等各类文学修辞，情感激烈的铿锵语句如“地使然也”“妄也”“天道后起胜也”等屡见不鲜。游记书写的每一个片断的呈现，都步步为营地配合着他的宣传诉求与情绪渲染，这类充满鼓动性与煽情性的言语方式，在梁启超的《新大陆游记》中也随处可见。书写策略上，梁氏多择用感叹词与下定义的方式，以浅近之文抒激切之意，具有强烈的情感倾向性，譬如，他给纽约下定义道：“纽约者，全世界第一大市场，商业家最可用武之地也。”对于美国城市波士顿的介绍，他采用的也是“……者，……也”的判断语式：“波士顿者，美国历史上最有关系之地，而共和政治之发光点也。”下定义式的语句具有不容置辩的权威性，强烈地凸显了作者的思想意识，“第一”“最”等言辞激烈的修饰词的运用，也充分暴露了书写者的个人情感。谈及纽约工场之黑暗，梁启超行文更是激情澎湃：

> 呜呼！何其与平等之理想太远耶！此固由天才之使然，然亦人事有以制之。准是以谈，则教育普及之一语，犹空言耳。呜呼！天下之大势，竟滔滔日返于专制。吾观纽约诸工场，而感慨不能自禁也。

“呜呼”作为感叹词两次加以重复，以直抒胸臆的方式让行文日趋激烈，有效地调动了读者情感，“感慨不能自禁也”的慨叹更让梁的情绪紧紧攫住了读者，使之同悲喜同愤慨。这种以情感席卷一切的书写方式极富煽动力，鲜明地传递了作者的喜怒哀乐，充分凸显了“报告者的意识”。

晚清域外游记传播异域消息，重在社会批评，同时不乏鼓动煽情的语言构建，一旦与近代传媒相结合，最终便演变为现代报告文学发生前的幽深潜流，正如有学者所说："晚清新闻通讯中，除纪事一类外，还有新式的游记。这类游记作品不同于一般模山范水、吟风弄月的散文小品，而是一种关注社会大端兼及自然人文背景的旅行通讯，如《申报》从1876年6月7日起连载环游地球客的《东行日记》和梁启超的《新大陆游记》等即是这样的旅行通讯。从国际报告文学发生史看，早期的报告文学中许多就是游记体散文。"①

结 语

晚清域外游记的数目可谓浩繁、内容可谓芜杂，如果说钟叔河等学者以史料钩沉的方式来与之对话，那么，笔者则试图从现代诗学的角度对它进行一番文学的曲线勾勒，将之视为一个散文的有机整体，阐释它所隐藏的精神变化与呈现的形式变动。值得注意的是，上述所论晚清域外游记的诸种歧变，有时候会相当明显，鲜明地昭示了与五四文学之间的亲缘关系；有时则相当隐晦，甚至书写者会以激烈的抵抗姿态来掩饰这一切。倡扬西方文明往往与捍卫纲常礼教奇怪地扭结在一起，新名词往往以一种扭曲的姿态被纳入支离破碎的文言文记叙，它们的杂糅混淆最终成为一种不纯洁的、充满了裂缝的书写，然而，正是这些在精神结构、内容书写上所呈现的不可掩目的裂缝，却代表了一种变化的开始，意味着新事物的诞生，风起于青萍之末。晚清域外游记逾半个世纪的连续性书写生动地反

① 丁晓原：《文化生态视镜中的中国报告文学》，复旦大学出版社2008年版，第39—40页。

映了中国散文因域外体验的进入而不断自我突破、自我发展的过程，成为我们触摸中国散文现代性嬗变的一条清晰的线索。

2014 年

神话重述中的现代叩问

——评苏童《碧奴》

自四年前《蛇为什么会飞》引来呶呶争议后，在长篇小说创作中，苏童仿佛销声匿迹遁隐江湖，甫今《碧奴》（重庆出版社2006年版，后文引用均出自此版本）横空入红尘，并且是非同以往地重述神话，自然避免不了纷争扰攘。面对诸多褒贬，在不同场合，苏童都固执地提及它是自己有史以来最好的一部长篇。面对其争议焦点的神话重述与眼泪叙事，我感兴趣的则是，中国神话为何缺乏文学的叙事传统？在作为焦点讨论的眼泪叙事之外，作为个体的苏童还渴望在神话的重述中表达什么或者吁求什么？

如果说惯常的苏童“但就算是最具有时代意义的题材，也常在他笔下化为轻颦浅叹，转瞬如烟而逝。苏童的世界令人感到不能承受之轻：那样工整精妙，却是从骨子里就掏空了的”①，如果说苏童小说对欲望的无名追逐、对死亡的耽溺与向往成为当代说部中颓废之美的奇观，那么从《碧奴》始，一种生存之重沉沉排闼而来，一种别于颓靡之南方的澄明逐渐凸现，一种坚韧之信念开始茁壮生长。

---

① 王德威：《中国当代小说二十家》，三联书店2006年版，第106页。

一、重述神话：挑战的难度

洪荒初辟，人神混沌，强悍绚烂的原始生命滋养了各民族飞扬的神话体系。自人类有想象力始，神话当已成为人们口口相传的精神归宿，神话由此成为最亲近性情之文学的初始形态，弗莱认为“对神话结构的重新组合便是我们所说的重述神话：挑战的难度学”①。在教统渊远的西方，神话叙事有着悠久的人文传统，自荷马史诗开始，诸多作家都努力在神话中寄予爱与救赎的希望，可以说，欧洲小说是以嫡系的姿态从神话中行走出来。中途虽经过工业革命、“诸神消亡”的19世纪，但自20世纪以降，面临人类精神日渐匮乏、人类自大狂妄所造就的恶果，工业迷狂与技术理性已经无法还给人类返归精神家园的方向与能力，神话，这一曾被集体遗忘的叙事方式，不经意地在20世纪得到了全面的复兴。艾略特、乔伊斯、福克纳、马尔克斯等成为现当代世界文学标杆的作家，无不努力从人类想象之源处掘取生命养分，于神话中抒发一己之块垒，探讨人类生存之境遇。曾高喊“上帝死了”的尼采，最后则认为人类社会之所以处于“现代的黑暗”，是因为神话被遗忘所造成。尼采在《悲剧的诞生》中指出，“每一种文化只要它失去了神话，则同时它也将失去其自然而健康的创造力”②。神话叙事在力图解释世界和生存的努力中，以间接和诗意的方式，达到哲学的深度，成为人类回归自我的救赎之路。

相对于西方林立的神话叙事著作，中国的神话叙说则以两种截然不同的方式蜕化为时间的遗骸。一种方式，它们自初民口头叙述

---

①《诺思洛普·弗莱文论选集》，中国社会科学出版社1997年版。

② 尼采著，周国平译：《悲剧的诞生》，三联书店1986年版，第100页。

以来，便如水浸地，普遍流散于村落巷里，辗转于口口相传中，成为民俗的一种重要标志，成为百姓闲坐中的谈资。另一种方式，它们则被横搁在浩如烟海的历史资料里，尘封为祖先的前尘旧事。早在《尚书》《国语》《史记》等古远的信史中，神话就作为史料进入历史记述，《史记》中的《五帝本纪》《殷本纪》更直接把神话英雄当成祖先的历史来叙述。茅盾在《中国神话 ABC》中指出："原始的历史学家把神话里的神都算作古代的帝皇，把那些神话当作历史留了下来。"① 当神话变成有据可考的历史，它那些飞扬跋扈的想象便直接被抽空，活色生香的才情诗意迅速干涸，神话的文学与文学中的神话便显得那么稀缺。

关于中国作家为何不愿意以文学的方式追溯神话，不愿意从本族神话深处生发情愫的诘问，有的学者认为是由于源远流长的儒家文化的截流，中国儒子对于"怪、力、乱、神"的反对，以及以"托古"的方式将神话人物"理想人格化"的做法，都使得神话消泯于正统的儒家思潮中。② 有的学者认为，是基于太强悍的正统的史官文化，史籍成了包罗万象的古代著述大总汇。史官文化在古代文明中的显赫地位，使得人们把史书中的神话当成历史看待，直接进入史料，而生生割断了神话与文学之间的血肉关脉。③ 或者如笔者所猜测，中国的传统文化过于早熟，早早形成了一套精致的文化体系，而前文明状态下成就的神话诸如精卫填海、夸父追日、刑天舞干戚、孟姜女哭长城之类，其高蹈狂放、刚烈执著，为了追求不惜倾毁一切的精神气质，已经无法被这套圆熟的体系有效区分开来，也无法让习惯于世情、历史演义说部的作者产生精神共鸣。

---

① 茅盾：《茅盾说神话》，上海古籍出版社 1999 年版，第 41 页。
② 参见韦政通：《儒家与现代化中国》，上海人民出版社 1990 年版，第 6—20 页。
③ 参见欧阳健：《中国神怪小说通史》，江苏教育出版社 1997 年版，第 42—43 页。

总之在民间的与历史的固化中，具有文化异数特征且能指强大的神话已经被人为地僵化成了中华民族一套耳熟能详的话语模式，成为一具抽空了血脉的石化标本，如海德格尔所警惕的“传统却赋予承传下来的东西以不言而喻的性质，并堵塞了通达源头的道路。传统甚至使我们忘掉了这样的渊源，传统甚至使我们不再领会回溯到渊源的必要性”①。

尽管自现代以来，也有如鲁迅先生者，曾在《故事新编》的《理水》《奔月》《补天》《铸剑》里切入神话，但横眉冷对的先生无法平静下来对神话进行丰满的演绎，更多的是颠覆和调侃。在先生笔下，神话的传统被肢解成支离破碎、荒诞不经的国民性镜像，神话初始的内涵与精神已在嬉笑怒骂的笔致中烟消云散。而后，追源本族神话之原始精神来演绎传奇的作家更是寥寥无几。是否，接着说中国本族神话、从本族神话中掘取精神资源比反着说、骂着说更为艰难？是否，这一写作的艰难彰显了惯于描述当下世界的中国作家所存在的另一种精神难度？

或许，以上对于神话叙事的反思与诘问，便是苏童这部《碧奴》给我们所带来的意义。很多时候，一个事件的出现，往往并不因为它解决了什么，而是因为，它给人们带来了怎样的思考角度。

据悉，在“重述神话”全球出版项目中，不少西方作家的重述都选择了以后现代手法解构传统神话，阐释出另一番意义。而苏童认为，自己从来没想过要颠覆孟姜女的故事，“我不会采用解构的方式去改变人们对孟姜女这个美丽传说的印象”②。苏童承接接着说神话的这一难度，首次以演绎性的长篇方式向中国神话叙事的缺失发

① 海德格尔著，陈嘉映、王庆节译：《存在与时间》，三联书店 2006 年版，第 25 页。

② 杨雅莲：《苏童新书碧奴重写孟姜女传说》，国际在线文化频道 2006 年 9 月 1 日。

起了挑战，无论圆满与否，这至少为当代文学创作开辟了别样景观。

二、个体言说：生存的追问

于时光流转中保存下来的神话总摆脱不了不言而喻的僵硬模式，因此，在耳熟能详的孟姜女哭长城的传说里，苏童言说中的女主角不再是家喻户晓的孟姜女，而叫碧奴，因为苏童觉得“孟姜女对我的写作是一种枷锁，所以用‘碧奴’感觉更舒服更有灵感”①。虽然他没有思量过颠覆解构这一神话，但是在承续性的重述中，在姓名的有意变更里，在对眼泪的肆意铺扬中，我们仍不难窥见作者欲借神话之壳抒写个体对世界、对人生的一种潜在的个性思考。

在这里，苏童干净地告别了以往文本中暧昧缠绕的男欢女爱，一出场，碧奴的男人岂梁就已经缺席，他的沉默使得小说中庸常的情欲气息被荡涤一空。文本随着碧奴众里单身的出发变得逐渐坚实，男人岂梁成了一个象征爱与温情的符号，他被悬置在碧奴整个被抛掷的存在的终端，最终虚化为一种孜孜以求的信念与理想。他所在的北方和大燕山，也有别于苏童以往耽溺的绮靡腐烂的南方，以往小说中的人物往往在寻求和逃匿中失去目的和方向，而在这里，碧奴坚定地向北。碧奴生逢乱世，沦落其中，人人无不为了各自的生存为所欲为，当强壮的男人与孩子都为了生存沦落为没有任何尊严的马人、鹿人，当眼泪可以作为物品进行买卖，在这一片信念颓败、人心涣散的废墟之上，碧奴作为一个完整的能自我控制眼泪的个体，如一束明亮的阳光，始终在存在的自明中坚定前行。

---

① 杨雅莲：《苏童新书碧奴重写孟姜女传说》，国际在线文化频道 2006 年 9 月 1 日。

只是，在一个信念缺失的年代却怀抱信念、冒天下之大不韪，碧奴注定孤独。因为“与罪对立的概念并不是美德，而是信仰”①。在苏童所呈现的这个罪孽丛生、德行沦落的世界里，碧奴因信念而得罪，因得罪而孤独。在故乡桃村，“碧奴习惯了孤独，所有的桃村女人都用一种冰冷的目光审问她……她们的丈夫与岂梁同一天被押走，可是她们不愿意与她结伴北上”，“在繁华的蓝草涧，碧奴尝受着一个人的荒凉”，“碧奴清楚地知道在这个绝望的人世上，她是最后一个怀着希望的人，她的孤单也是命中注定的”。

从七里洞到五谷城，哭泣的碧奴始终是一个异数。如果说孤独是碧奴“在路上”的主要存在方式，那么死亡则是碧奴面向自我、保全尊严的重要途径。对于死亡，苏童赋予了碧奴存在主义者的狂热。从决定出发起，碧奴就已经埋好了自己前身，做好了向死而生的准备，对于死亡始终抱有预期的坦然。

但是对死亡的方式，碧奴却有着固执的反抗。在死神当前时，“她说，反正是要死……让我走着去，牲畜去屠宰了才绑在木板上呢”。

“碧奴端详着那棵松树下草草划出的墓线，依稀看见死神在那个方框下欠起来身子，焦灼地等待着她。她不怕死，但死到临头她突然想起自己葬身在这树林里，没有人替她举起丧幡，没有人会到坟边为她掉一滴泪，碧奴不甘心，她决定在死之前为自己痛痛快快哭一场……”

当死亡的尊严都被剥夺，碧奴的泪水浸透了人类存在中最为深沉的绝望。在苏童着力凸现的这个理念涣散、价值虚无的苦难境遇里，苏童抹去了尖锐的质疑和狂放的悲怆，只是以一种近乎存在主

---

① 转引自舍斯托夫著，方珊、李勤译：《旷野呼告》，华夏出版社 1999 年版，第 63 页。

义的哲学思考，将温柔的、哭泣的碧奴抛入这无边的孤独里，让她在被抛掷的“路上”遭受个体存在与外部世界断裂的危险，让她在惘惘前来的死亡面前用温和的努力来捍卫人类最后的尊严。

因为信念，碧奴孤独地被掷入了生命的某种境遇，面临了关于人、关于存在、关于良心的诸多问题，并且还以她坚忍不拔的寻夫行为参与到了这些问题与境遇中，成为末世的一个重要对峙。而众里单身的孤独，面对众声喧哗的世界，难免是孱弱无力的，于是，苏童给予了碧奴很多的眼泪，在遭遇困境的诸多地方，碧奴的眼泪有如一道闪电，照亮了周边的深渊，让那些肆无忌惮地侮辱和损害她的人群开始恐慌。失控的人性变得柔软，碧奴用她悲天悯人的泪水来展示人类没落的哀伤：“流泪的乳房，流泪的手掌和脚趾让男孩们感到惊喜，而一双流泪的眼睛却令他们慌张，因此也引起一片莫名的骚乱……他们头上的鹿角纷纷滑落，他们捏住自己的鼻子，盖住自己的眼睛，可是已经来不及了：眼泪如暴风骤雨无法遏制，于是他们放下来碧奴，齐声恸哭起来。”碧奴也用她决绝、纯粹的泪水来反抗一个巨大障碍：“一注晶亮的泪水飞溅开来，像一道奇异的闪电。小满看见那道泪泉发出宝石般刺眼的光芒坠向山谷，整个大燕岭似乎都抽搐起来，长城在微微地颤动。”一个弱女子最终用她的泪水哭倒了长城。眼泪，有如来自旷野的呼喊，决绝、尖锐、纯粹，充满了反抗的锐度；眼泪，在流离颠沛的乱世中，有如明亮地射向生存困境的一束光芒，呈现出人类最感性、最淳朴的力量。眼泪，作为人类最感性的液体，在这里以极致的方式回归本色。

三、中年写作：澄澈的感悟

与其说《碧奴》是一个寻夫传奇，不如说这是一个充满反思与悲悯的有关存在的思考标本，如果说文本初始，苏童小说所一贯弥漫的阴柔、华美的气息一如既往地让人眩晕，飘忽、凄艳的词句蜿蜒成流，但跟随碧奴愈进入寻夫的途中，那种惯性蔓延肆意流淌的“好看”的话语逐渐断流，相应的则是，随着碧奴的孤独前行和红尘看尽，文词愈显枯窘之势，愈露生存的峥嵘本相。有人认为这是苏童神话敷衍所带来词穷的恶果，而我却不能不重视他的这段自我言说：“随着年纪的增长、阅历的增加，现在我更多的考虑是写什么，而不是怎么写，不愿再强调所谓的写作技巧。”苏童如此解释：“发生转变的原因很多，不仅是文学观发生改变，人到中年也是个重要原因。”① 或许，从早年的绚丽归于中年的平淡，自是经历一番澄静与积淀后的感悟。或许，正是在与碧奴存在同行的途中，苏童本来飞扬、迷幻的生存状态逐渐变得澄明与坚定（作者在塑造人物的同时往往着魔般地被人物所塑造，这在世界文学史上都不是一桩罕见的现象）。或许，眼泪的澄明与内涵的丰富也正好契合了苏童这种人到中年滋味尝尽、归于澄静的状态。在这人体最感性的液体中，在一个弱女子千里寻夫的传奇里，它所需的信念与执著也似乎暗示了人到中年的苏童开始逐渐摆脱游离之态，而于云遮雾绕中开始向往人生沉静和坚定的一面。

因此，我更愿意把《碧奴》看成是苏童沉潜之后的一部表达存在主义哲思的中年之作。

2008 年

①《苏童：重述神话不作解构》，《东方早报》2006 年 5 月 9 日。

知识分子的逃逸和归附

——兼《黄金时代》的语言符号学分析

时人评价文坛怪才王小波的《黄金时代》，或者将其简单视为一篇批判“文革”弘扬人性的新知青小说，着重对其进行社会学的分析和定位；或者击节赞赏其中洋溢了恣肆的青春精神和蓬勃的生命力，对作者拉伯雷式的狂欢文体津津乐道；或者由于其文本语言的恶作剧和消解主流话语的肆意写作模式，而把解读的焦点集中于文字的拆解游戏上面；固然，评论者所持的观点不容否定，既然任何一部文本都是开放与立体的，就允许有多重解释的维度。遗憾的是，在解读《黄金时代》时，人们往往过多地把目光聚焦于“我”（王二）的身上，而将与王二如影相随联袂共演“黄金时代”的陈清扬，给有意无意地忽略掉，或在评述中几笔带过使之退为小说中的背景人物，或根本地将她与王二视为一体，简单地认为阐释了王二也就阐释了陈清扬……这种种疏忽无疑遮蔽了高级知识分子陈清扬身上所蕴含的重要意义，抹杀了其特有的个性，留下了阐释的空白。

在此，笔者拟从个体阅读感悟出发，以语言符号学的文本分析方法对《黄金时代》进行阐释，以期解读出另一维的文本意蕴：在有关权力话语遏止下，知识分子如何进行坚守与抗争的叙说中，小说实质为我们敞现了在逍遥恣肆的性爱狂欢姿态背后所蕴含的有关爱情、人性以及知识分子个体于具体历史情境下所面临的悲凉境况。

同时，以其中的女主人公陈清扬作为知识分子个案加以分析，笔者企冀思索在强大的权力话语势力下，具有几千年传统文化心理图式、惯于附着于权力运转机制之上的一部分中国知识分子，如何在本能的反抗中最终走向被权力机制所消化的生存态势。

一

叙述初，“文革”年代下放农村、具有医科大学文凭的高级知识分子、年轻貌美的队医——陈清扬，因无辜被村干部以及村里的群众屡次指认为“破鞋”而感到屈辱愤慨，“弄得她魂不守舍，几乎连自己是谁都不知道了”。尽管从内心深处她认为“破鞋”善良而且乐于助人，但她无疑急需求得“他者”的认同，为自身找一个证明自己清白无辜的“说法”，可见，对于来自权力阶层以及大多数的“他者”话语的指认，在前提上，陈是潜意识里表示认同的。福柯的话语理论揭示，话语乃权力的产物，在话语的实践中潜隐着权力的运作，话语权的拥有便意味着权力的实现，因此处于指认者地位并往往自居为审判者的村干部、大队长等，在文中无疑代表了话语霸权者。从单纯的知识分子本能出发，她认为王二（即文中的“我”）与心怀鬼胎的村干部及盲目愚昧的群众迥然有异，从而把证明清白的希望寄托在王二的身上。王二则深谙在理性消泯的时代，如果倾向于证明自身无辜，则等于首先在前提上认同了指认者话语的正义性，承认了原初审判的合法性，并将自己置于它的控制之下，使自己处于被审判的位置，而不自觉地陷入了权力话语霸权的操作范围之内。

因此，深味权力之罪的王二，反其道而行之，更倾向于证明陈清扬的不无辜，从自我辩护走向乐于“犯罪”，赞成以超越性的姿态来嘲弄反抗权力话语的指认定罪，而予其以反戈一击。由此，王不仅不为陈证明，反而认为“所谓破鞋者，乃是一个指称，大家都说你是破鞋，你就是破鞋，没有什么道理可讲”。对于王二这套洞彻话语霸权的超越性理论，陈清扬的反应是决定早晚打“我”一个耳光。由此可见，陈对王这种异常真实却颇具反叛性的思想，并未从根本上产生认同，就如小说后面所言“陈清扬在各个方面都和我不同”。但处于21岁黄金时代，具有生猛精神和很多奢望的“我”，最终以青春的激情和强悍的生命本能感动了由于美貌而一直被孤立和觊觎的陈清扬，激发了她隐秘的被压抑的本能欲望，两人在性爱被悬置的特殊年代，开始了惊世骇俗的男欢女爱。

细读文本，值得注意的是，当第一次陈与王苟合时，“陈清扬对此的反应是冷冰冰的，她的嘴唇也冷冰冰的，对爱抚也毫无反应”，“所以从始至终就是我一个人在表演”，可见陈与王之间开始的爱是无爱之性。当“我”第一次逃往深山，陈清扬因为好奇而来到山上并与“我”开始了恣肆欢爱之后，陈却感到自己“罪孽深重，早晚要遭报应”，“陈后来和我说，每回和我做爱都深受折磨，在内心深处，她很想叫出来，想抱住我狂吻，但她不乐意，她不想爱别人，任何人都不爱”。这种罪感心理以及欲爱不能的奇异心态，与受几千年传统礼仪文化的熏陶而具有传统心理模式的知识分子意识不无关系，在此心理图式中，“君子不言利”“存天理，灭人欲”“克己复礼”等儒家信条，已由他律的社会规范经过历代因袭，而转化为知识分子内在的自律性道德约束，金钱与性爱总是处于被否定的地位，被认为是罪恶的渊源。因此，尽管陈清扬内心深处为肆意、温情的性爱所沉醉，但在其意识中无疑仍顽固地存在一个以“性”为罪孽的传统认知模式，从而在理性层面不仅产生浓重的原罪意识，而且不敢也不愿承认自身对爱的本能需求，最终沦为了传统文化所孳生的可怜的异化物。

在此期间，两人曾两次逃往无人的荒山，远离由军代表、大队长所控制的权力话语圈，开始了绚丽多姿、浪漫原始的性爱生涯。如果说，第一次的出逃和回归山下（山下可视为权力话语的控制范围）大部分是出于无意识和好奇，那么，第二次的出逃，对于王二，则是一次有鲜明意识的对话语权力的无言挑战。而对于陈清扬而言，她跟随王二出走，则多半源于在荒凉压抑的生存困境中，由于专制下的性饥渴，而对温情自由的性爱产生无力拒绝的本能需要和慰藉寻求。因此，当陈清扬突然对性爱感到厌倦时，她便力主下山重归话语权力控制圈，“她还想下山，忍受人世的摧残”。在可以肆意享受性爱和生命自由的山上生活与消泯自我接受审判的山下生活之间，陈清扬毫不犹豫地选择了后者，并积极配合出斗争差和写交代材料。在斗“破鞋”时，陈清扬“一听到说到我们，就从书包里掏出一双洗得干干净净的用麻拴好的解放鞋，往脖子上一挂，等待出台”，并且“她很愉快，人家要她做的事她都做到了，剩下的事与她无关。她就这样扮演了破鞋”。在斗争中，无奈下山的王二的想法是“搞急了老子又要往山上跑”，“可是陈清扬说，算了，揪揪头发又怎么了”。在批斗中，王二因为冷静的沉默，遭到残酷的虐待，“我的手经常被捆得乌青”；而陈清扬“经常说话”，“处处与人合作，苦头吃得少，我们处处不一样”，呈现的是一副献媚的奴态与悔过自新的顺从姿态。当“文革”完毕，流年逝去，在 20 世纪 90 年代，两人重逢时，王二发现“陈清扬在各个方面都和我不同”，陈清扬“穿戴起来，从内衣到外衣，她都是一个香喷喷的 lady”，显然早已复归主流话语权力圈，并且春风得意，事业有成；相形之下，“我从内衣到外衣都是一个地道的土流氓”，由于那段“黄金时代”遗下的历史问题，倔强的“我”仍然活得窝囊悒郁，成为游走于主流社会边缘地带的蚍蜉。

在此，通过对高级知识分子个体陈清扬生存状态嬗变的剖析，我们窥见了一幅中国知识分子如何由本能的反抗到自律性地被话语霸权消化的生存图景，也直视了知识分子这一阶层某些先天性的精神痼疾。中国自古以来，由于封建专制政权的一统天下，士阶层也即中国的知识分子便不可避免地成为自觉或不自觉维护统治秩序的工具。“学而优则仕”，如果不能取悦和依附于权力的掌握者——君王，知识分子不仅无法实现“济天下”“荣归故里”“黄金屋、颜如玉”等大小志向，而且连基本的生存都会岌岌可危，所以，可称为“为士之先”的孔子是尘土满面，惶惶然如丧家犬，四处奔波以求明君赏识。高叹不为五斗米折腰的陶渊明也曾几次出仕，杜甫更是“朝叩富儿门，暮随肥马尘”，汲汲求仕。可以说，正是源于知识分子这种依附性的生存地位，知识分子在思想、人格上难以独立，从而产生如毛附皮似的依附性人格，成为权力话语的阐释者和服从者。文化史及思想史学者余英时指出：“中国知识分子在性格上的最大缺陷由传统政治权威造成的……在专制传统的长期压迫下，众多的知识分子不但逐渐丧失了自信和荣誉，而且同时还滋长了一种自疑和自罪的潜意识……在革命领袖的新政治权威面前，他们便完全为原罪意识所支配，因此也失去了最起码的独立判断能力，当然更谈不上什么批判精神了。”① 传统权威主义使知识分子产生了期待“明君”“圣主”来安排自身的心理，独立精神荡然无存。这种中国知识分子传统心理痼疾深深虬结在陈清扬的心灵深处。

如果说王二是一名以理性、自由等现代精神来观照、批判社会的现代型知识分子，那么，陈清扬身上则背负了因袭的传统重负并患有先天性的精神痼疾。她参与王二的惊世骇俗的性爱行为，更多是出于生理本能和精神慰藉的依附性的双重需求，而不是源于独立

① 余英时：《中国知识分子的创世纪》，《中国知识人之史的考察》，广西师范大学出版社2004年版，第150页。

个体和人格的自觉追求。一旦面临咄咄逼人并处于主流地位的强大话语权威时，陈清扬可以说失去了起码的判断能力，主动俯首认罪，积极配合权威荒谬的审罪游戏，并以一种“毛”复归于“皮”、浪子回头的悔罪自新的心态，重新诉求话语权力的宽恕和改造，可谓“往者不可谏，来者尤可追”，经过自律性的改造行为，陈清扬终于如鱼得水，嬗变成一个与王二截然不同的“香喷喷的 lady”。

二

语言符号学是隶属于 20 世纪新兴的结构语言学的一个分支。结构语言学，又称结构主义语言学，主要指由瑞士语言学家索绪尔开创的共时语言学。随着 20 世纪 50 年代法国人类学家列维—斯特劳斯在神话领域的创造性应用，它陆续在文学研究中赢得了显赫一时的声誉。后起之秀格雷马斯所创造的阐释文学符号矩阵模式，则进一步深化和拓展了结构主义诗学的文学阐释功能。

当我们以语言符号分析方法对《黄金时代》进行文本分析时，在文本所叙述的主要事件中，我们可以找到如下几类人物及其特性：王二因与权力者作对而被排斥与修理，他在文中是一个具有强劲生命力、坚持独立品格的反抗型人物。陈清扬在与王二的交欢中使生命力得以释放，实现了本能欲望，但最终放弃独立品格，归附主流霸权，是归附体制的逃逸者。队长与党代表，则具有拥有压制生命力、掩饰欲望的特质。文中的群众，虽然面目模糊，但他们有着看客的麻木与势利，是压抑自身欲望的失语者。

接着，我们便可试以符号学与叙事学家格雷马斯阐释小说人物间相应关系的著名模型——符号矩阵，来阐释这四类人物间的多边关系，并探寻其中蕴含的有关权力、人性、知识分子个体之间相生相克的复杂机制。格雷马斯的符号矩阵吸收了列维—斯特劳斯的二项对立模型理论，但在此基础上更为精细地阐发各项关系间的复杂内涵。它注重非对立项之间关系以及中立项的功能，认为一个结构的内部既可以有尖锐对立的两项——X与反X，也有并非强烈对立的两项——非X与非反X。X与反X形成势不两立的敌对关系，但是，X与非反X以及非X之间的关系则更加微妙，不可作粗暴的二元对立划分。① 由此符号理论出发，便得到一个矩形关系图，如图1：

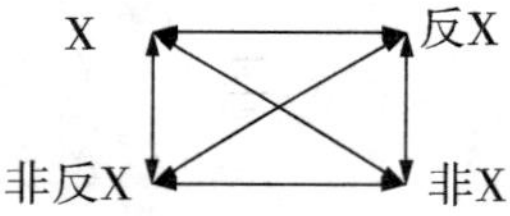

图1

以这个矩形公式衡量《黄金时代》中的人物关系，我们可以发现如果将党代表、队长以及上面领导等代表X，他们居于统治地位并垄断话语权，可将其命名为话语霸权者；那么，一直处于反抗场并始终坚持其边缘姿态的王二则代表反X，即反话语霸权者，他具有强悍的生命力，张扬欲望，坚守个体人格独立等特点；陈清扬在与王二的交欢中实现了其本能生命欲望，本能上渴望与王二“可以合并，成为雌雄一体”，但由于知识分子依附的根性以及传统心理图式，现实中她最终又主动向话语势力就范，近乎自律地丧失了独立品格，她应该代表非X；处于观看位置的群众不仅丧失“自我”语言，而且以权力话语来规范自身语言品格，实质处于没有自身言语的失语状态，他们在话语霸权下愚昧地修正并压抑自己生命欲望，而成为毫无个性的“集体人”。这样，我们又可以据此列出图2：

① 参见格雷马斯，吴泓缈译：《结构语义学》，三联书店1999年版，第21—22页。

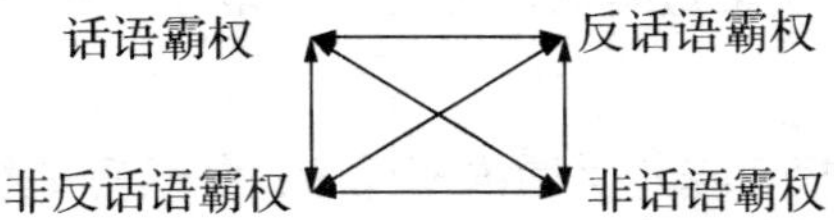

图2

分析上面实质由反霸权和维护霸权的争斗为核心的人物关系图，我们可以至少发现以下6 种关系：

（1）话语霸权者与反话语霸权者：党代表、队长、领导等话语权威，仇视人的独立品格，压制人的欲望，他们与特立独行、具有强烈反抗精神与生命力的王二之间，形成了一种尖锐对立的关系。

（2）话语霸权者与非话语霸权者：党代表、队长及领导，或者欲通过权力的威势来占有美貌性感的陈清扬，或以写交代材料的行政命令来窥视陈、王两人的性爱细节，以满足其被权力面具所掩盖住的本能欲望。作为疏离权力话语的知识女性，陈清扬毫不犹豫地拒绝了队长的性爱要求，结果遭到一系列的排斥与打击。她在与王二的性爱关系中似乎捍卫了个性的独立，张扬了生命欲望，但自身生命力的虚弱贫乏以及上述所析的先天性的精神痼疾，因袭了传统重负的陈清扬，缺乏力量与王二一起抗争到底，最后主动靠近权力话语，心甘情愿接受被斗、被审查的命运，以求权威的宽恕与认可。两者大致处于一种藕断丝连的暧昧状态。

（3）非反话语霸权者与非话语霸权者：长期压抑欲望、失却个性的群众在面对美貌性感与众不同的“破鞋”陈清扬时，其心态是既鄙弃又有着复杂的暧昧心理，观看的女人们在尖酸的嘲弄中不乏羡慕妒忌，观看的男人们则在漂亮的“破鞋”跟前情不自禁、蠢蠢欲动。两者间存在一种既排斥又相吸引的关系。

（4）非反话语霸权者与反话语霸权者：王二的特立独行，对权威明火执仗的反对行为，对欲望的恣肆张扬，使得早以削平个性习惯以权威话语来思维的群众，对王二采取了一种理直气壮的排斥态度。

（5）话语霸权者与非反话语霸权者：队长等往往以真理的姿态操纵和言说一切，群众则处于被言说与话语执行者的位置，他们无法言说自身真正的欲望，也没有言说的欲望。两者处于压制与被压抑的关系中。

（6）反话语霸权者与非话语霸权者：王二与陈清扬均受话语权威的排斥与压制，两人通过汪洋恣肆的性爱来建立反抗荒谬世界的最后据点，在整个话语场中，他们可以说是亲密的同盟。但是，王二具有强悍的生命力与独立意识，决定了他要对话语霸权做彻底的反抗；而陈清扬，因袭的伦理重负与其软弱的生命力以及因袭的精神痼疾，使她无力叛离话语权力强大的向心力，而需要在话语霸权所支配的场中寻求存在的依据。在这一点上，她又与王二格格不入，最后两人的分道扬镳也属必然。

这种相互交织的复杂的冲突结构，表明了在面对专制粗暴的话语霸权时，只有具有强悍生命力与坚守独立批判精神的个体，才能真正实现生命欲望，拥有个性言说的能力，凸现个体存在价值；而生命力软弱、独立精神缺失的个体则会在与话语权的较量中最终丧失自我品格，消泯个性，无法获得与权力话语对话的能力；而作为生命力匮乏的一群，他们只能成为话语霸权下的失语人，变为削平个性、压抑欲望的“集体人”。

在《黄金时代》这一文本结构所体现出的特殊语境下，个体生命与权力话语的对抗、归附以及被消化的生存图景，对当今知识分子如何建构独立品格与批判精神，无疑有着重要的启发意义。而这一意义也被诸多论者以其他的解析方式加以揭示过。当我们以符号学理论对之加以阐释并对陈清扬这一人物进行简单分析后，我们还不难发觉，深具叛逆精神与理性精神的主人公王二，实质始终处于众里单身的孤独境地；而在以往论述中理所当然作为王二的同盟者陈清扬，从根本上并未与王二志同道合过，而是在暂时的反抗后，最终走向被话语霸权所消化的生存选择。本该属于黄金时代的爱情在这场轰轰烈烈的性爱运动中其实一直缺席，在嬉笑怒骂、高蹈与调侃的文字中，我们却窥见了人生悲凉的底色，如聆一阕忧伤的青春挽歌。

2008 年

岭南“打工散文”论

现在的文坛，散文是热闹的，“文化散文热”“学者散文热”“小女人散文热”各擅胜场，“新散文”又崭露头角，你方唱罢我登台，各领风骚数十月。它们的文字或宏阔、或喧嚣、或高蹈，有知识精英的书生意气，也有小资情调的浅吟低唱，它们让我沉迷，却无法让我震撼，因此，当我注意到了一直沉静生长着的“打工散文”时，咂摸着这些出自草根阶层的文字，我凌空蹈虚的内心被震动了，仿佛一直掩埋其中的漂泊与痛苦被这些打工的写作者尖锐地呈现了出来。它们让囿守书屋的我真实地面对现实的疮痍与呻吟，也让远离故乡的我感受到思乡的婉约与生动的向往。

这些绵延不绝的打工散文，自从岭南广东一带悄然萌发后便一直蓬勃生长着，成了芸芸打工者的心灵甘露，也成就了不少文坛新人。东莞郑小琼的散文《铁·塑料厂》获得了2007年《人民文学》的“新浪潮散文奖”，并出版了散文集《夜晚的深度》；深圳王十月的散文《迷津者说》获得“晶报·一周年”征文奖，《荆山楚水是故乡》获得《广东建设报》“我的故乡”征文一等奖。广东的《作品》于2006年“南方经验”的栏目中，专门收录了大量相关的打工散文，它们无不具有坦诚的灵魂、坚实的话语，以丰盛的创作实绩昭示了打工散文数十年以来持久而旺盛的创作活力，而且其中所袒露的心灵世界与真情实感比诗歌小说来得更为真切和直接，它们的写实与随性，甚至可视为几代打工人的心灵秘史。同时，我们还发现岭南打工散文具有“打工”与“岭南”的双重特质，使得打工散文呈现出与传统岭南散文迥异的文学面目，它不但拓展了新质的散文空间，对固有的岭南散文模式形成了内在冲击，并在岭南描写上，呈现出对传统岭南散文的有效突破。

一、打工散文：边缘生态下的心灵见证

20 世纪的中国，农村在中国革命中曾发挥了重要意义，农民身份一直是一个值得骄傲的象征，在赵树理、魏巍、周立波、杨朔等中心作家的笔下，农民是健康、活力、主流的新中国代言人。只是风云变幻，30 年后的中国整体被裹挟于改革开放的经济大潮中，都市化浪潮全面波及，工业化建设普遍展开，广东等开放前沿都市与内陆省份之间由于地缘及政策的原因，两者间形成了巨大的经济落差。在利益与梦想的驱动下，越来越多的农民与内陆乡镇青年纷纷涌向广东等沿海城市打工，为生存、为圆梦、为外面的精彩世界，这些沉默而又坚韧的一群人成为城市人言说中的“民工”，“民工”的符号让他们的身份变得黯淡而模糊。的确，这种称呼源于他们的生存现实：他们撞进了光怪陆离的岭南大都市，但拥有的只是一个个在工厂流水线上的疲惫身体，他们的汗水成就了都市的辉煌，却总被排斥在城市的边缘，他们对自我状态最深刻的体认是“流浪”。“流浪的时候，我们渴望成为机器。成为机器的时候，我们又渴望自由的流浪。”（王十月《找工记》）在都市的灯红酒绿和工业流水线的双重遏制下，他们张皇失措，成为名副其实的都市边缘人。他们彷徨、焦虑，他们忍受着种种来自身份认同、城乡文明之间的差异，边缘生存状态下的疼痛与对遗落故乡的缅怀以及急切融入都市的渴

望成为岭南打工散文最直接呈现的心灵悸动。

对打工生涯“苦难”的敏感与对都市工业文明非人性化的质疑成为诸多打工散文释放一己之痛的出口，也不经意地成为我们了解这个时代沉默的大多数的重要证据，郑小琼的散文《铁·塑料厂》就是这么一种感同身受切入苦难的典型文本。自2001年来东莞打工后，郑小琼一直辗转在不同的五金厂之间，在她的生存环境中，到处堆满了坚硬冰凉的铁，耳濡目染下，“铁”成为她释放苦难的支点。在晦暗的生活和坚硬的“铁”之间，郑小琼反复领悟着苦难以及背后的根源，“在氧电弧切割声里，看着闪着的火花，被切割的铁，我才知道强大的铁原来也这样脆弱……”在强悍的工业技术下，坚硬的铁成为被任意分割的对象，铁的沉默和坚硬有如现代民工的无声和坚韧，而生存于工业制度文明下的现代民工也恍如无法反抗的断裂的铁。在表面的机器和工业流水线所建立的强权下，底层的打工者与铁在郑小琼笔下已经融为一体难分彼此，二者共同忍受着无从反抗的生存屈辱和心灵疼痛，而在这些屈辱背后，我们不难看到有一种更广大的人心冷漠和制度缺陷在控制这一切，改变着底层人的生活和人心。

郑小琼的文字充满坚硬的质感和凌厉的气质，这跟她曾漂浮在各个工厂饱受流水线工作的压抑有关，她不过是一个亲历底层打工生活的打工妹，“正是因为打工者的这一身份，决定了我必须在写作中提交这一群体所处现实的肉体与精神的真实状态”①。郑小琼这种直接进入现场的写作方式，使得她迥然于那些高蹈的散文作者，在普遍欲望化和自我化的公共性写作中，郑小琼忠实于自己卑微的感觉和尖锐的痛楚，并通过敏感的文字准确地提交了打工群体所处的现实的肉体与精神的真实状态，呈现了底层打工者在面对现代都市

① 郑小琼访谈：《在异乡寻找着内心的故乡》，《诗歌月刊》2005年第9期。

与工业制度双重压抑下的心灵悸动。《人民文学》“新浪潮散文奖”的获奖评语强调它们是“正面进入打工和生活现场，真实地再现了一个敏感的打工者置身现代工业操作车间中，揭示了铁和塑料的现实与隐喻，为现代工业制度的不健全和反人性进行了反思和质疑提供了个人的例证”。

面对强悍而冷漠的都市工业文明，打工者有着郑小琼所见证的疼痛和脆弱，在质疑与疼痛中，这些当代的淘金者午夜梦回遥望模糊的故乡时，在自我放逐的打工生涯中，他们仿佛又找到了坚实的精神栖息地，心灵深处，他们仍固执地将遥远的内陆乡村作为自己的精神皈依，就如王俊义所言：“我们享受流浪生活的滋味时，却又多愁善感地想起了北方的老栎树。”（《在广州，怀念月亮》）

在王十月的《槐花烟雨荆南》中，故乡是桃红万点、古槐参天、芦蒿满滩的胜地，故乡像极了古线装书中的图画，天人合一，灵性魅惑。在回忆的笔端下，故乡的人和景成了今夕何夕不复如此的乌托邦和人性伊甸园，它们恍然陶渊明笔下的桃花源，洋溢着人情的美好与人性的庄严。在郑小琼的《桐花声里燕子飞》中，故乡是一帧素淡的水墨画，诗意洋溢的乡村、无忧的童年、浓郁的亲情，无不氤氲着浓浓的思念和淡淡的惆怅。在周崇贤《流浪的青春》里，故乡的素朴的人情风俗俨然成就了他面对外面世界的心灵高度。同样，顺手翻翻《江门文艺》《佛山文艺》等风靡打工者群体的文学刊物，对内地故乡的想念也总不绝如缕。

的确，对离乡背井的打工者而言，面临高度欲望化、物质化的冷漠都市，渐渐淡去的故乡永远是值得缅怀和追忆的地方，是可以清晰寻找自身印记的生命腹地，对它的吟咏怀念就是对自身来源与身份的强调与追忆。打工作者从内陆乡村奔出来，身上天然带有那山那水的烙印，他们走进沿海都市，却不过是流浪形态的打工者，都市的冷漠和无根的漂泊让他们总在都市与乡村间沉淀着淡淡的哀愁。他们有如20世纪30年代的“京派”作者，侨寓都市，却又留恋乡村，对乡村进行集体的怀念与认同，实质上不过是对自我文化身份的留恋与认同，对漂泊于都市中面目不清的自我身份的辨识和归宗，因为“没有城市的身份证，意味着我的人生已隐含某种断裂，这使我的身份也变得很可疑甚至十分暧昧”（陈启文《漂在广州》）。正是出于这种不确定的心绪，对故乡的呼唤与怀念更类似对身份的呼吁与对文化的求证，城市与乡村不再是普通的地域概念而成为文化概念，成为都市工业文明与农耕文明的代表，成为流浪与灵魂故乡的对立象征。

二、打工散文：岭南散文内部的突破

岭南，自古被称为“南蛮鴃舌”之地，是失仕官员的流放之所，也是偏居一隅、远离中央却又面朝大海的自在之地。在这片独特的地缘上生长出来的岭南散文自古便呈现出与中原散文不同一格的品质，其中流贯着浓厚的岭南情调，回荡着岭南特色的柔美的美学风致。近现代以来，在以广州为核心的岭南地区，相继涌现了以钟敬文为代表的堪称经典的岭南小品文，陈残云、林遐的水乡风情散文，黄秋耘、秦牧风靡全国的散文佳作，当代又出现了岑桑、杨羽仪、郭小东、熊育群、莲子等作者的抒情散文以及黄茵、黄爱东西、张梅的小女人散文等。这些土生土长的岭南散文的兴起、发展、特征与美学风格无不与岭南的地理环境和人文精神、文化心理共振互生，从而生发出岭南散文创作的普通特征：在写作主体上，作家多为文化精英，或为专职作家，或是高校学者，或者是媒体出版界的宠儿，他们在岭南文化中耳濡目染，又深得其文化精髓。在题材上，他们多以颇具岭南特色的人文风景为写作题材，虽专注于平凡人事，但带有岭南特有的风土人情，流荡着舒展、明丽的牧歌情调和开放的都市小资情怀。在美学风格上，相对北方粗犷、阳刚的文风而言，土著的岭南散文是轻灵而阴柔的，以细腻与淡雅的抒情见长。

而自20世纪80年代以来，从岭南各车间崛起的打工散文，给土著的岭南散文注入了新鲜血液，带来了新的冲击，并使得固守一隅的岭南散文焕发出多维的蓬勃光泽。岭南打工散文的作者多来自岭南之外的内陆，他们是岭南的新移民，徘徊在岭南与遥远故乡的边缘，他们没有熏染过源远流长的岭南文化，也因此卸下了固有的文化包袱，他们多在内陆完成了自身的人格建构，但又脱离了熟稔的文化环境，不可避免地遭受到新质岭南文化的强悍冲击。进入岭南都市后，他们身处其中，又神游其外，不能不以另一种目光来触摸被世代岭南文人吟咏过的岭南。王十月在《声音》中，摈弃了让人目眩神迷的岭南风情，而将笔触深入常人所忽视的城中村，这个在外乡人眼里，被妖魔化、恐怖化，整日散发出堕落、血腥和贫穷气味的城中村于他笔下得到了温情的还原：

> 在31区，最先醒来的，是那些小贩的叫卖声。这些从五湖四海来到深圳的异乡人，用各种各样稀奇古怪的叫卖声，叫醒了31区的黎明，就像在我的故乡，每天清晨那些在树林子里跳跃的鸟声。
>
> 从家到宝安公园，那条逼仄的巷子，是必经之路。我一直觉得，这条小巷子就是31区的形象代表，有脏、乱、差的一面，也飘荡着浓浓的人间烟火的味道……
>
> （王十月《声音》）

这是以往岭南作家所遗忘的混乱和底层的一面，但同样充满人间烟火味，洋溢着让人安心的温暖，王十月将这个没有自己名字的城中村比喻成汪曾祺笔下充满诗情画意的大淖。同样，对于广州这座被秦牧等诸多文人精心梳理过的都市，打工作家们却在风光旖旎的南国花城背后观望到了另一个广州。王俊义始终用漂泊者的眼光打量不属于自己的广州："广州是一座没有月亮的城市。""广州是一座没有故园感的城市，它的存在方式是接纳富有流浪性格的人。"（《在广州，怀念月亮》）陈启文则在慢慢切入广州生活中发现广州人的坚韧与豪爽："在广州几年里，我也的确很少看到为自己鸣冤叫屈的广州人，他们的忍耐让我感到他们内心的强大。""广州人一旦认可了你，也就一辈子认可你。"（《漂在广州》）而溪晗却感慨广州："这是一个多么注重日常经验的城市！""这真是一个公平的城市！""它又多么像大海，有着海的博大和宽容，也有着海的凶险和不测，它可能最深切地容纳你，也可能最彻底地吞噬你。"（《行走在南方的腹地》）广州，这座固化为洋溢着花香的南国都市在打工作家的眼里呈现出了多维的立体层面，广州丰富了打工者的生存记忆，打工作者笔下的广州也丰富了传统散文中单调呆板的广州面目。

打工作家的写作是自发的，也难免是匆促乃至粗粝的，郑小琼的写作生涯应当是众多奔波在生存底线下打工作者的缩影。"写作都在一个前提下进行：偷偷地。如果被人发现她在上班的时间写作，后果就是罚钱。但写诗的激情总归战胜罚款的忧虑。她在小纸片上，这里写几句那里写几句，回到宿舍再整理起来。因此，曾被人称为'地下党'。"① 我相信，同样的激情也在支配着打工作者们的写作渴望。这种写作的不安定与迫不及待的激情，让我们发现打工散文的写作方式更倾向于浅白的叙事，文章的风致大多粗犷而平实，打工生涯中有太多的见闻和经历，也有太多感慨和压抑，其中层层叠叠

① 郑廷鑫、李劼婧：《郑小琼记录流水线上的屈辱与呻吟》，《南方人物周刊》2007 年第 6 期。

着的厚重情绪和故事，它们被迫不及待地写出来，来不及被雕琢甚至来不及更正错别字。郑小琼的获奖散文《铁·塑料厂》整体弥漫着尖锐、强悍的铁的气息，王十月的散文也是如话家常，更多以讲故事的方式将漂泊生活娓娓道来，没有抒情，更乏美景。在《作品》的“南方叙事”中，更是收罗了一大批叙事性极强的打工散文，如陈启文的《漂在广州》、刘虹的《守望灵魂——一个诗人与深圳的对话》、李明月的《远方的诱惑》等，它们粗看似不修边幅的短篇小说，但用心读下去，叙事中流露的坚韧与向往却不能不让人动容。这种粗糙却弥漫着生活气息的文风在强悍地挑战着岭南土著散文固有的抒情手法和阴柔的美学风貌。传统岭南散文如陈剑晖所言多“寄情于景”，以优美的抒情笔调为主，“在艺术表现方法上，岭南散文的美学追求是一种阴柔之美，它与北方散文那种古朴、质直、粗犷雄浑的阳刚之美截然迥异。它缺少‘三万里河东入海，五千仞岳上摩天’的气魄，而更多地赋有‘小荷才露尖尖角，早有蜻蜓立上头’的轻灵”①。对照陈残云、秦牧恬美如画的岭南风物勾勒，黄爱东西、黄梅等伶俐小资的都市情愫，打工散文以其侧重叙事的写作手法、强健粗糙的文风与传统岭南散文拉开了距离，也为阴柔的岭南散文带来了崭新的美学气息。

如果说，以往的底层文学如张颐武所言，“我们仅仅看到了生活的苦和难……底层往往是我们习惯思维中的那种固定而刻板的形象，一种我们从文学史中耳熟能详的形象。底层确实通过文学发出了声音，但这是他人想象中的声音，是一种从外面观察和探究的声音”②，那么，从亲历底层打工生活中淬炼出来的打工散文，显然不再是他

---

① 陈剑晖：《岭南散文风格初探》，《文学评论》1982 年第 2 期。

② 张颐武：《在“中国梦”的面前回应挑战——“底层文学”和“打工文学”的再思考》，杨宏海主编《打工文学备忘录》，社会科学文献出版社 2007 年版。

人的代言与想象，而是当事人的泪水与欢乐、缅怀与梦想。虽然，他们的作品粗糙而幼稚，但就如法国画家杜尚对杜拉斯的评价，“她的生活就是她的代表作”。

2010 年

“新媒体散文” 论

一、崛起与命名

王国维在《宋元戏曲考》中曾感慨：“凡一代有一代之文学：楚之骚、汉之赋、六代之骈语、唐之诗、宋之词、元之曲，皆所谓一代之文学，而后世莫能继焉者也。”① 自新世纪以来，市场经济惊涛拍岸，思想文化瞬息万变，带有强烈商业色彩与市民气息的大众文化迅速崛起，诸类报纸、网络、杂志纷纷以先锋、嬗变的姿态成为中国现代媒体转型与公共空间拓展的重要范本。同时，被冠以“新媒体散文”的文类也随之弥漫众人视野，成为我们无法掩目的文学潮流。王义军说，2000 年的新媒体散文真是花团锦簇，几乎所有的网站都在疯狂地刊发这些以“酷”自居的小文章，而一些都市报、晚报或以都市人为目标人群的报纸也在这一年或新辟版面，或增加分量，大力将这种新的散文推向前台。② 从这个层面而言，新媒体散文可谓是新世纪的“一代之文学”。

那么，何谓新媒体散文？首先，我们需要对其载体“新媒体”作一个大致限定。随着经济技术的全球一体化，互联网以及数字电视

① 王国维：《宋元戏曲考》，东方出版社 1996 年版。

② 参见舒晋瑜：《盘点 2000 年》，《中华读书报》2001 年 1 月 31 日。

技术、网络技术等被称为“新媒体”的高科技成为现代生活须臾难离甚至蚀骨销魂的一部分。探究内理，我们还发现波涛汹涌的网络电子信息常常与都市的纸质媒体互为表里，一篇热文常常在网络等电子媒体与纸质报刊上联袂登场，相关消息也互通有无如孪生兄弟。就此而言，“新媒体”不仅包括新兴的网络等高科技媒介，还应该包括深入城市骨髓的流行纸质媒体，即上个世纪末大量繁衍、崛起的都市报、周末报、晚报、晨报等，它们与网络形成的是一而二、二而一的合生共谋状态，它们具有共生性与对传统媒体的共同解构性。因此，在这个意义上，“新媒体散文”应该指孳生于网络、电子技术与新兴纸质媒体之间的随笔短文、时评酷论以及闲情小品等。如今，上百家文学网站如“榕树下”“天涯社区”“红袖添香”等大都开设了散文随笔栏目，平民散文写手层出不穷；《三联生活周刊》《城市画报》《南方周末》《瑞丽》《悦己》以及各大都市报的副刊、生活杂志的专栏也都成为新媒体散文迅速蔓延的载体。2000 年王义军主编了五卷本“新媒体散文丛书”；接着，谢有顺、王小山又主编了四卷本“新媒体女性丛书”；随后，年选本《2001 最佳新媒体散文》和《2002 最佳新媒体散文》也相继推出。从网络散播到报刊发表到结集出版，新媒体散文的出场可谓轰轰烈烈，“新媒体散文”的概念，也从上述两套丛书中衍发开来。

但是，新媒体散文的蓦然崛起以及它们草根的生存姿态仍引起了不少学者的质疑和反对，不少人认为对新媒体散文的指认与命名是笼统和非学理的，是一种粗暴简单的命名方式，是文学概念符号化泛滥的表征。因此尽管有新媒体散文年选的逐年生成，但在学术界，新媒体散文却似乎并不以一个完整的形象被探讨，人们总习惯从个别散文对象和作家入手，对其进行局部的意义阐释。从严格的学理视角来看，对“新媒体散文”概念的质疑是合理的，但文学批评与文学研究是一种特殊的精神活动，不同于可以精确测量和严格规范的自然科学，必须就对象进行精细的分类，毕竟“人文学科所面临的研究对象往往不是通过定量化与逻辑化可以被完全界定的，人文学科中的命名也往往不能使所命名者变得简单明了，实际情况是，可能将被命名者所具有的全部复杂性呈现无遗，从而使研究者在问题的质疑与追索中进入人性与思想的幽深地带”①。因此，我们使用“新媒体散文”这个概念，不是为了简单化符号化其文学现象，也不是对其加以神圣化的界定，而是争取使这种复杂流动的批评对象能够在一个相对有效的视野中被整体谈论与研究，并引发更为人性化与幽深的追索。我更相信，新媒体散文的概念是在共时的创作实践与批评阐释中逐渐形成的，“新媒体”作为一个新兴的名词被植于文学命名之中，不仅显示了对于传统散文“驱魔”的一面，更重要的是，它提出了和散文写作本质有关的一些东西，比如一种宽松的写作环境，一种自由的主体精神，一些新质的创作现象等，并有可能成为散文未来指向的重要界碑。

二、自由与指向

新媒体散文是在商业化浪潮与高科技文化相融合的语境下崛起的，它不仅证明了中国散文的自我调适与自我革新能力，也以其时尚先锋的姿态以及相对自由的形态展示了散文的未来指向。

首先，新媒体散文冲破了传统散文的限制，带来了散文生存空间的拓展与文体的解放。新媒体散文的生存空间与传统散文不同。传统散文受制于狭隘规范的出版限制，不仅受众面相对狭小，而且其一贯抒情载道的文学理念使得它往往成为少数人怡情养性的高雅文

① 饶芃子、费勇：《论海外华文文学的命名意义》，《文学评论》1996 年第 1 期。

学，有些甚至只能成为束之高阁、作者自娱自乐的把玩之物。相对于传统散文闭抑纯粹的生存空间，新媒体散文游走于网络与新兴纸质媒体合生共存的交叉空间之间，相关内容总能共时在网络与纸质媒体间互动传播，新媒体散文的这种多维的生存空间，使得它能以最敏感的姿态凸现社会世相千变万化的生态。譬如跨媒体写手宁肯自 1997 年上网以来，其文章互动于传统与电子之间；《南方都市报》专栏作者十年砍柴的小杂文不仅登载在面向普罗大众的都市报纸上，同时被悬挂于十年砍柴的天涯博客中。又如《南方都市报》的城市副刊、《羊城晚报》的“花地”副刊、《广州日报》的“每日闲情”副刊上所登载的小散文以及网易女人话题、天涯网络社区上的诸多博客上的小文章，它们均呈现出互动交流的立体面貌，纸质媒体与网络形成了和谐共振的姿态。从这个层面而言，新媒体散文可以被称为“新媒体中的散文”。

新媒体散文生长空间的拓展也使得新媒体散文极大丰富了以往散文狭隘单一的抒情世界，打破了僵化的散文写作模式，拓展了散文的题材范畴和表达方式，获得了更为自由的生存状态，甚至带来了跨文体与流行词语汇流的新形态。新媒体散文的文体不同于传统散文的特点，大量的作品“法无定法”，而且勇于破体，即钟嵘在《诗品》卷下所谓“有乖文体”。不少散文融合了诗歌、小说、书评、影评乃至网络聊天的文体体例，形式多变，如收录于《2002 最佳新媒体散文》的《父与子》《小夜曲》就宛然是精悍谐趣的短篇小说。网络写手小 e 的《我比死者死得更惨……》片段化的段落、诗化的语言有如一首当代长诗。张小失的《俺没得外遇》则诙谐地运用了口语聊天的形式，将夫妻间关系描述得妙趣横生：“太太，你别质问俺，你的目光忽然那么凶残，俺感到费解。委实，俺是不太聪明，否则，你当年又如何能将俺追到手？笨，不是俺的错。但是，俺也是念过书的，你也别想懵住俺！外遇，就是类似于动词。外，是指方位，在外边的意思……门外何时会走过一头牛？谁也无法预测、推算，也许，俺在门外遇见的，是一头猪。”相对于“纯文学”或传统意义上的“文学”概念而言，这种文体的肆意与喧哗无疑体现了新媒体散文充满活力和具有包孕性的力量。在天马行空的网络时代，不但文体繁杂，众声喧哗，而且创造者的自由写作和传媒的互动性使得新词语也层出不穷，比如“猛女”“酷”“炫”“板砖”“美眉”等前卫词语，“fans”“cool”“man”“AA 制”等流行英文词都被新媒体散文作者频频引入。王小枪在《新春寄语》中是满口的网络流行话：“祝每一个在论坛曾经混过的，正在混的，准备混的，希望混的大虾小虾中不溜虾们道一声：过年好。”黄爱东西的《话的时尚版》、郭栋的《精神打假》足以唤起人关注流行语的兴趣，这些新语词悄悄改变了散文的陈旧面貌，更受到前卫网络读者们的大力追捧。新语词的出现不仅是形式的变迁，更是内质的反映，在新的语汇中，存在了新的价值观念、新的思维方式、新的生活旨趣。

同时，新媒体散文生存空间的更迭也生产了一批生存方式与传统散文作家迥异的写作主体。传统散文时代的写作主体一般是被体制所供养的作家，他们不少是专职散文作者，有着优裕稳定的物质生活，自然地弥漫着浓重的精英气息与启蒙诉求，而新媒体散文作家，多以草根的网络写手、自由撰稿人为主体，不少属于主流文学体制外的边缘人，他们有的成为“网虫”熟悉和喜爱的网络写家和“斑竹”，如宁肯、小 e、迟宇宙、尚爱兰、王小山、子非鱼等；有的通过文才的焕发与累积写作成为频频出镜的报刊专栏撰稿人和自由撰稿者，如广州的“小女人散文”群体、《南方都市报》以及《南方周末》的专栏撰稿人沈宏非、洁尘、十年砍柴等；还有一部分则谋生于媒体之间，写作成了媒体生涯中的乐趣，如李敬泽、任田、黄咏梅等；当然新媒体散文的作者队伍还包括一部分早博大名的中老年作家，如陈村、林白、陈染、梁小斌、虹影等，但他们更多将新媒体散文写作当成他们小说、诗歌创作之外的闲情偶寄。总之，相对自由的写作身份和边缘化的生存姿态以及写稿支费的写作方式使得新媒体散文的作者们获得了一种更为自然、宽容的表达空间。就如评论家魏天元所言："写作即便是他们谋生的手段，也与其对自由自在生活的向往、对个人内心意志的尊重、对现实存在的不满和反叛须臾不离。"① 更何况英雄不问出处，新媒体散文的写作还为诸多默默无闻的文学青年带来了向上的通道和成名的希望。譬如，王小枪的职业是医生，但自 2000 年触网，便被冠以"新浪第一快枪手"，迅速成名，被多家著名网站和报刊聘为专栏作者；宁肯的成名更离不开网上网下的"潜水"。这些草根作家不仅为大量潜在的文学爱好者带来了希望，也给业已陈旧黯淡的文坛带来了清新健康的风貌。

另外，相对于传统散文写作，新媒体散文写作还身处一个貌似哈贝马斯所言的公共领域之中，在相对新质的言论空间中得以充分释放传统散文压抑已久的个体经验，并以个人体验和经验的私密性来对抗上世纪 90 年代以前散文创作中的宏大叙事模式。"公共领域"作为一种学术话语主要来源于哈贝马斯的名著《公共领域的结构转型》。按照哈贝马斯的定义，公共领域建立在社会和国家相对分离的基础上，它处于狭义的市民社会与国家公共权力机关之间，是一片在国家与市民社会中充满张力的区域，真正意义上的公共领域属于私人领域，公共性源于与公众密切相关的主体性的私人经验，公共性与私人性往往相互依赖。② 而上世纪 90 年代以来崛起的新媒体所具有的普罗性、开放性和包容性，特别是网络的平等性、自由性打破了以往权力话语对媒体的精确控制，改变了过去自上而下的传播格局，将一种颇具"公共领域"特质的言论空间展现在人们眼前。

① 魏天元：《新媒体上的新散文浪潮》，《中国出版》2001 年第 9 期。
② 哈贝马斯著，曹卫东等译：《公共领域的结构转型》，学林出版社 1999 年版。

任何人都可随意进入网络空间，发表自己的言论，发布自己的得意美文，并可获得操持信息的主动权，特别是网络学者方兴东等竭力推荐“博客”网站，催生了共享媒体与“交互式共享”的文章模式，使得文章的传播能力得到了空前的扩张。更何况，以往的纸媒散文发稿量极其有限，一期刊物能发表20篇散文，就已达到最大容量，而网络散文则可以无限制地蔓延，每天发稿两三百篇都属正常。这种消泯发稿限制与读者身份界限的方式彻底颠覆了传统的作者神话，使得散文真正成为众神狂欢的“大众散文”，于是以往被压抑在传统散文之下的个体情感、情绪都得到了正面的抒写与宣泄。

如果说在上世纪六七十年代诸如杨朔、秦牧等引领中国散文翘楚的大家那里，有关国家、民族的宏大叙事常以权威的姿态成为教谕范本；如果说在上世纪八九十年代诸如贾平凹、韩少功、史铁生等扛鼎当代散文的作家那里，对于人生、命运的终极追问、对于生存意义的感悟总成为他们文中难以淡去的背景；那么，在新媒体散文这里，精英化的作者姿态消失了，复杂的面容此起彼伏，细节的品位、私密的情绪以强悍的姿态消解了传统散文中的精英面孔，以个性的方式精细地描绘着日常生存中的琐事。在《开门N件事》里，黄爱东西絮絮叨叨讲着她的家长里短：“刚刚刷完浴室，厨房又要搞了，厨房搞完了，地板又要擦，地板擦完了，全屋玻璃已经不像样，玻璃干净了，好像又要抹沙发……煤气好像又要换了。饮水机也没有水。都要叫人送。洗衣粉没有了。要交水电费管理费。要交电话费……想想看基本上自己住的女友们都已经练成金刚不坏之身，人人憋急了都能上房揭瓦。”我想每一个读着这些文字的人都会感到在面对一个牢骚满腹的居家女子，虽然唠叨但又如此真切可爱、充满人间烟火气，因为这的确就是每个人每天要面对的日常生活。在新媒体散文诸如此类的文字中，一己的悲欢、瞬间的感悟、日常的生活琐事，甚至一碗味道浓郁的汤都能成为反复咀嚼的素材。2003

年度新散文奖得主马叙的散文，更是显示了这种散文的细节力量，马叙的文字可谓鸡毛蒜皮、枯燥不堪，但他却能让读者透过一地鸡毛的表象透视有关生活的奥秘。在《冬日经历：居室和城镇》中，我们看见的是这样平淡琐碎的文字："文联办公室位于市府门口，剧院旁边。办公室门口已成停车场。十二月二十日。上午：桑塔纳、桑塔纳、奥拓、昌河。下午：桑塔纳、奥拓、昌河、昌河、哈飞。十二月二十一日。上午：奥迪、奥拓、桑塔纳、本田、长城皮卡。下午：长城皮卡、吉利、桑塔纳2000……办公室。汽车。材料。总结。无尽的循环。"通过这种洋溢着细节和原生态的文字，日常生活的无聊和枯燥逐渐变得透明并呈现出某种坚硬的本质，深深揳入人的内心，马叙的这种写作方式无疑提供了散文的多种发展路向。

可见，在新体散文作者的主体意识中，日常生活才是他们最值得向往的地方，文中的价值与意义更倾向于对个人进行敞开。就如余荣虎所言："新媒体散文是对建国以来的主流散文的极大反弹，它剔除了黑格尔式的宏大叙事，而专注于生活中的每一滴真感触真体会，它不是普度众生、指点迷津的智者，而是倾心相待、絮絮叨叨的知己；它不告诉你，你该如何如何，而是告诉你，我曾如何如何；它从不试图成为你航程中的灯塔，而宁愿做你擦肩而过的朋友。一言以蔽之，新媒体散文告诉你一个真实的人的琐细的真实，虽然琐细却那么真实，会心一笑之间，让人领略出生命之真、智慧之美。"① 因此，对照文论家利奥塔有关排他性与一元化文化霸权相联系的宏大叙事的论述，针对宏大话语的新媒体散文以它个体的独特性写作颠覆了宏大话语的霸权，是新世纪公共领域逐步形成的表征，也为散文的发展带来了一定的革新意义。

---

① 余荣虎：《从余秋雨现象到新媒体散文》，《2002 最佳新媒体散文·附录》，湖北教育出版社 2003 年版。

三、迷失与限度

从文学的生态意义而言，新媒体散文是当代传媒迅速发展的硕果，是文学语境多元化、宽松化的表征，也在某种程度上代表了新世纪中国散文新的发展方向。但是，我们在充分肯定新媒体散文积极意义的同时，也要看到，在商业化浪潮与大众传媒的裹挟中，新媒体散文自身的局限仍然存在，它仍属于过渡形态的文学体式，甚至展示了我们这个时代某些不良的精神症候和畸形的社会心理结构。

在商业经济大潮和都市网络媒体的联手操纵下，我们不难发现新媒体散文迷失于一种普罗化、商业化的生存策略之中，这是大多数草根作者无法遮掩的草根本性，更是作为载体的网络媒体与都市报刊与生俱来的利益需求。

新媒体散文多为都市人消费而写作，为赢取读者眼球而写作。在"为谁写"和"怎么写"的问题上，媒体编者和出镜作者都达成了高度的默契。编者为了追逐办网办刊利益的最大化，适应乃至投合读者口味，在版面、专栏的安排设置上都首先设定了读者目标群，将读者予以细分和筛选，譬如《悦己》《瑞丽》针对的是时髦的白领丽人，《广州日报·每日闲情》《羊城晚报·花地》的小短文就多以都市老百姓为潜在读者。因此，新媒体散文所针对的，不再是传统散文含混不清、可有可无的读者对象，而是经过商业考虑、目标明确的读者对象。为博取大众眼球、增加发行量，编者对文章也有明确要求，比如文章必须体例短小、内容凡俗、情调小资、能引起大众共鸣等，要以可读、好读、受读者欢迎为第一要义。由此，媒体不但参与文章的流通，而且参与文章的生产，甚至在制造和成就文学，建立了自身雄厚的批评霸权。就作者而言，为了赢得网络点击率，为了能在各都市报刊获得长年累月写下去的机会，那么就必须跟大众和编辑达成共识。因此，流行坊间的新媒体散文往往文字通俗浅白，格调大众化，包含凡俗人生的琐碎和欲望，谈美女、谈内衣、谈当红明星、聊文艺八卦、说名牌品质……它们不再如鲁迅先生的以笔为匕首，横眉冷对社会民生弊端，让人心有戚戚；也不再如冰心、贾平凹等精心构筑的美文欲留馨香在人间；新媒体散文是世俗中的烟火，是贴近读者欲望乃至引导欲望的消费品，时时刻刻熏人醉。对读者来说，他们也大可放弃以往对作者高山仰止的羡慕，再也不需如昔日鉴赏美文一样，要凝神静思，要慎重细读，这些短、平、俗的散文使得他们获得了生活的认同，从而变成尘世生活的一部分，常常成为读者工作之余，乘坐地铁、公交车时忙里偷闲的消闲品。总之，昔日清高雅致的文学欣赏成了快餐式的平民消费。

另外，新媒体散文还迷失在不断的喜新厌旧与时尚追逐中，由此来刺激读者麻木的神经，满足读者的阅读快感。但凡社会民间出现了某些焦点热闻，都市的情绪悸动呈现何种面目，流行时尚刮起了何种旋风，老百姓的哀痛喜怒呈现何种变化，新媒体散文总是以最快的速度给读者以解读，准确地满足读者的好奇心，有效展示现实生活的人生百态。收录于《2002 最佳新媒体散文》中的《F4 欠揍还是你欠揍》《为什么我们不能庸俗》《从美女作家到麦当娜》《穿木屐走过 SOHO》等文章无不跟当下热点亦步亦趋。一方面，新媒体散文的这种追新逐流与其载体网络、都市报的日新月异有关，大众传媒时代是一个信息爆炸、层出不穷的时代，信息的大量繁衍复制不但使得信息本身贬值，而且也使读者在信息的狂轰滥炸中麻木不仁，如何寻求新奇、引领时尚便成为媒体的主导倾向。另一方面，也与当代都市人日益繁杂匆忙的生存状态有关。随着竞争的加剧，鲜有人能静下心来以舒缓的姿态来鉴赏美文，如何能在最短时间内获取足够的资讯，满足阅读快感成为都市人特别是都市白领日常的精神需求。时尚、休闲的短文乘势成了忙里偷闲的小点缀，简短、通俗的语言，萦绕当下热点情绪、焦点新闻的新散文越来越明确地适应了都市人匆促的生活节奏和浮泛的阅读习惯。这种写作策略就如张柠所言："新媒体散文的作者，是混乱的现代生活的参与者，而不是审判者。新媒体散文的表达直截了当，没有微言大义的修辞学把戏，直接说事儿，什么阶级说什么话，什么藤儿结什么瓜。他们公开以职业写手的面目出现，不提供教育材料和阅读范本，而是提供即时的消费品，刺激读者的消费欲望。"① 这种追新逐流的参与赢得了经济效益，却失去了文学本应有的超迈精神与批判意义。

在上述消费性的俗化写作中，一些学者还敏锐地指出新媒体散文弥漫着脱离现实生活的小资情调，有人因此称其为小资散文。的确，在诸多时尚杂志和晚报副刊里我们经常遭遇到这些洋溢着懒洋洋气息的文字，中新社甚至指出："中产阶层文学正在中国大陆崛起。对出生在上世纪六七十年代的作家与作者而言，他们正生活于相对富足而平庸的时代中——少了些激情、多了无聊。"② 它们就如一道外表鲜亮却内容贫乏的广告，用有点奢华、有点酷、有点别致的生活修饰着都市人日益焦灼的内心。它们着力消解了传统散文厚重的载道之义，更没有流芳千古、教谕后人的理念。它们只是不经意地走入文学，面孔优越、姿态优雅，以文学作为一种滋养贫乏生活的养分，描绘精致的吃食，品尝醇厚的美酒，缅怀前朝旧事，展示异域风情。因此，在黄爱东西、任田的笔下，我们只看到风情万种、伶俐八面的都市女子，看不到为生存奔波的底层喘息；在沈宏非的吃食主义，洁尘的咖啡聚会、悠闲旅游中，我们迷醉于这种仿佛属

① 张柠：《新散文毒辣的一招》，poemlife. com/ReviewerColumn/ZhangNing/article. asp? vArticleId =5322。

② 中新社：《少激情多无聊：旅美文学评论家谈大陆中产文学》，http：//www. chinanews. com. cn/2002 -10 -18/26/233338. html。

于自己的情调生活中，麻木了尖锐的生存痛楚。这些操笔的作者俨然将这种小资写作作为自身格调的标签，写作仿佛只是为了充分展示悠闲的生活与不同凡俗的品位，它们没有传统杂文的张扬凌厉，也不会去沉重地追问生活的本真。总之，它们温存而理性，在彬彬有礼的自我展示中，优雅地为自己赢得良好的社会声誉。对他们而言，写作本身就是一种生活的复制，因为他们本身就是城市中小资一族，永远扮演着时尚实践者和引导者的角色。在丰厚的收入和优越的生活条件下，他们不妨以这种精致的方式，修复生活黯淡和不堪的一面，不仅固化了自身的优越甚至成为都市人崇拜的偶像，而且与体制形成了双赢的共谋。他们的文字能有效软化读者尖锐的生活触觉，释放平民百姓的生活压抑与体制愤懑，让那些天天为生存烦恼、处于挣扎中的都市男女们沉浸在文字营造的幻境中，体味到彼岸生活的乐趣，从而以柔软的力量起到了安抚人心、稳定社会的功能。

随着技术资本主义的高度扩张与网络文化的急速流行，孳生其间的新媒体散文由于文字狂欢的急剧繁衍，还使得散文的文本诗性严重流失。以作诗的态度和精神写出诗意盎然的散文，本来是我国散文的一个古老的传统，如陶渊明的《桃花源记》、苏东坡的《前赤壁赋》、明清时期的性灵小品等散文中呈现的意境和美学品格都远胜于流于一般的平庸诗作。在古希腊，“诗”和“史”作为两大门类截然分开，而散文便归属在“诗”的门下。可见，散文与诗具有一种天然的因缘。诗性应该如波德莱尔所说的是“性灵的抒情的回荡，沉思的迂回的轮廓”①。散文的诗性既需要至纯至美的性灵和悟性，又需要具备融入诗的艺术的感知方式，比如意境的营构、音乐的旋律，以至想象、象征等，当然，散文的诗性在本质上而言，更是一

① 转引自徐志摩：《波特莱尔的散文诗》，《新月》2卷10期。

种内在整体性的美，是一种精神气质、一种心灵对形而上追求的艺术表达，是作者对自然、人生、社会的总体性感受。可惜的是，在大众文化崛起中孳生的新媒体散文，由于其相对“自由”的生存空间，对诸多草根的网络作者而言，他们的真实身份都得到隐藏，既可以乘兴为之，又可悄然隐去，这种匿名写作，也使网络文学成了一个众声喧哗的无序世界。作者的笔调也往往在自由轻松的行走中濡染上不恭的游戏精神，呈现出巴赫金所言的狂欢化的奔放形态。在“天涯社区”的“散文天下”、“红袖添香”的散文栏目中，不少文章都是在鼓吹“贫穷可耻，富贵真威”，在戏谑“人生是个屁”“命运就是一连串的偶然性和 BT（变态）”，在感慨“狗娘养的爱情”“爱情剩下的就是一堆鸡零狗碎”“爱情应该自私”等。新媒体写手王小山在《一个恰到好处的屁》中说：“如果可能的话，我真愿意放一个恰到好处的屁，帮中国队进球，来实现领导的世界杯目标。”他的《2002 高考作文之我别无选择》开头便是“我是诗人杨过，写作流传千古的名句：面朝雪山，冬暖夏凉，从明天开始做一个幸福的人”，对金庸小说的主人公和诗人海子的名句加以拆解和调侃。在《一江春水向东皱》里作者更是直白地向浮躁时代的欲望加以褒奖：“女人嫁大款，天经地义，娶不起漂亮老婆的赶紧赚钱就是了。做得好不如嫁得好，金钱、权力这些东西都能增加男人的魅力值。我就喜欢钱，没本事赚羡慕别人我也不隐瞒，好在我不眼红就是了。不喜欢男人的女人我见过，不喜欢钱的人还真不多。”对金钱、美色的欲望溢于言表。但此类狂欢只承继了巴赫金的狂欢理论中对神圣的亵渎、对自身的放纵和粗鄙化的倾向。他们凭借网络空间以及相对自由的写作渠道从以往的文化精英手中夺回了发言的公共空间，却没有从精英作家那里传承意义的追求与价值的肯定。他们常常通过颠覆经典、戏仿传统对经典的文学进行肆意颠覆，却省略了诗性体验和审美品位，不少文字在公开隐私、颠覆经典、消解崇高中缺乏敬畏，人云亦云，追求刺激，削平深度，却隐去了巴赫金理论核心中民主化、反抗性的一面。譬如迟宇宙在《从来不解醉红裙》《裙子底下的剧场》中就从现代 IT 的黄色笑话到唐宋的民间淫秽，大谈女人的内裙内裤。戴蕴的《美丽爱情所必需的》也是笔锋恣肆，将传统纯真的爱情解构成范围、成本、风险组合的物质碎片。大量诸如此类的新媒体散文都沉浸在缺乏诗性和崇高的狂欢中，狂欢过后，一切并没有获得巴赫金所期盼的新生，反而只剩下一片精神上的狼藉，这些蔓延的文章被作家莫言比喻为“乱写大字报”。它们失去了往常散文所必需的诗性体验与生存叩问，呈现给世界的更多是生命中不能承受之轻。

纵然，大量乘势而生的新媒体散文还存在诸多缺陷，甚至被张柠比喻为细节疯狂蔓延的毒蘑菇，但是，新媒体散文作为一种新质散文，它对于当代散文的意义，或许就在于确立了一种属于新世纪媒体时代的写作姿态，刷新了散文的传统面目。就如英国小品文作家史密斯所说的：“在文学史中，文体每每较思想更能永垂不朽！”①新媒体散文所具的意义与限度无疑会拓展我们对散文未来的思考空间。

2008 年

① 转引自袁勇麟：《反思与变革》，《文艺评论》1999 年第 3 期。

西西弗的徒劳与反抗

——鲁迅《复仇》以及周边文本的再解读

自青年至暮年，“复仇”一直是鲁迅文本中浮动的魅影，《摩罗诗力说》《孤独者》《复仇》《复仇（其二）》《铸剑》《女吊》等，它们共同构成了一个连绵不绝的复仇话语谱系。其中，直接以“复仇”为名并以“复仇”为基本构成的象征性文本《复仇》，可谓是理解鲁迅复仇意义谱系的重要枢纽。然而，因鲁迅的夫子自道，对《复仇》的解读相对单一，不少论者多遵循鲁迅所言的“因为憎恶社会上旁观者之多，作《复仇》第一篇”① 一语，习惯从社会学层面追溯其复仇的原因、阐明其单一的象征意涵，如对庸众的批判、看客心理的否定等。而《复仇》作为一个象征文本所呈现的自为意义，以及《复仇》全文所构成的复杂张力，则在有关看客批判的话语阴影下被遮蔽了，而“一个象征总是超越使用这个象征的艺术家，使他实际上说出的比他存心表达的更多”②。本文将在文本细读的基础上，旁及鲁迅其他有关复仇主题的文本，力图解放《复仇》所包孕的复杂曲折的象征意蕴，并尝试通过“复仇”的解读深入鲁迅郁结

---

① 鲁迅在《〈野草〉英文译本序》中说：“因为憎恶社会上旁观者之多，作《复仇》第一篇。”

② 加缪著，沈志明译：《西西弗神话》，上海译文出版社 2013 年版，第 135 页。

幽暗的心灵界域。

一、主体的内耗与复仇的悲剧性体认

《复仇》的篇名即显志，然而，开篇文字却并不循题目直指复仇，而是宕开一笔，以如痴如醉的笔触对生命的相互偎依与杀戮进行了两段惊心动魄的深描。鲁迅为什么要以浓墨重彩的方式写下似乎无关宏旨的文字呢？这两段不乏激情与沉溺的文字与“复仇”之间构成了一个什么关系？我认为，这是颇值得我们注意并研究的。

显然，首段对于鲜血之蛊惑所进行的深描，呈现了血液深处的基本冲动与诱惑，它在接吻、拥抱中制造生命沉酣的大欢喜。而与之对应，第二段是对杀戮与毁灭的深描，在对皮肤、鲜血不乏妖冶、冷酷的描写中，鲁迅对死之本能的诱惑进行了浓墨渲染。冰冷的呼吸、人性的茫然以极致的方式同样制造了生命的大欢喜，这两段文字可谓奇崛、瑰丽、诗意盎然。然而，有意味的是，如果将它们从文中剥离，也并不会对“憎恶旁观者”这一鲁迅所明确言及的复仇主题有所折损，那么，鲁迅为什么要以如许沉溺的方式抒写上述诗意文字呢？显然，本文在“憎恶社会上旁观者之多”这一被特别凸显的意蕴之外，还蕴含了鲁迅更为丰富的生命体验与思想面向。值得注意的是，上述生命的大欢喜，它们均发生于看客到来之前，即发生于持刃者针对看客的复仇之前，也即处于复仇这一情境之外，生命沉浸于爱与死的大欢喜之中，无论是拥抱抑或灭亡，均是生命能量酣畅淋漓的释放，是主体自由的充分实现，这是未被复仇所限制的自由主体的伸展。可以说，《复仇》开篇所沉醉的飞扬的自由生命状态与复仇情境下干枯的生命状态构成了一个强烈的对照。

如果说，在路人未曾参与的广漠旷野之上，裸着全身的“他们”

自由而自主，相爱或相杀，因基于生命本能的冲动，而沉浸于生命自由创造的大欢喜之中；那么，当路人们从四面奔来，密密麻麻实施围观时，“他们”所处的场域不再是无人的自由旷野，而是一个充溢着看与被看、复仇与憎厌的存在之境。“他们”身不由己地被投掷入一个复仇的场域，如海德格尔所言，被抛入了这个世界，从而深刻地体验到自身被抛入世界的限制感，“他们”必须要面临被路人围观的被看之命运，并不得不成为齐泽克所言的被界定的“瘙痒的主体”①。因为，看客围观的目光已成为主动的压迫者，而为了应对这一压迫，“他们”不得不停止自为的动作，而以针锋相对的应对性的行为来进行复仇。固然，停止动作的对视式的复仇行为刺破了看客的无聊，但同时也让“他们”这一主体屈从于以自身干涸为代价的被动情境之下，由此，复仇让复仇主体屈从于因果关系，成为原因与结果之连接的一部分。主体在复仇的指向下自我拘囿，被限制的不自由给主体带来的即是鲁迅所言的“干枯”，是生命的自我压抑与主体的自我消耗。从存在论的角度而言，复仇为生命规定了一个硬性的指向，制造了一种先在的局限，在此，复仇成为目的，人蜕变为复仇的工具，复仇转而凌驾于人之上，而作为主体的人则被抽空了。因此，鲁迅在文末所言的这场“无血的大戮”，既是针对看客的报复，对其无聊、麻木进行精神上的杀刈，同时，也指向复仇的主体，复仇同样也对“他们”的生命进行了抽血，让其在被限定的复仇之下失去了主体的活力与自由。

与干涸的“他们”类似，《孤独者》中的魏连殳在指向他者复仇的同时也折堕了理想、耗尽了生命。他从一名秉持理想的启蒙知识人蜕变为高朋满座的师长顾问，其根本原因就是在面临启蒙无望

① 斯拉沃热·齐泽克著，季广茂译：《视差之见》，浙江大学出版社2014年版，第25页。

的绝境时，为了报复“不愿意我活下去”的他者而偏要活下去，如信中所坦言：“同时，我自己又觉得偏要为不愿意我活下去的人们而活下去；好在愿意我好好地活下去的已经没有了，再没有谁痛心。使这样的人痛心，我是不愿意的。然而现在是没有了，连这一个也没有了。快活极了，舒服极了；我已经躬行我先前所憎恶，所反对的一切，拒斥我先前所崇仰，所主张的一切了。”魏连殳试图通过以牙还牙、以眼还眼的方式对“让他活不下去”的人们进行复仇，然而，为了这偏要活下去的复仇，他却不得不实施自我异化，躬行自己先前所憎恶、所反对的一切，甚至对于孩童，他都怀着复仇的狂热，让他们叩头、学狗叫。表面上，他得到了胜利，但这胜利却不来自真实主体的内在要求，一系列针对他者的复仇最终导致了魏连殳精神的撕裂与扭曲，并加速他的自我毁灭，“以其人之道还治其人之身其实是把双刃剑，在杀伤对手的同时，更伤害了自己。魏连殳的死尸即是一个证明，这死尸的沉重给予鲁迅心灵的重压几乎是难以摆脱的，那旷野里狼的嚎叫的惨伤与悲哀，无疑包括这因复仇而受到的自我伤害在内”①。可见，鲁迅笔下的复仇从来不走向世俗意义上的圆满结局，主体的消弭与毁灭几乎成为复仇者的命定归宿，《铸剑》中的头颈交缠、难分彼此，固然报了父仇，让王失去了性命，但其代价则是眉间尺与黑衣人的同归于尽。在手刃仇人的同时，鲁迅于结果之外更关注复仇过程中主体因复仇而受到的自我伤害，这让他超越了单向度的复仇书写，而将笔触更深地指向人的自我束缚与悲剧性命运。

无论是旷野里惨烈长嚎的魏连殳，还是身体干枯的“他们”，抑或断其年轻之头颅的眉间尺，鲁迅始终警惕到，复仇往往会以黑洞

---

① 钱理群：《试论鲁迅小说中的“复仇”主题——从〈孤独者〉到〈铸剑〉》，《鲁迅研究月刊》1995 年第 10 期。

的方式吸纳复仇者激情的热血与鲜活的生命，一旦复仇者开始实施复仇行动，他就不可避免地沦入了被控制、被限定的旋涡，被抛入了荒谬的生存境遇。这种敏感的悲剧性体认缘于鲁迅的文化哲学体系中“潜在地存在着一种对人的存在的悲剧性的感觉，一种力图从各种物质的和精神的支配下摆脱出来的挣扎感，一种寻找人的真正归宿的激情”[①]。《复仇》中持刃的“他们”也罢，《铸剑》中的眉间尺、黑衣人也罢，他们在鲁迅笔下既是实施复仇的主体，也是被复仇所支配的悲剧性受体，在实施复仇的同时，他们的个人自由与悲欣哀乐被无情地挤压了，生命被挤入了复仇的抛物线，成为被规定、被抽空的主体。鲁迅敏锐地体验到了其中所包孕的天然的悲剧性，正因如此，他才会在致郑振铎的一封信中特意强调复仇者应该“所欲而行”，力图摆脱复仇所倾泻于复仇者的悲剧性伤害，“不动笔诚然最好。我在《野草》中，曾记一男一女，持刀对立旷野中，无聊人竟随而往，以为必有事件，慰其无聊，而二人从此毫无动作，以致无聊人仍然无聊，至于老死，题曰《复仇》，亦是此意。但此亦不过愤激之谈，该二人或相爱，或相杀，还是照所欲而行的为是”[②]。上述言说指出复仇者应当突破复仇对象所引发的共体关系，遵循主体意志来采取行动，它指向的不再是生命悲剧性的自我消耗，而是生命意志的自由张扬，这些不断自我纠正、自我反思又自我怀疑的文字，诚如汪晖所言：“鲁迅内心对阴暗经验的独特的、异常的敏感，导致他不像同时代人那样深、那样无保留地沉浸于某一价值理想之中，而总是以自己独立的思考不无忧郁、不无怀疑地献身于时代的运动。”[③] 信中对于“复仇”的怀疑乃至否定都离不开鲁迅一贯

① 汪晖：《反抗绝望：鲁迅及其文学世界》，三联书店 2008 年版，第 63 页。
② 鲁迅：《书信 · 340516 致郑振铎》，《鲁迅全集》第 13 卷，人民文学出版社 1973 年版，第 105 页。
③ 汪晖：《反抗绝望：鲁迅及其文学世界》，三联书店 2008 年版，第 159 页。

的怀疑自省意识以及阴郁的时代经验吧。

二、不变的结局与复仇的荒谬性指认

如果复仇在消耗主体生命力的同时能够给予现实迎头一击，如果复仇能够促使历史的进化或分化，那么，这复仇仍是遵循了传统复仇路径的行为，即于自我牺牲中寻求到有价值的改变，从而达到复仇的目标。然而，在《复仇》以及与复仇有关的讲述中，鲁迅要么搁置了复仇的结局，要么以嘲谑的笔致来书写复仇的虚妄，要么以或惨烈或狂欢的笔法书写复仇者的荒谬性存在，脱离了行动因果逻辑的复仇在鲁迅笔下由此陷入了现实与形而上的双重荒谬之中。

《复仇》如鲁迅自言是针对旁观者的复仇，让旁观者无聊以致干枯到失了生趣，这似乎痛快淋漓、完成了复仇的要义，然而，钱理群却尖锐地指出："但似乎仍然没有解决问题，看客们的无物之阵并没有因此而破除，鲁迅本人也没有试图为人们提供完满的结局与答案。"① 还有学者从这场复仇中窥见了精神下滑的游戏感："于是，一场或拥抱、或杀戮的英雄壮举，最终在一场赏鉴和被赏鉴的喜剧中消解殆尽。从中我们不仅没有感受到复仇者英雄精神和人格的崇高，反而体验到巴赫金所谓的英雄从精神上向肉体上滑落后产生的游戏感。"② 的确，无解的结局与近乎喜剧的游戏性并非过度阐释，上述学者的理解不过再次证明了《复仇》文本的复杂向度。《复仇》中的"他们俩"以停止表演的方式，让看客无聊，但这无聊并不带

① 钱理群：《试论鲁迅小说中的"复仇"主题——从〈孤独者〉到〈铸剑〉》，《鲁迅研究月刊》1995 年第 10 期。

② 赵小琪：《〈野草〉的狂欢化色彩》，《天津社会科学》2007 年第 4 期。

来改变，群聚而来的看客又蜂拥而去，复仇者的行动并没有推动历史的进化，反而陷入了周而复始的轮回，旁观者不过重新陷入无聊，无物之阵依然存在，复仇陷入了无法改变其失败的荒诞之中。汪晖指出："悲剧与荒诞都意味着人在面临无可抗拒的失败时的选择，但悲剧的失败仅仅说明选择的时机、方式限制了选择，而荒诞则意味着无论在什么条件下，以何种方式进行选择，都无法改变失败的命运……正是在这个意义上，荒诞比悲剧更残酷。"① 如果说，鲁迅笔下的复仇者在复仇的自我消耗与折堕中具有悲剧性意味，那么，复仇这一行为本身因其无解的结局与终趋于失败的命运，则让复仇指向了"一切照旧"的荒诞性命运，仿佛西西弗在推动巨石，"这种努力，在空间上没有顶，在时间上没有底，久而久之，目的终于达到了。但西西弗眼睁睁望着石头在瞬间滚到山下，又得重新推上山巅"②。无聊的看客离去，但他们仍旧无聊，无动作的"他们"不过让看客重新陷入无聊，而一切照旧，钱理群所言的《复仇》之"没有解决问题"大致与西西弗的徒劳类似。

这一暧昧的有关复仇结局的书写，不能不让我们意识到鲁迅的复仇话语中自始至终所萦绕的强烈的荒谬性，即鲁迅笔下的复仇并不遵循快意恩仇的复仇逻辑，并不带来复仇者所意愿的结果。它要么趋向于《复仇》中的"没有解决问题"，要么趋向于《铸剑》中狂欢化的意义消解，当黑衣人、眉间尺与王的头颅难分彼此、正邪莫辨，荒谬的三王墓不过指向的是一场生命的断裂仪式，而复仇的破坏性则在狂欢的共同毁灭中被消解了。更无望的是，黑衣人与眉间尺以生命来拥抱复仇，但他们的行动对于普罗大众而言却不产生任何触动："百姓都跪下去，祭桌便一列一列地在人丛中出现。几个

① 汪晖：《反抗绝望：鲁迅及其文学世界》，北京三联书店 2008 年版，第 267 页。
② 加缪著，沈志明译：《西西弗神话》，上海译文出版社 2013 年版，第 129 页。

义民很忠愤，咽着泪，怕那两个大逆不道的逆贼的魂灵，此时也和王一同享受祭礼，然而也无法可施。”王的力量仍然对民众具有主宰性，王的消失丝毫不会改变这世界，复仇之刃所碰及的空虚与无聊无情地将复仇加以解构，复仇者被动地存在于荒谬的境遇之中。最能体现复仇之荒谬的莫过于《孤独者》，魏连殳以牙还牙式的复仇不过演变为一场他个人内心的自我杀戮，他用生命所祭出的复仇大旗，不仅不对“对象”产生新的意义，甚至从未让周遭人感知到复仇的存在。他抉其本心所实施的复仇，对房东太太而言，不过是倒霉者交运之后的势利：“你可知道魏大人自从交运之后，人就和先前两样了，脸也抬高起来，气昂昂的。对人也不再先前那么迂。你知道，他先前不是像一个哑子，见我是叫老太太的么？后来就叫‘老家伙’。唉唉，真是有趣。”房东太太的隔膜与麻木将复仇无情地消解，复仇成为魏连殳自导自演的一场独白，甚至在魏连殳死后，他滑稽的尸体也成为复仇的一个反讽：“一条土黄的军裤穿上了，嵌着很宽的红条，其次穿上去的是军衣，金闪闪的肩章，也不知道是什么品级，那里来的品级。到入棺，魏连殳很不妥帖地躺着，脚边放一双黄皮鞋，腰边放一柄纸糊的指挥刀，骨瘦如柴的灰黑的脸旁，是一顶金边的军帽。”显然，在魏连殳的意图与行动之间，在他所发出的复仇信号与现实之间，一种强烈的错位以荒谬的方式结束了这场绝望的复仇。

更重要的是，鲁迅敏锐地发现，在复仇的境遇下，复仇主体与复仇对象往往形成了荒谬的精神共体，不可避免地发生相互的精神渗透。《复仇》中的持刃者因为看客的麇集旁观，而放弃了生命之大欢喜的拥抱或者杀戮，反而以看客作为行动的尺度，被动地丧失了主体的活力，沉沦于无动作的境遇，由此陷入了无所为的无聊之中。同样，魏连殳为了向这冰冷、势利的社会复仇，转而借这冰冷、势利的他者作为价值尺度，构造复仇的行为方式，反而让复仇演变为一场荒谬的自我异化行动："他先前怕孩子们比孩子们见老子还怕，总是低声下气的。近来可也两样了，能说能闹，我们的大良们也很喜欢和他玩，一有空，便都到他的屋里去。他也用种种方法逗着玩；要他买东西，他就要孩子装一声狗叫，或者磕一个响头。哈哈，真是过得热闹。前两月二良要他买鞋，还磕了三个响头哩，哪，现在还穿着，没有破呢。"魏连殳曾经对孩子抱有极大的希望与纯真的热爱，但进入复仇的场域之后，他却躬行先前所憎恶的行径，对孩子进行精神奴化与人格蹂躏，复仇个体转化为被复仇者的精神共体，"当人的生命以敌人作为自己的价值的尺度，彼此成为一个共体时，就不可避免地要发生精神（思维方式，行为逻辑等等）的渗透"①。魏连殳为了复仇而自我异化，以他者价值作为复仇之矛，妄图来抵抗这个他不认同的世界，却更深地陷入到被异化的空虚与阴暗中去，眼睁睁地任由自身堕落与异化。复仇由此堕落为一个荒诞的泥淖，它让魏连殳陷入其中、无法自拔，并从现实与意愿严重分裂的层面掏空了魏连殳的荒诞人生。

三、决绝的复仇与意义的自我确立

的确，鲁迅对于复仇的洞彻一如西西弗对于自身命运的洞悉，"无能为力却叛逆反抗，认识到自己苦海无边的生存状况，下山时，思考的正是这种状况。洞察力既造成他的烦忧，同时又耗蚀他的胜利"②。正是基于这一洞察力，鲁迅深刻意识到复仇的荒谬性、体认

① 钱理群：《试论鲁迅小说中的"复仇"主题——从〈孤独者〉到〈铸剑〉》，《鲁迅研究月刊》1995年第10期。

② 加缪著，沈志明译：《西西弗神话》，上海译文出版社2013年版，第129页。

到复仇对生命进行戕害的悲剧性境遇，然而，与再次回到岩石边的西西弗一样，洞彻之后，鲁迅还是要以决绝的姿态坚持复仇。

临终前的最后一段时日，鲁迅怀着极大的热情书写了一篇有关复仇的散文《女吊》。《女吊》作于1936年9月19日，距离鲁迅逝世一个月左右，彼时的写作，对于鲁迅而言，可谓面临死亡的书写，死亡的阴影下，鲁迅聚集全部的生命能量，借女吊浇其块垒，这个带有强烈复仇性的鬼魂，比别的一切鬼魂更美、更强，投缳之际，她身着大红，是为了化为厉鬼复仇。鲁迅借此厉鬼作人世最后的总结与道别，可谓意味深长。书写《女吊》期间，鲁迅又作杂文《死》，以遗嘱的方式重申自己坚持复仇的人生哲学："七，损着别人的牙眼，却反对报复，主张宽容的人，万勿和他接近。此外自然还有，现在忘记了。只还记得在发热时，又曾想到欧洲人临死时，往往有一种礼仪，是请别人宽恕，自己也宽恕了别人。我的怨敌可谓多矣，倘有新式的人问起我来，怎么回答呢？我想了一想，决定的是：让他们怨恨去，我也一个都不宽恕。"警告后人万勿接近"宽容"者，坚持"我一个都不宽恕"，这种决绝的力量与女吊的复仇交相辉映，共同定格了鲁迅临终前的人生姿态。

我们不难意识到，对于向死而思的鲁迅而言，复仇正是他决绝的人生宣言，虽然他对复仇有着阴暗而绝望的体验，然而这些黑暗的覆盖不过是鲁迅更决绝地追寻主体意义的出发点。面对看客四处弥漫的无聊、周而复始的冷漠，面对复仇所产生的无可挽回的失败，《复仇》的"他们"却更为决绝，"他们俩这样地至于永久，圆活的身体，已将干枯，然而毫不见有拥抱或杀戮之意"。"永久"意味着时间维度上毫不妥协的坚持，"他们俩"以时间永久的方式表达了更激烈的反抗，虽然这反抗必然指向失败，虽然这永久的反抗必然让他们圆活的身体干枯，然而，正是在这悲剧性的荒谬情境下的永久坚持，表明了主体反抗的意志。既然结果是荒谬和无意义的，那么坚持永久，则是自觉地对此进行否定，并从限制与牺牲中创造出自我价值。因而，干枯地立着的“他们”得以“永远沉浸于生命的飞扬的极致的大欢喜中”，它与文前两段所渲染的生命力之自由释放的情境遥相呼应，共同谱写了一曲酣畅淋漓的生命主体之赞歌。也正是出于这一自戕式的狂暴坚持，《孤独者》中的魏连殳深刻地意识到自己的异化，意识到自我生命的消耗，但是，他却最后强调他胜利了：“我已经躬行我先前所憎恶，所反对的一切，拒斥我先前所崇仰，所主张的一切了。我已经真的失败，——然而我胜利了。”这胜利，对于陷入撕裂与痛苦之中的魏连殳而言，不产生于行为之结果所发生的意义之中，而产生于魏连殳式复仇这一行动本身，一如西西弗所遭遇的反复推动巨石的命运，它以枯燥的轮回式的徒劳赋予结果以荒谬性，但西西弗却以坚持的行动创造了自身的命运，超越了荒谬的困境。对于魏连殳而言，复仇便是这一创造性行动，是面临荒谬但又蔑视荒谬之际所迸发的主体意义。所以，与魏连殳倾心笔谈过的“我”才会在他滑稽的尸体上看到“口角间仿佛含着冰冷的微笑，冷笑着这可笑的死尸”。这嘴角的冷笑仿佛是魏连殳反躬审视自己生命之际，对于荒诞命运的一次高傲的蔑视。

西西弗永无止境地推动巨石上山，体验到个体存在的荒谬性与无意义性，然而正是在绝望的推动中，西西弗斯确立了自身的意义。在鲁迅这里，复仇，也即西西弗的“推动”，它是“立意在反抗，指归在动作”① 的此在，它并不指向某个具体目标，此刻的动作便在昭显其创造性意义。所以，《过客》中不断奔走的过客，只顾一味朝前，无论前方是坟还是鲜花，他都将这一目的悬置，无尽的奔走本身便在行动的每刻呈现其价值。就鲁迅而言，亦是如此，对于复仇所带来的自身内耗、复仇所必将遭遇的荒谬性结局，鲁迅均深味其

①《鲁迅全集》第 1 卷，人民文学出版社 1973 年版，第 58 页。

中的无奈与绝望，然而，鲁迅仍要做复仇的愤激之言，只因为，复仇正从行动本身确立了个体永不妥协的意义，这是一种西西弗式的骄傲反抗："他藐视神明，仇恨死亡，对生活充满激情，这必然使它受到难以用言语尽述的非人折磨：他以自己的整个身心致力于一种没有效果的事业。而这是为了对大地的无限热爱必须付出的代价。"①

① 加缪著，沈志明译：《西西弗神话》，上海译文出版社 2013 年版，第 167 页。

安徒生童话中的悖论式书写

安徒生童话在漫长的阅读接受史上，经过不断的流传、反复的言说，成为童话的一种标本：纯净、美好、与童心童趣相契合。这种想当然的对安徒生童话的界说难免在将其光滑地纳入“童话”符号之际，遮蔽了其内部燃烧的不安、纠缠的悖论，乃至潜藏其中的成人世界的欲望与悲凉。如果逾越阅读的前在视野，将安徒生童话还原为一系列的文本书写，我们会发现，其中既氤氲着玫瑰般的梦幻，又回荡着命运沉沦深处的呼号；既寓教于乐、循循善诱于道德规训，又在故事编织间掩藏不住欲望的放肆与冲动。认命与“非命”交替出场、真善美与黑暗欲望势均力敌……164 篇童话，挣扎的是一颗寻求秩序却失却了秩序的灵魂，呈现的是一个充满悖论性的复杂言说体。面对这方包涵万端、春夜般躁动的童话世界，笔者试从命运、道义两个层面的书写来剖析其童话创作中凸显的悖论以及原因。

一、悖论性书写之一：宿命与“非命”

喜欢安徒生的读者，由于阅读的惯性，可能一进入他的童话就被生机盎然、充满童趣的故事所吸引，而流连于童话故事玫瑰色的幻影之间，而忽略了童话背后作者沉重的心灵负累与丰富的精神意蕴。确实，安徒生童话以淳朴、优美的书写而见长，本来，他可以缔造一个水晶般纯粹的童话世界，逃遁于世间的苦难与历史的复杂性之外，然而，他的大部分童话书写，却自觉地指向人的苦难，接受内心的自我折磨。似乎，他一直在童话中苦苦思索人类的悲欢哀乐，其中对于命运的承受与非难，就是他为之痛苦思考的主题之一。

命运，是中外文学反复陈述的永恒主题之一，命运之于人，它必然指涉一种难以理解与把握的神秘力量。西方文学传统中，索福克勒斯的俄狄浦斯王成为西方作家思考命运的范本之一，无论如何欲逃脱神谕的诅咒，俄狄浦斯仍无能为力，杀父娶母的咒语一一成真，人类最终淹没于命运的泥淖。安徒生在书写童话主人公的命运时，似乎也匍匐于这一强大的悲剧性传统之中。

命中注定、命数由天，安徒生以宿命式的语调编织了一系列趋于虚无的童话故事，个体在面对厄运时只有无力的承受与徒劳的呻吟。尽管童话主人公不断挣扎反抗于人生的苦旅之上，殚精竭虑地朝着自己意志的方向奔跑，却不得不悲哀地发现，一切早已注定，意愿终究悬空，人的主体性在强大的命运面前终究化为幻影。篇幅颇长的童话小说《冰姑娘》中的主人公洛狄传奇式的一生，便是安徒生宿命观的最好注脚。洛狄出生时侥幸逃过了冰姑娘的死亡之吻，并且强悍地生存了下来，长成了一名身体强健、聪明勇敢的年轻猎人。他能像羚羊那样攀登悬崖峭壁，敢于和凶猛的巨鹰搏斗，而且猎术高明、百发百中，可为人中豪杰、天之骄子，现实经验也让他遵循着“只要一个人有志气，世上没有什么攀不上的东西”的准则，顽强而自信地生活。洛狄无疑是一个具有强大生命力并对自己的命运充满自信的人物形象，他有力地展现了一个精力充沛的个体在与命运的对抗时所迸发的人的力量，然而，无论洛狄如何抗争，如何强大，却无可逃遁地臣服于命运的播弄。在本应充满幸福与平静的新婚之夜，他最终宿命地死在了冰姑娘幽蓝色的死亡之吻下。洛狄可谓走到人生紧要处，才发现其实命运早已注定，一切终究成空。《沙丘故事》中的主人公雨尔根，更是一个屡遭命运残酷播弄的殉难者，安徒生悲悯地把他比喻为一颗被命运之神扔在沙丘上、枯萎了再也绽放不出美丽色彩的稀有花卉的种子。雨尔根本来出生在西班牙的豪富之家，由于一场海上风暴的厄运，他失去了双亲，被一对贫苦夫妇收养，成为了丹麦沿海的一个下贱渔民，正如故事所言："这孩子应该在幸福和豪华中长大的，但是他却来到了这个被海水所冲洗着的，位置在沙丘之间的人世，分担着穷人的命运和艰难的日子。"雨尔根不仅落得生涯卑微，而且从此命运多舛：在失去了初恋情人爱尔茜之后，他又被诬告谋害了朋友莫尔登而被判入狱，随后，又因为一场海难，雨尔根变成了一个废物一般的白痴。安徒生以凄婉的调子叙述了命运对雨尔根的无情播弄和落井下石，却只能为之发出无力的哀叹："他没有犯罪，而却受到损害的痛苦——这就是他的命运？在这个世界里为什么他该是这样的呢？……为什么他该有这样的遭遇呢？这只有等来生才能弄清楚。"无疑，安徒生对雨尔根多舛的一生是充满了激愤与不安的，但是，他却无计可施，只好把一切寄托于来生，求之于上帝："他的命运现在只是一连串艰难的日子，痛苦和失望，他是像一个美丽的花根，被人从土壤里拉出来，任其腐烂下去，不过，难道依着上帝的形象所造成的人只能有这点价值吗？不是的，对于他所受过的苦难和他所损失掉的东西，博爱的上帝一定会在来生给他报偿的。"安徒生笔下这些受命运女神惩罚的受难者，就如希腊神话中遭天谴的西西弗斯，每次拼尽全力将巨石推至山顶，得到的仍是宿命般无法逃遁的失败——巨石又滚回原地，个体的每次努力都伴随着命运的横加施虐，永无宁日。

这种人命在天，一切皆注定并浸染着浓郁悲观色彩的宿命观，固然来自强大的西方文学传统，它从时间深处树立了命运之悲剧性的范本。与此同时，安徒生个体经验与宗教观也与其宿命论有着千丝万缕的关联，甚至安徒生的不少童话故事来自《圣经》的原型。安徒生自幼丧父，与母亲相依为命，他的母亲是一个勤劳、善良、笃信上帝的虔诚教徒，安徒生耳濡目染，从小便形成了对上帝的坚定信仰，基督教在安徒生世界观形成的心理图式中打下了十分深刻的烙印。安徒生曾在日记中写道："孤独地生活在这个世界上，谁也不管我，我只有依靠上帝，它是我唯一的亲人。""当我一切绝望的时候，我只希望上帝能帮助我……我只能依靠上帝，把一切交给上帝。"① 1843 年，安徒生最亲密的朋友沙米索在柏林去世了，安徒生写诗悼念道："纵然在阴间，上帝也自有安排，筑起一座桥引他们到极乐世界。"② 无论安徒生是面临孤独的深渊，还是遭遇生离死别，上帝成为安慰他的永恒之光，甚至，对于童话写作，安徒生都看成是上帝的指引："上帝啊！让我永远别写下一个不能说明您的字吧！"③

对上帝的无条件的信仰，使得在安徒生的童话王国中，上帝成为人物命运悲欢的源头。有时，上帝在苦难的人间展现了它博爱的一面，是希望与欢乐之所在，也是温暖与爱的符号。《踩着面包走的女孩》讲述了上帝的慈爱如何让困在泥淖中的英格尔回到了新鲜、温暖的人间；《最后的一天》中，上帝使人们免于堕落，使人们更纯洁、更高尚、更善良，走进"永恒的光明中去"④。而更多时候，贯彻了上帝意志的命运是冷酷无情的，然而，安徒生也只能痛苦地呼吁"上帝啊，请你解释一下吧，请你开导我的心吧"（《冰姑娘》），

① 吴泽义编著：《世界文化史上的童话大师——安徒生》，《近代西方文化巨擘》，人民出版社 1993 年版。

② 安徒生著，李道庸、薛蕾译：《我的一生》，四川少年儿童出版社 1983 年版，第 274 页。

③ 安徒生著，李道庸、薛蕾译：《我的一生》，四川少年儿童出版社 1983 年版，第 274 页。

④《安徒生童话和故事选》，人民文学出版社 1978 年版，第 229 页。

并且毫不犹豫地肯定“上帝对我们，安排总是最好的”。安徒生是如许坚定地信仰上帝，可以说基督教所宣扬的一系列教义已经深深积淀在安徒生的心理图式中，构成了其命运观的内在精神元素；基督教教义的“创世纪说”宣称上帝是万物的主宰，它“无所不知，无所不能，无所不在”。“无所不”的言说将人纳入被控制、被抛入的命运轨道，面临上帝的无所不能，人只能任其宰制。因此，笃信上帝的安徒生在书写那些命运多舛、幸福被悬置的主人公如洛狄、雨尔根时，总安排他们对“无所不”、体现了上帝意志的命运低下温顺的头颅。

然而，一名充满创造力与精神性的作家永远是丰富而多面的，他的作品也必然有着多重维度、摆脱不了歧义的纠葛。尽管安徒生在诸多的童话创作中供奉了一名虔诚的基督徒对于命运的绝对服从之心，但是对于命运与人之关系的阐释，安徒生从来不是单一而绝对的。他在偏执性地强调宿命的同时，对于人的主体性的认同，对于人之于命运的创造性，更有着人本主义的自觉性。《丑小鸭》是为众人熟知的名篇，也是安徒生具有自我隐喻性的书写，文中的丑小鸭一出生就似乎受到命运的诅咒，遭到周围人的嘲笑，被视为弱智的生灵、丑陋的家伙，仿佛永无出头之日；面对这一具体的命运困境，安徒生以倒转的方式，让丑小鸭在经历人世冷暖后蜕变为一只高贵美丽的白天鹅。在这篇自喻性颇浓的童话中，丑小鸭戏剧化的命运展示了安徒生作为一个从底层崛起的作家对于人生的把握与自信。安徒生出生于只有5000人口的丹麦小镇里的一户穷苦人家，让孩子接受艺术的熏陶对于困于生计的安徒生父母而言，可谓遥不可及的梦想。然而，从小具有文学天赋的安徒生从未放弃发展自身的天分，倔强地与贫困、卑微的命运做斗争，于披荆斩棘中走向文学事业的成功。正是在这一抗争中，安徒生充分肯定了自身的主体性，正如浦漫汀教授在《安徒生简论》所言：“在这条路上，他实现了作为一个人，一个伟大艺术家的真正价值。”对照文中“丑小鸭”的蜕变，安徒生无疑在向读者讲述一个真理：只要抗争命运，不放弃自我，人生就能实现理想。这一理念也贯穿于《拇指姑娘》的讲述中，拇指姑娘先天不足，娇小柔弱、不堪一击，但是面对一连串出现的厄运，她从未屈服，而是凭借自身的聪慧与勇气，一次次与命运抗争，一次次为人生找到通往光明的路径：她断然离开专横的癞蛤蟆，又拒绝了鼹鼠所构造的平庸舒适的生活，勇敢地与燕子一起冒险，飞向光明和温暖的南方。自始至终，命运的主动权一直把握在拇指姑娘娇嫩的手中，而能与安琪儿为伴的幸福生活也是诞生于她的自我选择之中。《野天鹅》中的艾丽莎更是凭借不懈的努力，为哥哥解除魔法，缔造了幸福。

安徒生在诸上篇章所呈现的是与宿命论迥然有异的人生观，即“非命”式的自我救赎，安徒生不再发出呼吁上帝拯救的哀恳，而是从作为个体的人的信念与勇气中汲取力量。当然，这种理性的掌控自我命运的力量，不仅来自安徒生的人生经验，更与19世纪以来轰轰烈烈的启蒙运动有关。随着工业革命的启程，科学与工业的联袂如洪水冲决了宗教的藩篱，科学带来的理性思考导致人们得以走出宗教的阴影，望见了人的主体之光，理性力量得以觉醒，命运不再是由神所任意操纵的神秘对象，而成为人可理性控制的他者。可见，安徒生童话中所呈现的宿命与“非命”这一悖论，可大致归于如下两种意识图式的冲突：安徒生作为虔诚教徒而秉持的服从于上帝安排的宗教意识与安徒生作为一名追求尊严与自我价值的人本主义者所秉持的理性意识。

二、悖论性书写之二：规训与放纵

安徒生童话之所以流播颇广，乃至诸多国家的主流阶层都对其推波助澜，重要原因之一离不开其童话始终贯穿的道德教化意识，如对坚贞的强调、诚实的赞颂、自我牺牲的弘扬等，一系列契合普世价值维度的道德教谕使得安徒生童话几乎成为儿童启蒙的道德范本。

安徒生仿佛一名高高在上的道德审判员，他惩恶扬善，遵循理想的道德规范来安排故事、塑造人物，通过对正面人物的塑造来折射其道德光辉，通过对反面人物的嘲弄、揶揄来鞭笞道德无能者，从而通过童话故事为道德加冕。可以说，动笔伊始，安徒生书写童话便有着明确的道德教化目的，他曾坦言："我用我的一切思想和情感来写童话，但是，我也没有忘记成年，当我为孩子们写一篇故事的时候，我永远记住他们的父亲和母亲也会在旁边听，因此，我也得给他们写一些东西，让他们想想。"① 在安徒生富于教谕性的童话故事中，有纵使焚烧成灰也要坚持尊严与忠贞的锡兵，有富于牺牲精神的人鱼公主，有屡遭挫折仍葆有爱心的拇指姑娘。在《沙丘的故事》中，安徒生更忍不住从文字隐匿中现身，对读者进行直接的道德说教："遭难的人现在可以得到温暖、同情和帮助，我们的这个时代也应该有这种高尚行为……"②

安徒生以诗意的笔触赞颂人类的道德精神之美的同时，又以如椽之笔奋起直指道德缺陷者，对其进行辛辣的嘲弄与无情的揭示，坚定地捍卫道德法则。《笨汉汉斯》《白雪皇后》《妖山》呈现的是

① 吴泽义编著：《世界文化史上的童话大师——安徒生》，《近代西方文化巨擘》，人民出版社 1993 年版。

②《安徒生童话和故事选》，人民文学出版社 1978 年版，第 335 页。

冰火不容的道德对峙；《丑小鸭》则时时不忘对市侩的庸习进行辛辣抨击；《影子》中洋溢着人道主义光辉的学者与残诈、无耻的影子形成了鲜明对比；更具典型性的是《皇帝的新装》，地位尊贵却虚荣愚昧的国王在骗子的糊弄、大臣的谎言中，裸身参加游行，他内心虚弱又固执，就算被孩子的真言揭露了真相，仍摆出一副更骄傲的神气，硬着头皮把大典举行完毕。在此，安徒生对世俗社会最体面的人（国王）做出的最不体面的事（裸体游行）进行了一次居高临下式的尖锐的嘲弄，毫不留情地揭露了上层阶级的虚伪与愚昧。上述爱憎分明的童话书写让我们看到，安徒生的道德意识鲜明而激烈，并着力于弘扬富于普适性的道德规范。

然而，值得注意的是，纵观安徒生一生所创作的 168 篇色彩斑斓的童话，可以发现，他一方面以道德家的姿态对善良、坚贞、宽恕等美德进行诗意的描述与大力鼓吹，鞭挞违背道德法则的人与事；另一方面，安徒生总难免偶露峥嵘，难以压抑人性中“坏孩子”的禀性，忍不住逾越道德的藩篱，痛痛快快地撒一把野，以童话的方式流露人性中最原始的欲望，恣肆张扬其追求“快乐原则”的本能，让欲望之流自由泛滥，极大地冲击了文中已确立的道德尺度。由此，道德教谕与本能越轨之间的悖论性书写构成了安徒生童话的又一两极。

《小克劳斯与大克劳斯》这篇洋溢着机趣与欢笑的童话，似乎在寓教于乐地向人们陈述一个普遍的道德原则：恶有恶报，善有善报。因为大克劳斯贪婪、霸道，蛮横地打死了小克劳斯唯一的一匹马，所以，他所遭受的一系列的报复似乎是罪有应得；而小克劳斯因为失去了唯一的马，所以，他所施行的一系列的报复便似乎是理所当然。然而，无可否认，稍有道德感的读者，如果摆脱这机趣故事文字层面的迷惑，就会感知到背后所存在的非道德性，在这篇契合了报仇原型的童话故事中，一系列越轨的报仇行径无疑大大摧毁了道德法则。虽然文字书写故意天真有趣，并不断强调恶有恶报的道德规则，但书写事实却残忍、可怖，甚至罔顾人性的正常发展。小克劳斯为了发泄失去爱马的愤懑，将一名白发老人骗入袋子沉到水里，还泰然自若地赶走了他的牲口，生命在个人的愤怒面前变得一文不值；为了实施复仇，小克劳斯不但唆使大克劳斯砍死了自己的祖母，而且将其骗入水里活活淹死，复仇成功的小克劳斯最后得意洋洋地享受复仇的快感而毫无内疚之情。一连串的欺骗与死亡，在复仇的名义下成为一场泯灭人性的闹剧。而安徒生字里行间对小克劳斯却充满了热爱与欣赏，这份欣赏，使安徒生以轻松、有趣、俏皮的话语将死亡的残酷一一消解，道德的堡垒被轻松攻陷，生花妙笔之下，小克劳斯这个撒谎成性、残忍狡诈的复仇者被塑造为一名机智、有趣的正面人物。

安徒生的这一与道德原则相悖乃至违反了普遍人性法则的书写态度，或许需借助弗洛伊德的心理学才能对之进行深度剖析。弗洛伊德将人格结构分为三个层面，分别为本我、自我和超我。本我由先天的本能欲望所构成，它往往遵循的是快乐原则，而罔顾道德伦理的规训与现实的制约；自我处于本我与超我之间，是自我意识的结构部分，遵循的是现实原则；超我则遵循的是理想原则，对自我加以引导并限制本我的非理性冲动。文中的小克劳斯放纵自我欲望，追求复仇快感，在他身上所展现的种种品性如以自我为中心、强烈的复仇欲望等，都可谓人类原始本能，在很大程度暗合了潜藏于安徒生心灵深处的心理本能，是其本我的无意识流露。本我处于人格结构的最底层，遵循的是享乐原则，追求自我欲望的无限满足。本我层藏匿着被自我、超我所压抑的欲望，具有与社会伦理道德格格不入的原始而野蛮的根性，始终无原则地追逐着快乐的目的。安徒生对小克劳斯的欣赏，并不源于道德层面的认同，也与现实功能无关，为了实施复仇的欲望而杀人、行骗，肆无忌惮地消灭他人生命，这一具有摧毁性的行径是反道德的，更是反现实的，无疑深深烙上了安徒生本能释放的印痕。又如《打火匣》中那个无赖式的士兵，他一刀砍死了送钱给他的老巫婆，就是为了抢走打火匣，而士兵不仅没有因为杀人受到惩罚，反而从此春风得意、好运频频，并在夺得了神奇的打火匣后过上了骄奢淫逸的生活。他豪宴纵酒、诱拐公主，所作所为无不违背传统道德规范，但是，毫无疑问，安徒生在描写士兵的放纵生涯和离奇经历时，笔触间明显浸染着欣赏、喜欢的情感。士兵是作为一个英雄被塑造的，最后还安排士兵娶了公主，当了国王，获得了在平民想象域中最为刺激与完美的结局：一无所有者命运大逆袭，娶到了最体面的妻子，当上了尘世地位最高贵的国王。在此，我们同样可以从弗洛伊德的人格心理结构理论出发，对这篇童话进行心理学层面的阐释：士兵可视之为本我的形象化符号，他放纵无度，要求无限满足其欲望，而老巫婆可视为自我的象征，她虽然允许士兵（本我的形象化符号）得到一定的金钱，实现一定的欲望，但又对其加以限制，即拒绝将无所不能的打火匣送给士兵，而士兵（本我）要求无条件地满足其欲望。最后，他毫不犹豫地杀死老巫婆，抢走了打火匣。在此，可视为本我欲望摧毁了自我的限制，士兵自此以无度的放纵挥霍金钱、游戏人间、诱拐公主，并掌握了人间至高无上的权力。在这里，性欲、金钱欲、权力欲都被予以恣肆地满足，人的本能欲望通过士兵传奇性的经历被肆意张扬。这篇充满了冒险、欲望与奇迹的童话，可视为安徒生童话创作过程中本我的一次大释放，暴露了安徒生人性中飞扬跋扈的一面，它明显具有被传统道德理念所排斥的“坏孩子”禀性——盲目追求自在与快乐，对道德秩序不屑一顾。

综上所述，在安徒生所构筑的童话世界中，坚定的道德感与坏孩子式的自我放纵构成了安徒生道德观中的两难，而这一悖论产生的原因，可归结为安徒生作为社会人的超我意识与作为原始人的本我意识之间的冲突。在弗洛伊德所著的心理学中，人格结构中的最高层次便是超我，它代表了符合社会利益诉求的自我压抑式的心理机制，所依据的是道德指令；超我作为道德立法者，往往与本能的、遵循快乐原则的本我进行艰巨的斗争，两者于循环反复间产生了无尽的冲突，并由此反映到安徒生作为一个立体的、丰富的创作主体的书写之中来。

结　论

乍然读之，安徒生构筑的童话世界貌似湛蓝无波的海水，纯净而宁谧，但深入探究，我们却发现其中汹涌着矛盾的波澜、躁动着情绪的不安，令人讶异的是，安徒生一直在自己的写作中将一些南辕北辙的悖论试图统一起来：他是虔诚的基督徒，公认在童话书写中贯注了浓郁的宗教精神，宣扬对上帝的无条件服从，可他童话书写的精神指向却具有强烈的人本主义精神，强调人的能动性与创造性；他是一名擅长寓教于乐的童话作家，对世间的道德规训有着自觉的维护，但同时，他又充分舒展人的欲望与黑暗力量，呈现人性的复杂性与丰富性。认命与“非命”之间的背离、道德规训与本能欲望之间的牵扯使得安徒生童话折射出繁复的色调，涵括了立体的、多层次的意蕴。而这些悖论的存在，我认为，是因为西方文明发展到 19 世纪中叶，宗教意识与理性思考、个人觉醒之间，传统社会与启蒙运动之间已经有了难以弥合的裂痕。而安徒生作为一名生活于时代裂缝间的作者，难免会对上述矛盾进行平衡与综合，从而使得他的童话存在了多重维度：宗教的、传统的、现代的、人道主义的。每一篇童话都渴望触及这个时代的人的命运与内心，这样丰富的书写使安徒生童话适合不同年龄段的读者：儿童乐在其中，成人深会于心。

1999 年

入世的智者 逍遥的慧心

——李清明散文论

知道李清明，是在一次文友聚会上，听说他当过兵，正在商海涌动中弄潮，不过是在商务繁忙之余挤出时间来写散文而已，所以拿到他的散文集《微雨独行》也并不经意，甚至揣想这不过是一个成功商人的附庸风雅罢了。只因为我看过不少长袖善舞的成功人士，在物质生活光华灿烂之际，忽然会念叨起自己的精神品质，从而把以前一些什么迎来送往、出国旅游、家长里短之类的长短文拿出来编纂成集，作为自我陶醉的精神名片。所以，这本集子拿回来一搁就是十余天，只到某个百无聊赖的午后，无意中翻起，才一发而不可收，从黄昏看到午夜，这样老实沉着的文字实在让我暌违已久，也让我打破了以往对从商人士舞弄文学的偏见。李清明的文字能如此打动我，仔细掂量，不仅因为他在文中坦白实诚地总结了多年沧桑商旅所带来的宝贵的人生经验，揳入了本人刻骨铭心的体验，而且在沉着的现实考量之上还浮动着一颗既入世又通透，既贴近烟火人间又有着意义诉求的慧心。

一、入世的智慧

当下散文书写热闹又寂寞，热闹是因为写散文的多，较之需要叙事编织能力来展开的小说、需要词语敏感性来凸显的诗歌，散文书写似乎是随意而芜杂的，所以图书市场上熙熙攘攘拥挤了数量庞杂的散文。但同时，散文又让审美疲惫的读者们感到寂寞，因为当下的散文书写似乎不离如下模式。一类散文极力调度各种词语渲染私人生活，满纸云烟，不过成为表演一个人悲欢哀乐、咀嚼个体纤敏情感波动的文字幻影，从对面女人的一道飘忽的眼神，到半夜酒吧迷离的疯狂，抑或悠游西藏、云南的恍惚感慨。渲染氛围也罢，凸现情绪也罢，表明一种暧昧难明的价值取向也罢，它们总让读者有着失根的虚空，因为这类散文构筑的是一个高蹈于现实之外的迷幻世界，呈现的是一种常人无法企及的表演化的人生。而另一类书写模式，则承续了余秋雨所开辟的大气魄、大制作、大感慨的文化大散文的路径，不仅篇幅连篇累牍，而且主题文句都阔大张扬，动辄上下千年、秦皇汉武、大漠长江、怀古叹今，由于缺乏余秋雨的灵性与文学能力，不少模仿性的文化散文成为枯燥的、注水的中国文化概论。市面上这些批量生产的模式化散文看多了，俯首望见现世生涯中纠缠的柴米油盐、奔波算计，我们自然更愿意看到李清明这种能够纾解现实、贴近凡庸人生的坦诚文字。

的确，李清明从俗世中走来，难得的是他并不因此混入庸俗的泥淖，更不矫揉造作要缔造某种不食人间烟火的幻影，他坐下来，仿佛一位邻家大叔，实实在在地跟你谈谈他对这个世界的看法，谈谈他可能值得借鉴的人生智慧，你听也罢，不听也罢，他总是一本正经而且彻底真诚。读李清明的《改变自己》，相信那些总对社会牢骚满腹的人会受益匪浅，文章先讲到一个作家朋友几次失败的婚姻，个中原因是因为他总试图去改变对方，让对方来适应自己，却忽略改变自己，最终导致婚姻一次次走向失败。这件事促使了李清明对婚姻、处世、从商以及人与社会关系的深入思考，他告诉我们既然改变别人不可能，不如去改变自己，从积极的方向去思考，寻找融入社会的最佳路径，在文末他写道："你不能延伸生命的长度，但你可以决定生命的宽度；你不能左右天气，但你可以改变心情；你不能选择相貌，但你可以展现笑容。"李清明所呈现的这种智慧，不是书斋里苍白狭隘的思索，也不是聪明的滑头和取巧，这种智慧来自历练后的启示，也来自个体对生活的切实感悟。

"顺其自然""人生如梦"，人生，在不少文人笔下总是一个充满了宿命、最终顺化于自然的玄密事物，可李清明却老实地告诉我们人生是需要经营的："你得考虑谋篇布局，你得知道怎么去突出中心和重点。如果胸无成竹，信马由缰，想到哪写到哪，便注定是一篇没有结构没有层次甚至让人不知所云的文章，是一篇平庸之作。"（《经营人生》）文学中诗意化的人生在他笔下变得具体而可控，他用自己的经历证明，正是在几十年来的不断奋斗和经营中，他才将农村孩子的自卑感一点一点地褪去，从文句不通的后勤兵开始砥砺，到部队的创作专业户，从大都市的军干部到下海经商，李清明成功的每一步都离不开他对人生的努力经营。

本着这种实干、入世的精神，对于众口铄金的财富，李清明抱有的是一种务实和清明的态度："作为一个男子汉，只有有了自己的事业，有了丰厚稳定的收入，离钱近了，也才真正谈得上为国家、为社会、为亲人、为家庭负责和作贡献、尽义务，做自己想做的事和喜欢做的事。"（《离钱近 离是非远》）因此，在不少篇章里，他以一个成功企业家的智慧强调追求财智人生。拥有智慧不仅能拥有财富，而且能清醒地面对财富带来的虚荣和欲望，并用财富去做善事，这番大大方方谈钱的姿态，可谓一片境界、格调声中的空谷足音。比较而言，有太多畅销作家一直在我们耳边念叨随缘任化，并以一种忌谈孔方兄的高姿态宣扬视金钱为粪土的高境界，以致让读者只会羞涩地自认卑俗，也欲乘风归去做个梅妻鹤子的世外高人。可心不定，人难静，太多的责任和繁琐事务在等待我等凡人去侍弄，于是，在现实人生与理想人生之间，我们不断被牵扯，并在自我否定的愧疚下迷惘，现在忽然见了李清明诚恳的大实话——人生是需要经营的、面子会害人、财富是智慧的体现、选择朋友要有自己的原则等，读者仿佛在庸俗与高洁的奔突纠葛中找回了凡人的一颗安定片，明白自己终究是凡人，是凡人就要过好凡人的生活，不妨也明白些李清明诚实以告的入世智慧。

李清明是在现实生活中成功把握了自身的人，也是按照世俗定义在人世间已安身立命的成功者，他将入世的经验智慧坦诚地展现于字里行间，毫不避讳他对世俗的要求和争取成功的策略，这对于芸芸红尘中人，是一种难得的真诚，也是一种务实的激励。但这些不过是他浮出水面的一角，仔细阅读他的文章，我们会发现在上述那些入世的智慧背后，还存在着李清明所遵循的更为宽广和清晰的价值谱系。

孝义、勤俭、惜福、宽容、感恩，李清明的诸多散文都贯彻着与传统道义一脉相承的精神根脉。李清明的《孝义至重》直指当下孝道涣散的乱象，中国自古以孝为重，但随着时光的流转，孝，似乎只成了冠冕堂皇的口头禅，成了子女法定的赡养责任，而孝的本质则被越来越自我的年轻人弃之一旁。李清明以一颗善感的心，敏锐地发现了身边几件有关孝事的本质，辩证地阐明了作者对“孝”的“心”的解读：“孝心是主动的，孝顺则是被动的，如果说孝心是一种心灵的感应的话，孝顺则只能说是人伦的顺应和依从。”由此及彼，李清明念及故乡、国家、尽忠、尽孝，一颗荡气回肠的孝者之心跃然纸上。《勤俭立人》中，李清明通过讲古话的方式，引出了对中国传统美德“勤俭”的阐发，郑重地将前辈的教诲“惜衣有衣穿，惜钱有钱用”化入到当代的生存境遇中，传统常识在他笔下呈现出更为务实的现代意义。

正是坚持以传统的精神价值谱系作为行文底蕴，李清明才会在喧嚣的乱象中坚持一种务实务本的生活理念，才会由衷地感慨“商道即人道，也是仁道”，才会崇尚“吃亏是福”“勤俭立人”“宽容乃大”，才会秉持“以德报人，以理服人，以情感人”等自古流传的传统常识。论及它们时，李清明是如此诚恳真挚，它们都内化在李清明的精神结构之中，成为他安身立命之根本。事实上，李清明所强调的传统道义，也是中华民族的文化基线、自古为民间百姓所尊奉的常识，只是在现代化追求至上、经济利益至上的当下，这种与现代、经济无关的常识正被普遍忽视乃至摈弃。李清明逆流而上，不断强调这些常识性的道义，其实就是在坚持一种自有传承的文化理想，葆有一份现代化、商业化浪潮中日益黯淡的民族良知。李清明上述入世的智慧正因为建立在这些常识之上，才会闪烁出温暖、从容的光泽。

二、逍遥的慧心

都道“世事洞明皆学问，人情练达即文章”，而更难得的是能在练达与洞明中葆有一种充盈的灵魂和逍遥的性情。一个没有经历过世故的纯情赤子怀有一种美好的性情，自然值得激赏，但在历经坎坷、看透世事后仍能保持一颗澄明的慧心，那就真到了禅家所说的“看山是还是山，看水还是水”的别一重境界了。

十几年的军营奋斗，几十年的商海浮沉，面对繁复的生活，李清明在文中一再强调要“做个有心人”，要“常怀感恩之心”，要

“聆听内心的掌声”，崇尚“心安是福”。可以说，李清明在文章里所思考的诸多问题，多是从“心”出发的。

面对信仰缺失、物欲横流的实利时代，李清明固守着高蹈的精神理念，将灵魂的信仰与内心的安宁作为生命最终的皈依之所。他相信：“这个世界上，没有比信仰更重要的事，没有比心灵的自由快乐更重要的事。”（《心安是福》）遭逢喧嚣尘寰的欲念，他强调“心安是福”，向往“一箪食、一瓢饮，在陋巷等等均是一种至简的意境。独自在草地上散步，弯腰赏花，抬头看日落，是一种闲暇，在宁静中阅读、思考，是另一种闲暇。拥有闲暇并享受闲暇，应该说就是一种十分美好的简单生活了”。这与明人洪应诚在《菜根谭》里阐发的澄明之境（宠辱不惊，闲看庭前花开花落；去留无意，漫随天外云卷云舒），无疑有着异曲同工之妙。《快乐是一种境界》中，李清明还借一首禅诗“春有百花秋有月，夏有凉风冬有雪；若无闲事挂心头，便是人间好时节”来表达他宁静愉悦的心境，因此，读李清明的文字，我们总可以感受到在入世经营和智慧总结中，他还存有一颗放下的慧心，一直在沉静地修炼着的游世的逍遥。这种积极入世、逍遥游世的双极心态常常在他文中以互补的形态联袂出现，在积极进取、“火树银花”地经营好现实人生的同时，他在沉着地以一种“繁华落尽见真淳”的心智来参透人生，看淡红尘。

《简单生活》里，李清明借助布拉特水域中王鱼通过选择是否有鳞片而导致不同命运的故事，阐发了他对人的深沉感喟：“其实，作为人的一生中很多情景，又何尝不是与布拉特水域中的王鱼一样呢？本来是自然简单的，但为了某种目的和欲望，则常常不喜欢也不满足这个自己，于是便靠一些附属品来生活。……王鱼的可怜，往往也是我们人类的可怜。”人，总如王鱼般不停地膨胀欲望、奔赴目的地，却逐渐在面目全非中失去了最本真的自我，这是人类的可怜，也是红尘中人难以超越的宿命。难得的是繁华红尘中的李清明看透了这些却并不颓废，他参透人还是“简单自然为好”，而这种简单在他笔下并非苍白贫乏的单调，而是“实质上就是由简单到复杂，再由复杂到简单的过程”，是一种由绚烂归于平淡、由丰富重归澄明的生命状态。作为以盈利为目的的商人，李清明并没有一头纠缠其中，而是跳出“庐山”，看到其中的本质：“生意做到一定程度，就不要总是把它抱在怀里，而应适时放下。游离于生意之外，像灵魂一样站在高处看自己……看自己如何清心寡欲。”（《心安是福》）对于命运，他更如参禅的老僧，看到了变数中的内质，崇尚的是游离和放下，以“知时、知命、知足、知止、知退”为戒，警醒自己“拿得起是勇气，放得下是肚量，拿得起是可贵，放得下是超脱。人生最大的敬佩是拿得起，生命最大的安慰是放得下”，做人要“受恩深处宜先退，得意浓时便可休”。（《知足知止》）能入于其中游于其外，在拿起的时候放下，李清明能悟到这一层，并不仅仅是因为人生经验，更因为有着入乎其中出乎其外的心境，这种潇洒慷慨的心态对于现在纠缠于俗世欲望、求不得的诸多人来说，不能不是一种借鉴。

当然，我们把摸李清明的文字，不难发现，他这种逍遥、澄明的思想并不高蹈于人生，也不是自我标榜的玄乎的炫耀。他的逍遥是以他经历的苦难、他出生的乡村大地为支撑，并与现实人生紧密结合在一起的。在不少文字中，李清明一再强调自己是“一个农民的儿子”，是湖南那座偏远的“买马村养育了我”。他的《常怀感恩之心》深情地提到：“如果我尚能长成一棵大树，那么买马村便是我永远的根；如果我可以流淌成一条河，它便是我不竭的源。”正是有了这种对“根”对“源”的深切认识，李清明的这种对人生逍遥的参悟才会滤去了身世俱忘、了无牵挂的个体逍遥，而指向了一种面临世界的人生之态，即如何以一颗平和、宽容、超脱的心来进入这个纷纭复杂的世界。在文集的后记中，他自道：“入世出世，内圣外王，确难把握其度。正确之法，应是看透而不看穿，追求而不沉溺。”因此，他游世的逍遥并不是庄子那种没有温度的超越，而是充满了温情与情愫的体谅。固然，李清明所面临的现实绝非天高气清的乌托邦，其中的复杂莫测比之书斋生活可能有霄壤之别。他看见了很多，以他的悟性，也必定看透了不少，难得的是，尽管看多看透了，他内心并没有因此变得黑暗，变得愤世嫉俗。“历经磨砺犹刚健，熟谙世事倍感恩”，这是他对自我人生经历的一个总结，他将人生中这些复杂的事物归结为最素朴的道理，并以一颗超脱感恩之心来履行。

毋庸讳言，李清明的文风是朴实甚至有点笨拙的，他总是喜欢从一个小故事讲起，再结合一些典故和自己的人生历练，由此来阐发自己作为一个平常人的感悟。他这种自然平常的业余写作状态，也可能会让一些专业散文作家和评论家略感不适，而难以从中寻到深奥的哲理和华美的词句；但他这种老实的文风对普通读者来说，却是言之有物，是随时可以拿起来翻阅的精神食粮。读者已经看惯了太多自诩为思想深刻的作者，大段地将昆德拉、福柯语录一套套地充塞进字里文间，玄得让他们惊惶失措、自愧不如。要不就构造文字迷宫，用博尔赫斯那交叉花园式的话语来考验读者的阅读耐力。与他们相比，李清明的文字是原始而质朴的；较之流行的散文小品那些摇曳多姿的情绪与修辞，李清明的散文更如素朴简单的小花，不耀眼，不煽情。但是，我相信也正是这种松弛的心态、这种真实的流泻思想的业余写作方式，才使得散文回归到它的本性即以自由的心态抒写自由的性情，才使得散文褪去专业写作的束缚，而实在地穿透故弄玄虚的浮面，将触觉伸向最切实的人生。

2005 年

所有孤独敏感的灵魂

——史铁生散文小感

读史铁生的散文，就如在寥廓的星空下，孤独地与自己尘封已久的灵魂娓娓私语，如许冷清，又荡漾着不绝如缕的温情，水仙似的顾影自怜着，又为能如此真切地面对自己的灵魂而讶异不已——这或许就是来自灵魂的文字所具有的席卷性吧。

第一次知道史铁生，是一个阴雨迷茫的南国雨夜，偶然在一本散文合集中翻阅到他的《我与地坛》。彼时我不过刚入大学的懵懂少年，青灯黄帐，窝在宿舍的一角独自咀嚼离别的痛苦，一见这些飘荡的独语，只感觉心中久违的伤感烟草般在春雨里蔓延。荒疏的地坛，固然被人世废弃，却成为史铁生安顿心灵的憩园。在他笔下，废墟也是春天的废墟，其中有着颓败也生长着生命的寻找与灵魂的盛放，疯长着命运的痛苦与无端的思念。绵长孤寂的身影中，史铁生如一位冥思的禅者，静观生命中的花开花落，椎心的痛楚、岁月的流逝最终归化为空无，时光在观照中静息息地销蚀一些，又生长一些。如水般宁谧的行文中，没有痛楚的呼救与绝望的哀告，有的只是深些、再深些的向灵魂纵深处的进入。史铁生放逐了一般作家所孜孜努力的外在拯救与呼吁，而是以静默的姿态，从残忍命运的罅隙处寻求盎然生机与源源不绝的力。它是痛苦中开出的花，是尘埃里不屈的精魂，它的芬芳深深安慰了被青春与离别淋透的我。从此，我开始疯狂地搜索史铁生的作品，无论是《遥远的清平湾》，还是《命若琴弦》，或者其他文章，它们一样有着繁华凋尽后的真淳言语，回旋着冥思绵缓的独特调子。作者以一颗真诚博大的灵魂向人类絮絮低诉自我救赎的坚韧与孤寂、生命里的困境与突围。

固然，中国当代文坛上不乏散文名家。观余秋雨的散文，如见王勃类的英才俊杰，睥睨众座，侃侃而谈，理趣妙涉，神采飞扬；读贾平凹的散文，如闻极国粹的二胡独奏，有点世俗，有点苍凉，也有点意欲逍遥的调侃，意味尽在不言中；看季羡林的散文，则像在品一杯淡极的菊花茶，眼瞥见凋谢了一冬的枯菊花忽然在极清的水中栩栩如生，呷一口，余香缭绕；而史铁生的散文，却是椎心的，它让我踏实地知道，所有孤独敏感的灵魂，其实都是息息相通的，就如咫尺天涯的天上星辰，孤独着，又彼此温暖着，夜色温柔里，所有寂寞的魂灵开始展翅翔舞……

2000 年

听雨歌楼，听雨客舟

——《追寻天台》小评

佛曰，一切如梦如幻，如影如露亦如电，印之于人生中来来往往的诸类人等，莫不如是。他们在我们生命中来了又去了，暂驻或者擦肩，就如庞德在巴黎地下铁所见的奇异花朵般遥远而梦幻，然而，乍然驻思中也总会有那么一些人的某些瞬间、某句话、某个眼神成为我们得以辨识并长久记忆的原因，成为我们内心深处独特的无法替代的印记。

跟丁凯（我们惯常以广式的亲切称呼他为阿凯）是如何认识并熟稔起来的，我已经记不起来龙去脉了。或许，人与人的相遇本来就是一种没有逻辑的萍聚，但每次念起这个人，眼前幻现的总是那同一幕情形：在少年男女的悠游嬉笑中，这个叫丁凯的人笑跌在北大冰凉的石板地上，笑得肆无忌惮、旁若无人、手舞足蹈，犹如一道清冽的阳光。从此，这个笑倒在地的男孩成了我每次在时光之流中辨识他的重要印记，能这么大笑的人必定纯粹，性格必然敞亮。

倏忽已是经年，当年少不言愁的男生女生们如今一个个尘满面辗转于万丈红尘间，渐渐模糊了身影。就在我恍然淡忘前尘时，暌隔经年的丁凯将一本他与陈邦杰老师合作的《追寻天台》邮寄到我这里，素白的封面间横着一叶似来非来的小船，仿佛我们寻寻觅觅的人生。

与丁凯合书的陈邦杰老师，正是与我远隔千山万水神交的知己，是在我生命最为黯淡之际得到的一份遥远的安慰与启迪。他曾在电波的那头，用浸润着江浙气味的普通话告诉我，要随缘，要心静，语气中的通达与平静让彼时狂躁、迷惘的我蓦地沉静了下来。

而今，一人纯粹，一人通达，他们共同合作的这么一本以故乡天台为文脉的散文集子，让我感慨这是双剑合璧。

丁凯的诸多文字自然是才子文字，佻达、活泼、才气横生，《万年无语》《书如女人》诸类文章，仿佛让我看到一个大笑的男孩正透过文字的重重面影尽情挥洒他的才情与聪慧，其文庞杂、联想丰沛，自有少年的纯净与活力。但相对于这些才子文章，我更喜欢《道地人生》《一幅忧伤的油画和关于她的记忆》这样纯粹而一往情深的文字。在《道地人生》中，阿凯以温暖、犀利的笔调静静地祭奠着那段被狂飙的工业文明所抛弃的岁月、那段无法被复制的童年，它们都跟故乡天台县下的一个叫“四方塘”的地方有关。那时，它枝繁叶茂、鸡犬相闻，那时，它“像沉静的鹅卵石一样，依旧静静地等待岁月的冲刷”。然而，终究时光更迭、世事沧桑，当年的孩子不可抗拒地长大，故乡固有的生活逐步溃散，“四方塘已经被城市化湮没在历史的尘埃中。石榴树无从寻觅了”。看着日新月异的故乡，阿凯却在崭新的热闹中显得众里单身：“我希望能缓一缓，停一停，仔细看看长满野草的残墙，安静听听雨燕盘桓的呢喃，但这一切，都在风飞叶动中显得惶茫。”我必须承认当读到“我希望能缓一缓，停一停”这一句时，一种无法抑制的悲伤乍然蔓延内心，非深情不会有如许感慨，非深情不会如许执着地恋着过去的骸骨。这份对于过去的执着怀念、对于如烟往事的深情缅怀在《一幅忧伤的油画》中更是如泣如诉，那里萦绕着一去不返的年少情怀，那里盛放只开一季的青春之花。或许，在这名利纷扰的尘世间，只有阿凯这么纯粹的人才会于奔流不息的时光之流中做着徒劳而执着的回顾吧。

如果说丁凯的文章是“少年听雨歌楼上，红烛昏罗帐”，绮丽而深挚，那么陈邦杰的文字就有着“壮年听雨客舟中，江阔云低断，雁叫西风”的通达。邦杰老师的文字是质朴的，是“看山还是山，看水还是水”浮华去尽的自然坦荡，读他的《蓝色的天空》《我的伯母奚阳春》，初觉文字平常，细看却是字里行间道尽人间悲欢，非通达不能如许平静，非通达不会如许直指人心。

他们将内心的悲欢怨念都指向了他们共同的故乡——天台。天台，在地图上是一个江浙小城，在神话传说中是一个上接飘渺天堂、下连滚滚红尘的神奇入口，而今，它成为两位莫逆之交者共同追寻的方向。是回眸的故乡，还是追索未来？是求诸大千世界，还是求诸幽微内心？或许，天台，不仅是故乡他者，也是作者的自我。或许，天台只是天台，追寻只为追寻，毕竟，只要在追寻着，这人生便是值得期待的。

第三辑

光影絮语

GUANG YING XU YU

（俄罗斯）阿·伊·库因吉 《第聂伯河上的月夜》 1880年

他者镜像下被规训的越南女性

——男权话语建构下的越南影片《青木瓜之味》

从后殖民语境的视角出发来分析法籍越裔导演陈英雄的《青木瓜之味》，指认其凝滞而精美的越南营造源于一种“媚西”的东方主义话语，反历史地将“越南”作为一个影像符码抽离于越南本身历史进程，似乎成了评论界一种因袭的阐释模式。但是，单一有效的阐释方式总会无意中遮蔽了更丰富的阐释可能，这一为众人所认同的批评模式，在揭示了影片潜在的后殖民话语方式的同时，也无意中掩盖了其影片中所潜藏的男权话语建构，从而遮蔽了其影像叙事在有关民族、文化隐喻背后所存在的坚挺的性别意识。《青木瓜之味》不仅构建了一个洋溢着东方情调、与现实产生了相当距离的越南，而且也塑造了如静物般沉默而美丽的越南女子，幽静之景与幽贞女子之间相得益彰的配合，勾勒了陈英雄于遥远法国再回首的故乡幻象，也彰显了他内心难以祛除的东方男性的男权意识。在男性导演，特别在第三世界的男性导演塑造东方女子的影像谱系里，陈英雄镜头下的女子梅与围绕周边的越南女子，不仅有典型的东方情调式的女子形象，而且在她们身上也彰显了有关第三世界寓言覆盖背后盘根错节的男权话语。

对男权话语进行揭示与剖析是女性主义批评的重要一环，女性主义批评作为一种理论视野与批评方法展开于社会诸多领域，其电影批评综合拉康的“镜像理论”、福柯的权力话语、德里达的解构思想，试图揭示影像机下女性被压抑与扭曲的事实，着意于消解影像塑造与镜头语言对女性主体的限制与剥夺。本文绕过惯常的后殖民主义批评理路，尝试从女性主义批评视角出发来观照陈英雄的《青木瓜之味》，对其镜头语言运用背后的男性权力运作进行揭示，并揭示其女性形象塑造背后所预设的男权话语，从而暴露电影文本背后隐藏的东方男权主义话语体系与东方女性被刻意塑造与压抑的事实。

一、男性掌控下的镜头语言

镜头是电影的基本单位，是构成影片有机体的肌理部分，它包括镜头的长度、拍摄的角度、景别的抉择等，纷繁的镜头语言在导演的调度与控制下，最后成为影像的有机生命体。在《青木瓜之味》的镜头语言组织下，我们不难发现其凸显的两种重要表征，一种是特写镜头的频繁出现，它大多指向静态的越南风物与越南女子。一种是镜头角度的有序变化，影片开头从梅的视角聚焦点出发，以仰视的方式观照世界以及少女生活中的男性；而到了影片后半部分，镜头角度发生了有意味的变化，开始从镜头的掌控者以及男主角居高临下的视角出发，以俯视抑或扫视角度来观照世界和长大成人的梅。显然，这两类镜头语言的结构均离不开陈英雄浓郁的男权意识。

《青木瓜之味》中的镜头移动是异常缓慢的，大特写层出不穷，在镜头的凝视下，从绿森森的青木瓜上滴落的水珠，滴滴可视，鼓噪而鸣的青蛙被放大为一幅色彩斑斓的动物肖像。其中最令人惊叹的是陈英雄对木瓜细节的发现，在他专注而凝定的镜头下，被剖开的青木瓜，仿佛一个缓缓被打开秘密的生命，汁液流淌中一粒粒晶莹剔透的木瓜籽宛然无瑕的珍珠，闪烁着耀目的光芒。这是在特写的景别下所展示的物之美，它们以静态而异常细腻的方式凸显出来，甚至，我们在其中感觉到了镜头对这些越南风物再三把玩的况味。在镜头的停驻下，事物平常表象下蕴藏的个性被集中凸显出来。值得注意的是，与这些物的展示类似，陈英雄将镜头指向梅时，也宛然将其化为与木瓜、水滴类同的物，进行工笔式的勾勒。影片开始，镜头以大特写的方式，突出了少女时代的梅那纯净无瑕的面容。梅瞪着一双乌黑的大眼睛望着这个她并不理解的世界，在镜头专注的强调下，小女孩细腻的肌肤宛如含苞欲放的花朵，肌肤上停留的汗滴如露珠般挂在金色的绒毛上，人体的细节在她脸上宛然植物脉络一样被放大并被镜头加以细腻阐释，这张纯净的甚至连绒毛都历历可数的少女的面庞，在镜头无声的凝视下宛然静默展露自身的“物”，通过细节穷形尽相的展示而被赋予观赏的美学价值。镜头的这种“物”化的观照，在面对长大成为娇艳女子的梅时，依然如此。在迂缓的时间节奏里，纯洁如一头小兽的梅在日日劳作中出落为一个长身玉立的女子，然而在陈英雄的镜头下，梅仍如静物般呈现自身的美，不过这种美通过成熟女性的面容乃至身体形态得以彰显。在缓慢推动并宁静地凝望着梅的镜头语言下，作为成熟女人的梅，就像客厅里一尊珍贵光滑的瓷器，她那光洁饱满点染了几粒雀斑的脸庞静默却氤氲着无声的诱惑，这种镜头叙事方式，不仅打破了电影叙事的时空流动性，而且特意凸显了特写的物的特征，被特写镜头所物化的女性身体形象，经过充分的客体化，成为异己的他者和审美观看的客体。

无疑，这是男性全面掌控的镜头语言，在颇具玩赏意味的目光注视下，女性被剥离了自身的主体性挣扎，被呈现为沉默而具体的“物”，在诸多有关梅的特写中，我们仿佛看见一双鉴赏的眼睛在对梅进行居高临下的凝视。这种凝视不同于一般意义上的观看，而是携带并投射了凝视者欲望的注视，如劳拉·穆尔维所言："电影已经被称之为男性凝视的工具，生产出女性的表象以及出自男性视点的性幻想。"① 在凝视的镜头下，梅的脸部、身成为纤细入微的特写镜头，被转化为可供玩味的、成为异质的"物"，而作为主角的梅，在电影中是消极、静默的，她极少通过行动与语言来表达自我。伴随她的多为导演特意放大的自然界声音，如蛙鸣、滴水的清脆之音，沉默的女主角梅不仅成为男性镜头凝视下的静默客体，而且成功地放逐了女性自身所拥有的主体性，成为美国社会学家南希·乔多诺所说的非行动的静态物体，"与男人相关的是做（doing），与女人相关的是'是'（being），也即男人是以行动为主，女性则是以非行动的静态为主"②。在陈英雄的男性视域下，女性被进行了性别和文化的双重编码，以"物"的存在方式凸显了男性观看者的主体地位。

除了通过特写的方式来凝视等同于"物"的梅，陈英雄在影片中还通过镜头视角的巧妙转换来建构影片中无处不在的男性叙事。影片甫初，镜头下降，影片的观看视角大多通过少女梅那双稚气的眼睛来打量世界。于是，观众沿着女孩梅仰视的视线，看到的是被放大与拔高的人与物，他们庄严高大、呈现为高高在上的冷漠，有着一种凌驾于镜头之上的气势。特别当镜头通过梅的窥视转向她所爱慕的男子时，我们发现，那个被观看的男子在镜头中一直以一种神秘的姿态若隐若现，并在镜头中始终漂浮于梅的视线之上，成为一种压倒性的对象。女孩梅似乎无法拥有独立"观看"他的能力，

---

① 劳拉·穆尔维：《视觉快感和叙事性电影》，李恒基等主编《外国电影理论文选》，三联书店2006年版。
② 转引自宋伟杰：《从娱乐行为到乌托邦冲动》，江苏人民出版社1999年版。

被仰视的男子总是面目模糊，抑或只露出半个面孔，却全面掌控观看者梅的喜怒哀乐。观看中惴惴不安的女孩与女孩视线里风一样轻盈的男人，他们之间形成了新一轮的“看”与“不看”的不对等关系。观看的女孩一直处于卑微的低处，缺乏独立审视的能力，她以敬畏的方式观看主人家的一切，以仰慕的姿态观看心仪的男人，并在他们压倒性的形象下表达了自身匮乏的主体性。

镜头视角在少女梅长大成为妩媚朴实的女人后又发生了悄悄的置换，转换为男主角以及满怀男性欲望的镜头对于女人梅的重新考量。在男性视线笼罩的镜头下，身体成熟的梅充分展示了被界定的女性的美好特质：柔顺勤劳、面容沉静，有着饱满光滑的诱人身体。陈英雄以一种夜曲般的调子抒情地勾勒着男性视野下梅所蕴藏的女性美。劳拉·穆尔维曾指出，在西方主流影像与叙事结构中，电影的内在叙事机制诱导观众认同于男性主人公的视线，通过他的视线给予女性以欲望与色情的观看，由此，女性成为男性欲望的能指。为了集中凸显这种看与被看、欲望主体与欲望客体之间的紧张关系，陈英雄还特意设计了一个将两人置身于流动空间中的激烈的追逐场景，即独处的梅对着镜子抹口红、欣赏自己的美时，男主人突然闯了进来。这时，镜头仿佛一个窥探者，恶作剧般地追随着惊惶失措的梅，镜头里的女性不停地逃避，像一只受惊的小动物，但最后以柔顺美艳的形态臣服于男主角充满欲念的眼神下。在这一影视叙事中，观看的主体与行动的主体一直是男性，不管是影片中的男主角还是镜头所呈现的视角，都以一种俯视的、追逐的方式来审查并占有梅。而镜头中的梅则是温顺静默、慌乱而娇羞的，她以顺从的姿态承受着男人目光的凝视，一如她以顺从的方式接受男主角充满欲望的占有，女性被绝对地界定在被动、客体的位置上，成为男性行动与欲望的双重客体。

二、失去主体性的女性角色

《青木瓜之味》讲述的一个卑微少女长大成人并嫁为人妇的故事，在某种意义上，也是一个灰姑娘最后获取世俗幸福的故事。影片构建了一个漂浮于时代之上的唯美的生活环境，塑造了梅这个契合于男性审美目光与欲望需要的“完美女性”。与此同时，围绕这个故事，陈英雄塑造了一系列生活于屋檐下的越南女子影像，其中姥姥、少奶奶和梅代表了越南深深宅院里三个女人的不同命运，她们静默地漂浮于热带浓郁的绿色阴影下，在狭隘的空间里或悲或喜地承受着男性给予的命运，完成了导演对于越南女子的主体想象，成为男性菲勒斯中心主义与后殖民主义双重合谋下的越南女性群像。

在整个影片叙事中，姥姥以及她自身所携带的故事只是叙事主干的一根旁枝，如果把这个角色剔除出去，不会对整体叙事造成影响，但陈英雄不但设置了姥姥这位年长的女性形象，而且还围绕她动情地讲述了一个有关守贞的故事：姥姥常年足不出户，端居于阁楼吃斋念佛，在枯寂的生涯中悼念夫君。在片中，姥姥常常只露出一个匍匐、凝定的背影，除了敲打木鱼，她几乎不参与日常生活。从痴情老头与少女梅影影绰绰的对话中，我们了解到，姥姥自从丈夫去世，从此心灰意冷，不仅常年将精神寄托于宗教，而且拒绝了他人痴情的等待，严格遵循东方女性出嫁从夫、为夫守贞的自我规训。从女性主义理论出发，这位影片中最年长女性为夫守贞的枯寂生涯，在导演溢美的勾勒下，似乎成为传统女性天然遵循并会得到尊敬的生存法则，或者说，她的存在是男性意义维度下的一个具有楷模意味的标本。

退缩于阁楼的姥姥，类似英美小说中常年被囚禁于阁楼上的女人，不同的是她是自我囚禁，她在被自我圈定的狭隘空间中消耗本应丰富的生命，一旦失去所依附的男性，她似乎丧失了自我，丧失了行动的能力，成为一个因失去男人而被抽空的形象。在片中，姥姥唯一体现其存在主动性的，是她训斥因丈夫出走而伤心欲绝的少奶奶，她厉言道“他走，是因为你不能讨丈夫的欢心”。在这番居高临下的训斥里，姥姥化身为男权话语的代言人，东方凝滞千年的父系秩序化身为无形的规训，渗透于被规训的女性心中，对她而言，男人是至高无上的中心，男人是女人依附、崇拜并献媚的对象。而女性却被永恒地放逐在边缘之外，女性存在的主要功用在于“讨丈夫欢心”，失去自我主体性的女性命运不仅被姥姥自身经历，而且她还以同样的规训要求下一辈女性成为男性的附属物，自动将女性性别降格为失语的、被男性所遮蔽的阴影。姥姥的形象在片中成为一个隐约呈现却拥有强大能量的符号，她丧失了作为人的主体性并因此丧失作为存在的必然性，她是男权的牺牲品又是男权的合谋者。

作为第二代的女性代表少奶奶，是前半部分影片极力刻画的女性形象，在某种程度上，她是女性主义电影理论家 E. 安·卡普兰所指的“男性他者按照自己的理想被建构的对象”[①]。她常年着一袭越南传统长袍，端庄娴淑，为家人生活辛苦劳作而无怨无悔，尽管她几乎完美无缺，但她的丈夫仍然不满于平静的家庭生活，屡次离家出走、拈花惹草、耗空家财。面对丈夫对家庭的一次次抛弃与背叛，少奶奶静默地承受男性的出走与归来，如一个失去主体的容器接纳一切，对降临于自身的命运并未流露出稍许不满，呈现的是作为女性的无限忍耐，在丈夫浪子回头时，她只是高兴地哭。在她与丈夫所结成的男女关系中，女性成为一个永远匮乏的等待者。当男性离去时，女性只能被动等待；当男性回归后，作为等待的女性才仿佛

---

① E. 安·卡普兰著，姚晓濛译：《母亲行为、女权主义和再现》，《当代电影》1988 年第 6 期。

被填充了被确认的意义。与姥姥等老一辈女性自动与男权结成合谋不同，少奶奶对男权阴影下自身的悲凉命运有着深刻体味，但又无能为力，只能以静默承受的方式被动地接受一切。在陈英雄对少奶奶的精雕细琢下，一个有着传统温良恭俭让美德的女性符号呼之欲出。对她的建构自然契合了克莱尔·约翰斯顿的看法，她认为经典电影中的“女性”形象其实是一种结构符码，是男性标准中的理想女性的编码，对女性自身而言毫无意义，这个符码只传达男人的欲望和幻想，并不指涉妇女的生活“现实”。的确，少奶奶如此隐忍，又如此卑微地生活，很难被指涉为现代越南妇人真正的生活现实。在某种程度上，少奶奶面对男人背叛所呈现的完美表现只不过是男性导演的一厢情愿，是父权制下意识形态编码的产物。

梅是影片中的第三代女性，在导演静物写生般的影像勾勒下，她的成长过程宛然一株植物的成长过程，自然、无欲无求，几乎从未受过现代文明的濡染，更匮乏现代女性的独立自主意识。情窦初开时，她喜欢少爷浩仁，但这种欢喜是一种低到尘埃深处的欢喜，她小心翼翼地换上红色新衣，胆战心惊地将菜端放于桌上。浩仁无意的一瞥，成为她从不敢企及的梦想，她始终将自身固定在欲望匮乏的女仆的位置，顺从地接受平庸操劳的女佣生涯。成年后，梅作为浩仁的仆人与浩仁共处一室，她始终压抑内心的热情，让自己的生命小心匍匐于浩仁的阴影下，甚至在亲眼望见浩仁与未婚妻奔放的情爱行为时，她只报以温柔的微笑。显然，在梅与浩仁建立情爱关系之前，梅是一个卑微的、对爱情未敢抱以希望，也从未主动争取的女子，她始终小心地生活在浩仁的生活边缘，沿命运之流顺流而下。就这一点而言，她与忍让一辈子的少奶奶有着一脉相承之处，都是容器般被动等待被填充意义的女性。同样，在梅与浩仁的情爱关系的确定过程中，梅一直处于躲避、承受、等待的被动位置，她被配置在缺席的位置上，是男性欲望的接受者，是被动的受体，她的意义仅能从她自己被客体化的情境中得到确定。而男性浩仁一直处于主动的进攻位置，他是欲望的拥有者与施者，他自身拥有意义并创造意义。在他们的关系之间，我们可以找到一系列的对立关系体：被动—主动，受体—主体，被启蒙者—启蒙者。梅在独处时抹上浩仁未婚妻遗落的口红，一个影子般的女仆焕发出青春女子的美与性感，这让偶然撞见的浩仁产生了情欲。两人在交错的镜头下开始了追逐与被追逐，梅像猎物一样四处躲避主人浩仁的追踪，浩仁则如猎手一样四处搜索，男女之间成为受体与主体之间的不对等关系。终于，一个清凉的夏夜，浩仁像一名志得意满的侵入者，推开了梅的卧室，身着白衣的梅无辜而柔弱，她以静默的姿态迎接浩仁的入侵。从影片所设置的情节看，梅被少爷浩仁所发现，或许更多成分来自梅的模样与少爷想象的笔下女子有着某些契合之处，对于纠结于作曲、灵感濒临枯竭的浩仁来说，梅给他的作曲生涯带来了灵感与情绪的激动，正如约翰斯顿说："在性别歧视的意识形态和男性主导的电影中，妇女被表现为对男人有意义的形象，尽管它极其强调妇女作为景观的重要性，然而很大程度上，作为女人的女人依然是缺席的。"①

显然，在此看似完美的爱情关系中，梅的意义并不在于其自身，只在于她是浩仁想象中的女性形象的替代品，在情爱关系中，作为主体的梅依然是缺席的，只是消极地接纳男性的追逐与占有。从这个类似《灰姑娘》的故事里，我们看见的是一个逆来顺受的梅、一个被动等待的梅、一个满足男性欲念与需求的女性，美国女权主义电影理论家克莱尔·庄斯顿说："性形象始终在电影里充当着神话学意义上的符号，即在影片叙境中的符号价值，将在男权神话，或曰建立在性偏见之上的意识形态的意义层面上第二次被'榨干'或

① 休·索海姆著，艾晓明等译：《激情的疏离》，广西师范大学出版社2007年版。

'抽空'，以填充、负荷特定的意识形态意义于其中。"① 梅由此成为陈英雄虚构的情爱关系中的一个空洞的符号，被"女性"意义与男性欲望所填满，成为男性趣味下失去主体性的"完美女性"。值得注意的是，影片末尾，成为妻子的梅在丈夫浩仁的督促引导下学习现代文明，梅如小儿学语，浩仁威严如家长，在学与教的关系中，梅与浩仁之间建立了启蒙与被启蒙的关系。导演通过这种和谐的夫妻关系来表达他心目中理想的两性关系：男性是女性的启蒙者，男性拥有文明，女性则是文明的内在匮乏者，女性只有追随男性的引导，两者才能缔造和谐的平衡关系。

浩仁的未婚妻作为被抛弃的现代女性形象，仿佛是导演特意设置的一个现代装置，作为梅的一个反面而存在。她衣着现代、思想开放、受过高等教育，是能够在精神层面与浩仁进行对话的现代女子，在情爱关系中，她反叛了梅等传统女子被动消极的等待，而以进攻的方式去表达自身情感。譬如她主动送花瓶给心上人，在浩仁沉溺于作曲时，她以进攻的方式对其进行情欲挑逗，在发现浩仁移情别恋后，她敢爱敢恨。然而，我们不难发现，在影视塑造中，陈英雄对这位现代女子的勾勒始终充满一种戏剧化的夸张与潜在的反感，让其行为自始至终处在男主角的阴影下。在呈现她那些狂热的行为同时，陈英雄总特意将镜头聚焦于男主角不悦的面部表情中，其潜台词仿佛在告诉观众：这名自以为是的现代女子是一个外来的打扰者，一个不和谐的音符，她并不受男主角与导演的欣赏。有同等精神重量与人格构建的现代女子最终被爱情无情放逐，现代女子的价值在此被无情解构，并让位于如植物一般静默、被动、从未接受过现代文明熏陶的传统越南女性。

① 鲁妮：《境域之中：西方女性主义电影综述》，《上海文论》1992 年第 4 期。

结　语

与影片中的女性多忙碌于洗衣做饭等谋生之道不同，男性仿佛是超越物质层面的形而上追逐者，他们处于尘世操劳之外，高高在上，但无所不在地控制着女性的命运。少奶奶的丈夫是一名造诣颇深的民间音乐家，他常端坐于卧房弹奏美好飘渺的乐曲，乐曲缭绕中，他妻子、女仆们则如蚂蚁一般忙碌于尘世；男主角浩仁也被设置为一名年轻有为的作曲家，片中不少场景都在勾勒他沉浸于音乐时的潇洒灵动，当浩仁出尘般演奏钢琴时，梅则从事着做饭、补衣、收拾桌子等俗事。他们在陈英雄的镜头中形成了和谐的统一，仿佛在昭示如此一种生活真理：男性作为文学艺术的承继者，他们以脱俗的方式存在于家庭之上，理所当然地接受女性的供奉与仰视；与此同时，女性从事形而下的世俗工作，并围绕男性建立自身的意义。

深受东方文明濡染的陈英雄在《青木瓜之味》中着力塑造了顺从、传统、主体性匮乏的越南女性，这类反现代、充满东方情调的女性群像，俨然被进行了男权话语与后殖民主义文化的双重编码。这部明显具有男性主体叙事特征的电影无视现代越南女性真正的精神状况与内在需求，而是根据相对于男性的需求与意义，塑造出被指认的越南女性群象。静默而失去主体性的越南女子，显现的不仅是合乎男性趣味与男性需求的女性，也是西方社会所匮乏的某些东方女性特质，如顺从、忍耐、富于东方情调等，被塑造的她们以东方女子代言人的方式顺利进入了西方的猎奇视野。

2012 年

“花样美男” 开启花样年华

据《青年参考》报载，香港明星谢霆锋的写真集《从前以后》一面世，首批订单便逾5万，这不禁让人联想到《中国青年报》近期所展开的有关“男色”审美的争论。载于《中国青年报》2002年11月5日的一篇名为《娱乐圈进入男色时代》的文章指出：“社会开始把漂亮的小白脸重新推上偶像的峰尖，这大概体现了社会上男女价值观日益平等的一种趋向——男色同女色一样可以被纯粹化表面化地品评一番，男色时代的背后，是蓬勃生长着的女性文化的日趋强悍。”对此论点进行反戈一击的便是该报同一版面19日所发表的文章《“男色”被观赏是人性的退化》，文章声称，“花样美男”占据屏幕，使你再难以感知到男子汉形象的壮美，更难从艺术形象身上直接汲取到搏击人生的力量，其中就以嘲笑的口吻批评了男星“露点”拍写真集。那么“花样美男”在大众媒体中的联袂登场与人气的直线上升，到底是反映了日趋强悍的女性文化，抑或是男性萎缩、人性倒退的一种表征？孰是孰非？

毋庸置疑，谢霆锋、F4、胡兵等花样男子的粉墨登场，使得从花季少女到半老徐娘都无不为这些俊美的男子惝恍欲狂。他们飘逸柔媚的中发、温柔煽情的眼波、性感的容颜和身材、露点火爆的衣饰，忽如一夜春风来，吹动了成千上万的女性观众对男性的审美热情。在他们身上，女性发现了粗犷、坚硬、呆板、貌似强大的男人们原来也可以这样妩媚，这样楚楚可怜，这样如女人一样被揣摩欣赏；原来男人的美并非只有高仓健式的被一袭黑衣重重包裹住的硬朗（这种阳刚的强有力的美往往需要作为“观看”者的女人们去崇拜，去爱慕）；原来男人也有“我见犹怜”的娇媚，也能够并且需要在纯审美的立场建构自身被欣赏的姿态，而且当代的女人们已独立强大到足够去欣赏和呵护这种美。在此，笔者以为，对于男色甚嚣尘上的现象，我们可以从两个向度去进行探究，一是作为被看对象的以“花样美男”为典型代表的男性群体，他们在被看中如何展示了其本性中多元化的人性向度，承认并开始发掘其男性模式背后的丰富的人性内涵，实质是男人作为“人”的一大解放；一为普遍迷恋男色的作为观看者的女性群体，她们在观看中，满足了审美欲望，由历来的“被看者”转化为独立的“观看者”，并由此发现和肯定了自身的独立性，从而获得了与男性群体进行对等观看的对看关系。

“乾道成男，坤道成女”，可以说，自古以来人们便对男女性别作了诸多的人为区分和概括，并形成了关于男性特征和女性特征的一系列理念，衍生出一系列的二元对立关系：男人—女人，男性特征—女性特征，强—弱，理性—感性，独立—依赖，果断—优柔，才华—相貌，粗犷—细腻，统治—屈服等。于是我们便会看到有关男人的理想模式：勇敢无畏、强壮有力，粗犷简单的服饰和深刻广博的知识等。1976 年，美国有关研究者经过对美国女性的广泛调查，发现美国女人心目中理想的男性气质可概括如下：

——不要有女人腔：避免所有女性化的行为和特征。

——有很强的事业心：事业有成，有社会地位，有养家能力和责任心。

——如一棵橡树一样坚强：具有力量，独立，让人信任。

——极大的克制能力：没有暴力、侵略倾向，临事不胆怯。

这一理想男性模式不仅成为女性心中的标准，而且被普通男性加以广泛认可。由此可知，在公众眼里，理想男性气质实质是一种和所谓的女性气质相对立的维度，如避免所有女性化的特征、行为，人们更强调其“父亲”式的保护力量和权力特征，如有养家能力、有社会地位、具有力量等。这一男性神话的普遍认可，一方面源于传统的社会文化性别的差异性规范，使得人们普遍认为理想男人从来便如此，也实质隐含了在男权中心话语社会中，男性自居于保护人地位的篡权阴谋。大力弘扬乾坤两道的《易经》，在将男女定义为乾坤时便道：“天尊地卑，乾坤定矣，卑高以陈，贵贱定矣……乾道成男，坤道成女。”宋朝理学代表程颐便谆谆教导万民百姓：“女子不能自处，必从男；阴不能独立，必从阳。”因此，既然男人与女人之间有如此多的差异和先天性不平衡，那么男尊女卑、男强女弱，男人生来征服世界，女人生来取悦男人的分工，便理所当然了。另一方面在男性神话言说中，女性所产生的自身自居被保护者地位、自我弱化的自卑意识，以及女性被社会性别身份所蒙蔽而失却了独立性，这些特点都参与了神话的构建，因此，女性往往无法拥有从独立的审美批判眼光出发来客观“观看”男性的能力。在男性神话的光辉之下，男性往往被此所蒙蔽，而有意无意忽略了自身作为人的多维向度，自动阉割了人性中感性、温柔等被界定为女性化的本能情愫，而走向人性粗糙、平面、荒凉的粗犷之境，这也是巩固男性神话的重要原因。概而言之，粗犷、坚强、孔武有力的男性神话模式是男性权力欲望和两性蒙蔽心态等三种合力的共谋建构。

这一男性理想模型不仅凸现了男权社会中女性处于边缘化、被支配的不平等地位，而且它还极大地蒙蔽了男性作为人的许多本质性的特征，使得男人往往不能真正地正视自身需求和处境，而处于被遮蔽的生存状态。正如许多西方女权主义者激烈抨击所谓女性气质的规范化，它使得女性常处于压抑和扭曲状态；实质上，所谓的男性气质规范，同样也规范和压抑了男性作为本质的“人”所具有的多元化特性和潜能。奥地利著名心理学家卡尔·荣格认为，人类有两个最基本的原始模型，即阿尼玛和阿尼母斯，前者指男性的女性特征，是男人无意识的补偿意识；后者阿尼母斯指女性的男性特征，女人也有潜在的男性本质。在荣格看来，任何一个男人身上都有女性的一面，任何一个女人身上都有男性的一面，也就是说每个人身上都有异性的某些气质。荣格还认为只有将女性和男性两方面的特征都融合到一个有意识的人格中，人才能成为一个较完整的人，他们的潜能才能得以充分实现。因此，就如西蒙·波伏娃在分析“女人”的文化定义时所说的：“女人不是天生的，而是被塑造成的。”我们同样可以说：“男人不是天生的，而是被塑造成的。”历史成就了关于“男人”一词的文化含义，并具体体现为对男性本质进行塑造的文化想象秩序，男人往往只能成为女人仰慕崇拜的孔武有力的观看对象，而有意无意地屏蔽了其本质的多元维度，如敏感、细腻、缺乏安全感、寻求慰藉和力量、希望自身外表更为漂亮动人等。男性中的异性气质往往被无情删除，而只留下一个强悍却空洞的“男性气质”的能指。男人本身也常被这一能指所迷惑，在不断追求诸如高仓健、好莱坞式硬汉的理想男人模式中，扭曲和异化了本性，成为男性自身话语下的牺牲品。而“花样美男”的流行，一方面固然源于女性观看者的消费热情，一方面也离不开男性话语操纵下传媒手段的推波助澜，以此可以表明，对推崇男色起主导作用的商业传媒本身，也逐渐在发掘和肯定其悖于传统角色的男性其他特征和需求：“花样美男”式的漂亮外观、性感姿态、某些女性化的阴柔特征等。联系当今现实，男性美容业、服装业的蒸蒸日上，不少男性为了家庭稳定甘愿回归家庭成为“居家男”现象的屡见不鲜等均可表明，男人们不再依据男性神话进行自我伪装与自我遮蔽，他们更愿求诸本心本性来生活，依据人性的多重维度自在发展。这可以说是男人作为“人”的一大解放，他终于从往昔高不胜寒的神话祭坛走向温暖丰富的人性世界，这也是社会理念进步的一种强有力的表征。

同样作为观看者的女性，她们能如许张扬袒露地欣赏和热爱迥异于传统父亲式与硬汉型的别样男性，说明女性们已经根据自我审美需要而具备了独立审美意识，不再把男人当成依靠和作为保护者的对象来仰望（如传统女性往往认为那些有才能有经济实力的男人才是值得赞美的对象，而对所谓的油头粉面的小白脸不屑一顾，在婚恋中多流行“郎才女貌”的说法等），而具有能力呵护和喜爱仅具有审美价值的花一样美丽和娇嫩的男性。由此说明，当今女性已经初具在社会独立生存的经济能力和依靠自我的自主精神，女性不仅仅只作为男性观看的对象而存在，她们通过纯审美的角度对男性进行观看的方式，实质赢得了与男性相互对看的平等地位。

2003 年

时代的一次忧伤转身

——电影《孔雀》小评

《孔雀》片尾：寒气中，缩首敛尾的孔雀在众目睽睽下被人期待，就在众人转身离去一刹那，孔雀蓦地翩然开屏、容光四溅。人生的期待似乎总在过程中被消耗殆尽，以为已经沧海桑田、从此压抑前行，而一个华丽的转身，才发现曾以为黯淡贫乏的过去竟如敛屏的孔雀，潜藏了如许多闭抑的激情与梦想。顾长卫的处女作《孔雀》就是这么一次忧伤的转身。

影片讲述的是七八十年代之交，中国小城中三个普通姐弟的生存经历。那是一个从闭抑走向开放的转折时期，政治神话与集体迷狂正逐渐褪落，个性的诉求逐渐生长。在这么一个纠缠了太多集体经验与文化内涵的背景下，顾长卫摒弃了宏大的叙事方式，而将镜头对准了沉没在时代浪潮中的生命个体，通过叙述个体生存中的理想与失落、颓靡与坚持、顺从与叛逆来打捞历史中沉没的记忆碎片，并由此超越那个特定的历史背景，而直抵人性深处。这种坚实的力量，不但唤起了观者对于过去的那种既陌生又熟稔的自身体验，而且从心灵维度使观者对存在进行了深度思索。

理想主义，这种包含了焦虑、惶惑、迷惘、忧伤，甚至疯狂的生命形态，构成了剧中姐姐的生存核心。这种沧桑悲壮的情愫，它不再与集体迷狂、政治神话息息相关，而是深刻地融入了个人体验和心灵诉求。片子着力表现的不再是理想本身，而是作为理想主义者的她所经历的内在命运和生存磨难。姐姐痛恨身处其中的庸常日子，在她内心深处永远渴盼的是陌生和遥远的东西，如飘摇于蓝天中的伞兵、忧伤落寞的风琴声等一切因与世界隔离而显得卓越的事物。它们都在她执拗叛逆的内心掀起了理想的激情。为此，她不惜偷钱去贿赂伞兵招聘员，用贞操去换降落伞、用婚姻去换一份新的工作，她一路朝着自己的梦想，义无反顾地前行。在周围被庸常的惯性驱使并乐在其中的人看来，姐姐不啻是一个另类和梦魇，需要加以限制和围截。因此，姐姐与周遭产生了激烈的摩擦，从一个理想的破灭到另一个坚持的开始，姐姐唯一能寻求的出口便是牺牲自身的某一部分来成全理想中的某一角落。她伤痕累累，却从不言痛，所有的苦难和牺牲都是因为她心甘情愿地将之供奉在理想的祭坛上。

片中的姐姐，永远一副孤高决绝的表情，她坚持在现实的经验世界中，拼命维持高蹈的生活姿态。现实的溃败、梦想的幻灭，仍无法把她从凌虚的自我世界中扯回，她好像可悲，但分明是幸福的，面对不开屏的孔雀，她仍然拥有在那遥远的地方看孔雀群飞的憧憬。

与姐姐形成人格对照与命运对称的则是从小患有轻微智障、体型肥胖的大哥。因为傻，大哥没有那么多的梦想和失落，所以他不会刻意追逐也不会黯然神伤。他因为缺陷被众人嘲弄，但这终究只是出于恶作剧式的伤害，它们伤害不到人的内心，也因为缺陷，大哥容易获取社会规则的谅解并融入其中，大哥认命地接受欺负，却也自然地表达愤怒、爱慕和失落。大哥就如道家中的“大化之物”，自我和社会是混沌一团地融在一起，顺从自然地生活在经验世界中，并保持了自身的那份完整。所以面对不开屏的孔雀，大哥高兴地舞动起红丝巾，在挑逗孔雀的过程中，大哥获得了体验的幸福。

“我”是剧中阴郁的讲述者，一个沉默的影子，目击一切，却对自身无能为力。“我”在生活中经典的姿态就是逃离，逃离众人殴打智障哥哥的现场，逃离生活中的习惯和规则，逃离男人的责任。“我”心甘情愿被一个女人养着，无所事事也无能为力，“我”不愿意与现实合而为一，又缺少追逐梦想和自我的能力。“我”成为徜徉在生活交界处的边缘人，善于观看却表示沉默，就像观赏孔雀开屏一样目击着周围人展开的悲欢，却对自身表示绝望的摒弃。

这些折射出个体生存疼痛的碎片，被和谐地安置在那么一个随风逝去的年代，它们唤起的不是观者对时代、社会变迁的感喟，而是促使所有经历过那个年代的人开始一次自我内心的返程。在那么一个似乎遥远却又熟悉的过去，我们的生命体验中，也潜藏着那么一些梦想、一些无奈、一些颓靡的希望和绝望。我们以为忘却，却发现它原来如此亲切。片中那些温暖的细节，如过年分糖果、露天制造煤球、学生下课后做眼保健操等，它们就如人体的经脉一样，缠绕蔓延，不动声色地牵引你淌过时光之流，体验并哀伤。两个多小时的影片都在沉静中进行，没有音响、画面的肆意渲染，没有扑朔迷离的悬念和情事，甚至连煽情的眼泪都那么稀缺，它就如那安静的初雪，弥漫着淡淡的忧伤。

招子庸：出入于文人画之间

招子庸作为一名乾隆至道光年间的岭南士人，遵循的莫不是学而优则仕的传统士人之道，他出生于书香之家，自幼接受了严格的儒学训练，并于嘉庆二十一年（1816 年）中举，后任知县、知府等职，为官之余，招子庸醉心于翰墨书画，并颇有心得，为后世留下了《墨竹图》《蒹葭郭索图》等名作。作为一名饱受诗书熏陶的清朝官僚，招子庸于业余时间所创作的绘画作品自然不同于营营于此业的专业工匠之属，而成为中国传统文人画脉络里的一名后继者。由此，谈论招子庸的画，我们势必要在中国文人画的传统框架下来评述其意义。

有关中国文人画的兴起，不少论者指认为魏晋之间，由于士风的丕变，一大批士大夫进入了一向被视为“猥役”的绘画领域，并将此作为修身养性的风雅之事。据载，参与绘画者就有蔡邕、萧绎、嵇康、王羲之、宗炳之流，他们或为达官贵人，或为当朝名士，绘画成为他们展露心襟的风雅之作，尚神而弃形的绘画理念也由此发轫。宗炳有“畅神”论，顾恺之有“传神”说，并由此建构了中国文人画崇道轻艺的本体思维论，如卢辅圣所言：“直接从道的层次展开。文人士大夫以自己经由道德文章而达到的悟道层面返观绘画之器，亦即不是通过从形而下到形而上的升华过程，而是直接从形而上出发来规范形而下……放大为澄怀观道、明神降之的超迈思致。”[1]这一澄怀观道的思维方式与儒家之士的行为准则可谓合辙，孔子指出士应该是“志于道，据于德，依于仁，游于艺”[2]，涵括绘画在内“艺”的是士人行动过程中的最低层级。面对此艺，士人要保持一种悠游的态度，由此衍生出的文人画更多以陶冶性情、呈露个人心志为目的，绘画的技艺等成为被边缘化的“器”的层面。对于文人画的评价，后人多从画者的个体人格、气象入手，着重于“运思”“意周”，道至则画佳。文人画中追求形而上“道”之呈现的内在理念，在晚明董其昌手里定格。董其昌的“南北宗论”，明确了文人画的内涵，推崇自王维以来崇神黜形的绘画理念，崇尚不具写实功能的抽象形式，并强调作画须以古人为标杆，在前人固定的绘画图式中，寻求绘画意义。董其昌曾言：“岂有舍古法而独创者乎?”[3] 这一对绘画之神、悟的崇尚，对古法的汲汲以求，使得明以后的文人画创作与评价均着眼于传统的重现与士大夫情怀的抒发，而忽略了对实物的客观观照，具象的再现型绘画在文人画传统中被贬为末流。

招子庸绘画的独特意义，在于他作为一名体制内的士人，在面对前人绘画秩序的认定时，难得地以逃逸的姿态来保持其创作的独立性。他一反文人画一味崇古、崇神的路子，尝试以具象再现的方式表现文人画中的传统题材。梅、兰、竹是传统文人写意画中的主要描述对象，有关它们的描写，前人已经积累了相当丰富的经验，形成了固定的审美模式，由此也规范了其造型与构图的基本框架，后人多在前人的固有模式下进行图画传承与有限的发挥，面对时人以郑燮画竹来比附于他的论调，招子庸特意在竹图上题跋云：“画竹

---

① 卢辅圣：《中国文人画通鉴》，河北美术出版社 2002 年版，第 8 页。
②《论语·述而》。
③ 董其昌：《画禅室随笔》，上海远东出版社 1999 年版，第 36 页。

应师竹，何须学古人。心眼手俱到，下笔自通神。”一反从古人绘画中小心翼翼寻求其定位的传统方式，招子庸大胆地崇尚以自然为法，反对“学古人”。这一从文人画传统的有策略的退却，促使招子庸关注的是身边可观可感的实地之物，写实性更重于对传统图式的重现。招子庸长居岭南，岭南之竹与岭南之蟹成为他的笔墨风光，在他笔下，富于岭南特色的竹林与海蟹于写生的笔态下活灵活现，富于浓郁的地域特色。广州美术馆藏有招子庸画竹十二联展，从用笔及其构图上可看出，他更多从自然中师法，逃离了固有的文人画竹的僵化模式，以写实的方式呈现了一派宛如实境的竹林胜景。在用笔技法上，招子庸也摆脱了文人画轻艺的偏见，擅长水墨之法，充分运用了墨分五色的技法，将竹林的明暗远近有效加以凸显，呈现出与固有的文人竹画不一样的写实风味。与画竹类似，招子庸画蟹，也逾越了重写意一脉的文人传统，专以创新的笔墨纤毫毕现地展现岭南特有的海蟹之状，展现了其精微的具象再现能力，由此成为画蟹一绝。招子庸这类以具象再现为主，着意传达自然之物的视觉印象之作，势必突破了既有的构图方式与笔法类型，偏离了自董其昌以来所确定的文人画趣味，而趋于自然主义一途，估计也是这一偏离，使得招子庸的画作在绘画史上一直未得到相应的重视。

当然，这一有策略的向传统文人画的逃离，并不意味着招子庸成为一名自然风景的复制者，抑或一名专注于外在客观再现的工匠型画家。在他富于独创性与自然感的绘画中间，一种贯穿始终、酣畅淋漓的士人气质始终浇注其中，有关他宦游期间的绘画生活，番禺冯子良有《送招铭山之官朝城》一诗描述之：“曳绂依然名士服，喜时画兰怒画竹。风流不政今在兹，知君善造平安福。”这首诗歌颂招子庸善书画并勤政爱民，塑造了一名颇具艺术素养与天下情怀的儒家君子形象，可见，招子庸始终以士人的身份来展开其绘画生涯。书画对他而言并非是一种技能，而是其襟怀与喜怒哀乐的一种表达，成为为传达主体意识的性情之作，其绘画与他的名士生活、性情品格乃至亲民政绩融为一体、相得益彰。这类更强调绘画之外的个体境遇与主体人格的“师心”之作自然契合了千百年来文人画重内在体验与主体表现的绘画脉络。

可以说，正是在“出”与“入”之间，招子庸的文人气质与具象描写以相对完美的形态结合于他的绘画创作中，于传统文人画的脉络中创造了一片独特的风景线。

2015 年

晚清的词与物

——晚清域外游记中的命名嬗变考察

名与物，命名与被命名。名作为一种被强加于物之上的符号，它控制着事物被想象的边界，给予事物一种井然有序的秩序，凸显了命名者的认知限度与主体意识。当作为“名”的词语成为“物”固定的、被普遍认可的并具有历史性的符号时，名与物似乎合二为一了；但是当“物”以一种溢出历史认知框架的方式出现并亟待命名时，如何给予它们正当的名分，如何去命名它们，在还不可靠的命名过程中，名又发生了怎样的变迁？这种考古式的追问或许能够让我们发现对异“物”的命名如何让这些“物”丧失了它初始的透明性并成为主体欲望与意识集合物的展开过程。

正是基于上述考虑，当我们发现在晚清域外游记文本对于西方事物纷繁复杂的命名境况时，追溯命名的初始情境以及其中的变化原因便成为一件值得去努力的工作。譬如照相、电梯、避孕套这些我们习以为常、约定俗成、内化于我们认知架构中的现代名词以及它们所指代的“物”，仿佛是不需要我们去质疑的名词；但是，对于彼时初见它们的晚清人而言，它们是陌生、新鲜、无名的西方事物，在将它们纳入游记书写的过程中，如何命名它们并由此达到一种对于他者的清晰的表述状态，成为晚清一代域外游者不可避免的书写命题。

同时，我们更有理由相信这是一个重要的话语事件，域外游记中的这些对西方事物的最初命名，随着旨在考察西方这一目标的日趋坚定与清晰，那些具有想象性色彩的名称逐渐转化为相对客观的、平实的符号，英译外来词成为不少书写者的借用方法。同时，对“异”物的这类命名还往往伴随着对物精细的、科学的考察与阐释。显然，在名对物的符号化过程中，在能指与所指之间永远漂浮着不可靠的联系，存在着无数的裂隙，有着不可预知的滑动，从物的彼岸到名的此岸。从彼名的彼岸到此名的此岸。我们可以说这是一种名到物之间的摆渡，背后涌动的是主体的操控力量，呈现了书写者的精神变动，可为我们追踪晚清士人的思想变迁提供重要图式。与此同时，词语的变迁，不仅彰显着精神的动荡，对于文本自身而言，也意味着异质的侵入，因音译命名出现的外来语的引入往往会让文言文变得支离破碎，中西杂糅的言说方式不自觉地冲击了传统散文的语言格式，带来了古文的语言新变。

一、自造词及其命名主体的观念衍变

晚清域外游记对于他者的命名可谓琳琅满目，当游者主体面对一望无垠的、在传统知识架构中未曾被概括、在原有生存体验中未曾被经验的西方事物时，择取词语对它们进行命名，犹如为新生儿命名，充满了新鲜感与创造性。当我们翻阅这批记录了异域见闻的域外游记，不少洋溢着奇思异趣的名称映入眼帘，甚至让我们忍俊不禁，将它们与已成规则的命名作对比，会发现晚清人的命名洋溢着蓬勃的想象力与创造力。如林鍼将照相机这一“物”命名为“神镜”；张德彝将橡皮擦呼为“擦物宝”，把望远镜称为“千里眼”，把避孕套称为“肾衣”；斌椿将自行车呼为“木马”；等等。不一而足。这类充满想象与联想、颇具主体能动性的命名，它不仅涉及词与物的复杂的牵涉作用，更涉及命名主体的操纵力量与观念变迁历程。

抱着一种严谨的态度从词汇表述的可靠性这一角度来分析，上述不少命名显然是扭曲的、与实物有所背离的。“神镜”作为一个词汇，“神”是作为形容词来修饰镜子的，意为神奇的镜子，这种称法与作为实物体的照相机的本来构造与形状可谓相去甚远；同样，“肾衣”，如果单就词的表意来理解，难以与避孕套相联系；“木马”的命名与它所指称的自行车也有着相当距离。总之，这些颇具个性化的创造性命名都必须与作者后面的描述、说明相互印证方能为我们所理解。我们可以说这是表音与表意之间出现了裂痕，虽然我们认为词与物之间永远存在裂痕，有着不可逾越的鸿沟，但既然我们是以考古学的方式对这些表“异”的词汇进行溯源式考察，观照命名这一行为所呈现的认知图式，“异”物命名背后所隐藏的主体意识就值得我们深入分析。

以照相机的命名为例。林鍼在《西海纪游草》中以诗兼文的形式讲述了他所命名的“神镜”：

> 山川人物，镜中指日留形（有神镜，炼药能借日光以照花鸟人物，顷刻留模，余详其法）。

照相机因为是中土前所未有的事物，并没有一个赋予它的强制性语言符号，所以，我们看到林鍼在肆意地行使他的“主权”，表达他的感受与观念。它们集中体现在对“神”的表述上，“神”指涉的是一种超越世俗生活的、难以为人掌控的力量，林鍼初见照相机，惊羡于它能“指日留形”而呼为“神镜”，充沛地表达了他对这一现代器物的想象与向往。我们甚至可以想象，他以一种目瞪口呆的表情来观看超出他经验范畴的事物。“顷刻留模”这种让中国画家需要经历千辛万苦、精雕细琢方能成形的传统形构方式被颠倒了，现代相机在林鍼面前宛如神器。文化背景的差异、社会进化的时差，使得处于西方文明序列中的林鍼成为仰望“神器”的观看者，而忽略了照相机的具体模型、构造与使用方法。林氏仅仅指出它能“炼药能借日光以照花鸟人物”，然后就跳过不提了，除了表示惊叹，他似乎丧失了进一步阐释的能力。

这种想象的、夸张的命名方式很快随着志刚的命名而消失，对照林鍼的“神镜”，奉命出使、旨在探究西洋利弊的志刚对照相机的命名以及论述已经上升到客观、研究的层面。志刚在文中以近乎科学的手法论述了他所见的“照像之法”：

> 照像之法，乃以化学之药为体，光学之法为用。所谓化学之药者，西人率以硫磺、焰硝、盐碱等物煎炼成水，以之化五金，为强水。而各视其强力之水，化所能化之物，如磺强水能化金，硝强水能化银之类。①

被神秘化的神镜在这里被志刚赋予了一个相当朴实的命名：“照像”。对照像法的追本溯源，有关原理的枯燥分析，以客观、务实的现实力量颠倒了林鍼笔下的神话。照相机在此通过硫黄、盐碱等毫无感情色彩的词语说明被还原成为一种普通的、可以被认知的事物，它似乎在历史的隧道中嘲笑林鍼的“山川人物，镜中指日留形”的空疏和想象。此后，郭嵩焘等游者均沿袭了这一名称，改呼为“照相机”。这是命名演变并逐渐被固定的过程，它的固定方式与索绪尔分析的人造语一样：“人造语只要还没有流行开，创制者还能把它控

① 志刚：《初使泰西记》，岳麓书社2008年版，第321页。

制在手里；但是一旦它要完成它的使命，成为每个人的东西，那就没法控制了。”① 自从“照相机”的命名在志刚手里开始固化后，如今我们对照相机这一“物”的称呼就无法进行控制了，它成为再也拉不回来的符号。

针对照相机的不同命名方式充分展示了命名初始阶段，名与物之间的任意关系与命名者主体的操控力量。正是在这种力量下，符号与事物之间、能指与所指之间在没有成为社会固定规范时，有着索绪尔所说的“任意性”。但是，为什么会出现这种任意性？为什么志刚之后，对照相机这一“物”的命名的任意性便消失了，除了有个人偶然性的命名缘故外，它显然部分地与政治、社会意义上的历史相连。林鍼出洋是在 1847 年，第一次鸦片战争后不久。1840 年所爆发的鸦片战争是中西兵戎相见的头一遭，但《南京条约》的签订似乎只是在重复着中华帝国以“抚”代“战”的轮回，日本学者加藤祐二指出：“即使缔结了南京条约，清朝也不说是失败了。因为他们理解是为了施予恩惠而缔结了这个条约。”② 对于大多数晚清人而言，鸦片战争的西方冲击并没有带来应有的反应。1840—1860 年之间，大约只有扬州秀才黄钧宰在 1844 年指出西方人的到来是一大变局。③ 就鸦片战争前后的社会语境而言，西方，对于大多数中国人仍是一个遥远的、惯性认知下的对象。作为一名依靠在洋商处担任翻译以“谋菽水之奉”的下层士人，林鍼显然并未有着关于战争的刻骨触动，更无从自强、师夷的角度来观看西方的眼光，西方的林林总总，对他而言不过是“耳闻奇怪多端”④ 罢了。这便是林鍼命名

① 索绪尔著，高名凯译：《普通语言学教程》，商务印书馆 1980 年版，第 114 页。
② 加藤祐二：《讨论日本文化与江户时代》，转引自依田憙家《日本的近代化——与中国的比较》，上海远东出版社 2004 年版，第 362 页。
③ 参见黄钧宰：《金壶七墨》第 4 卷，文海出版社（台湾）1969 年版，第 3 页。
④ 林鍼：《西海纪游草》，岳麓书社 2008 年版，第 39 页。

的场域，是他得以依靠的社会总体意识，也是他只能勉为其难地以“神镜”这一富于想象性的名词对之进行命名的原因。

考究的、客观的笔法只有当明确意识到“西方”成为探究的空间与考察对象时才可能会产生。志刚随蒲安臣出访美、英、法、普等国是在1868年到1870年之间，彼时已经过两次鸦片战争的重创。1860年，英法联军攻陷北京，圆明园被付之一炬，清朝王室鼠奔热河，这一时段，朝廷上下对西方的认识正发生迅速的转变。晚清多数士大夫到1860年以后开始觉察到中国正面临着几千年来未曾见过的变局，据《剑桥中国晚清史》统计，从1861年至1900年至少有43位士人认识到这种变化，并评价了这种变化的重要意义。王韬把这叫做“创事”，丁日昌、曾纪泽和李宗羲称之为“创局”，夏燮、薛福成、李鸿章称之为“变局”。随着对“变局”的接受，师夷长技等致用思潮成为诸多士绅探究国家自强之道的根本道路，西方器物与技术被看成足以挽中国之衰败的核心力量。可以说，1860年成为一条重要的界线，“就社会观念的新陈代谢来说，它比1840年具有更加明显的标界意义”①。正是在变局的忧患下，志刚奉命出洋。他处于朝廷惶恐不安、“师夷长技以制夷”等经世意识力量暗涌的语境下，作为一名忠心耿耿的“八旗世仆”，求国定、求自强的欲望溢于言表：“若使人能者而我亦能者之，何忧乎不富，何虑乎不强。”②更何况，在他背后是充满期待的朝廷的眼睛，“惟近来中国之虚实，外国无不洞悉；外国之情伪，中国一概茫然。其中隔阂之由，总因彼有使来，我无使往”③。这已经是一个旨在求强、师夷、亟须对西

① 陈旭麓：《近代中国社会的新陈代谢》，上海社会科学院出版社2006年版，第109页。

② 志刚：《初使泰西记》，岳麓书社2008年版，第253页。

③ 志刚：《恭亲王等奏请派蒲安臣权充办理中外交涉事物使臣摺》，《初使泰西记》，岳麓书社2008年版，第384页。

方进行了解的时代，志刚的行文内容与林鍼的奇闻搜录必然产生相当距离，对西方的观奇在此演变成一场精细的旨在有用于大清帝国的社会考察。它天然地反对不合实际的、想入非非的命名法，对照相机的命名，呈现的不仅是志刚个人的书写方式，更是他背后清廷睁眼看世界的诉求与师夷长技等经世思潮的凸显。志刚之后，域外游记中的“异”物命名，渐趋客观化与描述化，如“织布机”“缝纫器”“印字器”都是基于功能实际的命名，基于想象方式来命名的词语行为似乎消遁了。

对照相机的命名考察，让我们看到了纵深空间中因社会意识变迁而导致的命名演变，它呈现了背后观念变动的力量与社会的权力机制。同样，对另外一个词“木马”的命名考察，也可以让我们清晰地看到晚清传统士人在命名背后所凸显的文化控制力量的转变。

斌椿初见自行车，毫不犹豫地将它命名为“木马”：

> 有木马，形长三尺许，两耳有转轴。人跨马，手转其耳，机关自动，即驰行不已。殆亦木牛流马之遗意欤？①

张德彝第一次随斌椿出洋，也不约而同地以“木马”来命名儿童自行车这一新兴的西方器物：

> 又见一铺，出售一种木马，身长二尺许，高亦二尺，耳有转轴，蹄有小轮。小儿跨之，以手转其机关，自然急走，曲直随意。想武乡侯木牛流马之法，殆传西土耶？②

---

① 斌椿：《乘槎笔记》，岳麓书社 2008 年版，第 107—108 页。
② 张德彝：《航海述奇》，岳麓书社 2008 年版，第 573 页。

两位游者对自行车不约而同的命名，均源于他们对木马固有的文化经验与认知图式，木马最早的称呼出现王充的《论衡》中。据载，名匠鲁班就为其母亲制作过一台木马，且“机关具备，一驱不还”。三国时期诸葛亮发明的木牛流马，更被视为古代智慧的巅峰展示，用其运送军粮，可以“人不大劳，牛不饮食”。这些是历史流转中所遗留下来的经验认知，虽然迄今为止，木牛流马到底为何样，仍然众说纷纭，但是它的存在暗示了中土文明除了文教道德之外的另一种力量，充分证明了中土文化的博大精深。斌椿与张德彝发出“殆亦木牛流马之遗意欤”“想武乡侯木牛流马之法，殆传西土耶”的诘问时，中土文明的优越感溢于言表。我们可以说，他们几乎认定这就是起源于中土的事物，在面临异质的西方自行车时，他们起句便是“有木马”和“出售一种木马”，在命名前，没有迟疑更无预设，破空起笔就将“木马”推入读者眼帘，然后在命名之后再对这一事物加以介绍。显然他们天然地以归化的方式将西方“异”物自行车纳入固有的关于“木马”的文化认知图式中，以由此及彼的联想方式对“异”者进行同化和归纳。在文化原型力量的吞噬下，“异”物消失了，成为光滑的、能够被顺畅接纳的熟悉名称。

命名，是词语与事物相遇的方式，词语将事物纳入它的空间，对它进行表述、控制与切割。注视一个被命名的事物的“词”，很多时候并不是在注视事物本身（事物永远处于被遮蔽被覆盖被切割的状态），而是在注视命名者的欲望与动机。因此，斌椿这类不假思索地、将他者毫不犹豫纳入自我文化范畴以内的命名方式，俨然是霸道而充满文化力量的，但正是从这类霸道的命名过程中，我们看到晚清士人身上所呈现的中土文化霸权。它居高临下地将自我文化理念投射到他者身上，最终消解他者并改造成跟“我们”一样的事物。

但是，这类高高在上的文化优越意识下的命名在对西方的实际考察中、在“师夷”的现实诉求下，仍然发生了不可逆转的变化。

张德彝在初出洋的《航海述奇》中毫无芥蒂地将自行车呼为“木马”，但是在随志刚再出使的《再述奇》（即《欧美环游记》）中，“木马”变成了倾向客观描述的“自行车”：

> 又有自行车，前后各一轮，一大一小，大者二寸，小者寸半，上坐一人。弦上轮转，足动首摇，其手自按机轴而前推后拽，左右顾视，趣甚。质亦系马口铁。①

折回上面所引录的“木马”描述，将两者作一个对比，我们会发现其中有趣的变化。首先是来自对自行车细节描写的变化，《航海述奇》中，张德彝将自行车的构造形象化为“耳”与“蹄”，“两耳有转轴。人跨马，手转其耳，机关自动，即驰行不已”。这是作为旁观者的感性认知，作者显然没有进入考察研究的状态，而只是在饶有兴致地观看。但在《欧美环游记》中，张德彝呈现了一名考察者的精细，“前后各一轮，一大一小，大者二寸，小者寸半，上坐一人。弦上轮转，足动首摇，其手自按机轴而前推后拽”。从轮子的大小不一，到尺寸的长度，以及机关的工作原理，张氏都给予了清晰的说明，呈现了一名探究虚实、考其利弊者的研究眼光。其次，在描述完事物后，张德彝发出的总结也截然有异。张氏在《航海述奇》中叹为“木牛流马之遗意”，但在《欧美环游记》中，他却以科学的态度告知读者，自行车的材料是“质亦系马口铁”。

这是发生在同一名旅行者身上的命名故事，在他身上，我们看到随着旅行者主体意识的变迁、精神图式的演变，同一类“异”物的命名也会随之发生相应的变化。张德彝已经从一个初出洋的“述奇”者变成一名“探其利弊”的考察官员了。

---

① 张德彝：《欧美环游记》，岳麓书社2008年版，第706页。

二、音译词与语言之变

在上节，我们谈到了域外游者在把握全然陌生的西方事物时，勉为其难地用固有的语言方式对之进行命名，但这种命名方式毕竟是危险的，一不小心，词汇就会成为惯性思维的产品，反而让读者步入被误导的迷途。域外游者要思考的是，如何相对准确而客观地传达“异”者，将命名的另一种方法提上日程，即尽量沿袭异域语言，以音译或者半音译的方式力求准确地命名“异”物。这种类似直译的命名方式，不仅以最直接的方式传达外来意义，而且它背离文言词汇的形态往往会让文言文显得格外触目，其中西杂糅的言说方式不自觉地冲击了传统散文的语言形式，带来了古文语言层面的新变。

梁启超曾从新名词的现象来归纳语言的变化：“社会之变迁日繁，其新现象、新名词必日出，或从积累而得，或从交换而来。故数千年万流汇讴、群族分孳时代之名物、意境而尽载之、尽描之，此无可如何者也。……一新名物、新意境出，而即有一新文字以应之。新新相引，而日进焉。”① 语言体系并非自足、平静的同质系统，随着时移世易，语言往往会发生相应的变异，新词的出现则是语言运动的重要成分。这类带来文体日日新的音译词在域外游记中可谓层出不穷。如黎庶昌描述他在巴黎乘热气球所用的语言：

> 球皮用布缝成……其大径三十五买特尔，围圆一百五买特尔，容轻气二万六千建方买特尔，空中压力每建方买

① 梁启超：《新民说》，《饮冰室合集》第6册，中华书局1989年版，第57页。

特尔重一百吉罗。司球者云，若无绳可升至四五千买特尔，再上则人不能呼吸。①

上述短短的引文便引入了“买特尔”“轻气”“吉罗”等西方名词，而且这些名词并未经过作者的特意解释，而成为直接侵入文言文的语言成分，它们似乎与前言后语连成了一片，成为作者自以为然加以运用的词语。

一向固执守旧的刘锡鸿在面对西方大量的新事物与新观念时也迫不得已于游记中大量引入外来词：

西历十二月二十四日，为克莱斯参司衣符（即耶稣降生之前一日），西洋各国以此为令节。先期十余日，饴糖果、饵玩具器物……如中国之贺新岁。至期，官学给假，雇佣停工，商贾百艺，咸各休息，或游猎，或宴会，或结队诵经礼拜堂，熙熙如也。②

上述引文中“买特尔”“吉罗”“克莱斯参司衣符”（平安夜）等西方名词的引入，不仅对固有语言层面造成了触动，而且作为能指的符号，这种词汇内部的组合方式出现了从文言文向现代汉语的转型。王力曾指出：“中国语向来被称为单音语，就是因为大多数词都是单音词，现在复音词大量地增加了，中国语也就不能再称为单音词了。这是最大的一种影响。”③ 文言文多为单音词，几乎每个字都有自己独立的意义，它们成为一个独立的自足体，并衍生出了文

① 黎庶昌：《西洋杂志》，岳麓书社 1985 年版，第 487 页。
② 刘锡鸿：《英轺私记》，岳麓书社 1985 年版，第 224 页。
③ 王力：《中国现代语法》，商务印书馆 1985 年版，第 339 页。

言文言简意赅、意在言外的意蕴，这就使得古人津津乐道于“炼字”，可以为了“吟安一个字，拈断数茎须”，也因此衍生了“推敲”的典故。“推”与“敲”的不同，则衍生出不同的意境与文学空间，文人骚客中的“一字师”也因此被称为佳话。上述种种均表达了文言系统对单音词的重视与作用习惯。而通过半音译、音译等方式被纳入书写的外来词则多为复音词，必须在字与字的整体勾连中才能表达一个独立的意义，如果将字分开，则成为风马牛不相及的事物。比如“买特尔”，连在一起，它表达了对西方测量尺度的一种描述，相当于现在所指的“米”，但是分开来，组成词的三个字基本上失去了语境中的意义，成为无指涉的、无根的字的漂浮。同样，“克莱斯参司衣符”如果分开，更成为各奔东西的字符，这种必须连在一起方能体现意义的复音词的出现正是现代汉语思维模式转变的一个重要趋势。黎庶昌、刘锡鸿于游记中大量引入这类音译词，并且将之作为语言的重要构成成分，显然冲破了文言文雅驯的固有面目，在文言向现代语言的转变上起到了开化的作用，而背后引入的西方的度量理念与宗教观则可谓随着新语言的进入而潜在产生影响的西方观念。与此同时，读者只有在接纳了上述描写手法并理解其意义的情况下才能进行顺利的阅读，这类语言上的裂变何尝不同于梁启超所谓的“时杂以俚语、韵语及外国语法，纵笔所至不检束”的新文体书写？

在黎庶昌、刘锡鸿笔下出现的中西杂糅的语言变动于梁启超的游记书写中则更明显，甚至是有意为之了。早在书写《新大陆游记》之前，流亡日本的梁启超便在《汗漫录》中提出了文界革命：“其文雄放隽快，乃以欧西文思入日本文，实为文界别开一生面者，余甚爱之。中国若有文界革命，当亦不可不起点于是也。”① 梁启超冀图

① 梁启超：《汗漫录》，《新大陆游记及其他》，岳麓书社2008年版，第604页。

效法日本的文学改造，期望通过对现代理念与西方新名词的引进来构造新文，为此，梁启超为他所倡导的新文体作了如下定义：“启超素不喜桐城古文，幼年为文，学晚汉魏晋，颇尚矜炼，至是自解放，务为平易畅达，时杂以俚语、韵语及外国语法，纵笔所至不检束，学者竞效之，号新文体，老辈则痛恨，诋为野狐，然其条例明晰，笔锋常带感情，对于读者，别有一番魔力焉。”① 从上述倡议中，我们不难发现，梁启超所言的文界革命便包含了对古文的自觉反叛、对西方语法以及词汇的积极引入等，反映到他的游记书写上，也多呈现为一种半文半白混杂外国词汇、夹杂现代语法的语义过渡形态：

> 托辣斯者，原文为 Trust，译言信也。其用之为一特别名词者，自一八八二年，其大盛于最近之五年中。托辣斯者何？以数公司乃至数十公司之股份之全数或过半数，委托之于所谓“托辣斯梯”Trusty 者（即可信之人之意）；而此“托辣斯梯”（或一人或数十）发回一证券于股东。自此以后，此托辣斯梯有全权管理各公司之营业，或分析，或合并，或扩充，悉听其指挥，而以所得利益分配于股东。托辣斯者，以政治上之现象譬之，则犹自各省并立而进为合众联邦也，自地方分治而进为中央集权也；质而言之，则由个人主义而变为统一主义，由自由主义而变为专制主义也。②

显然，在曾为文之大宗的散文写作上，梁启超并未如小说实践

① 梁启超：《清代学术概论》，《梁启超论清学史二种》，复旦大学出版社 1985 年版，第 70 页。

② 梁启超：《新大陆游记》，湖南人民出版社 1981 年版，第 20—21 页。

一样大量运用俚俗和口语，而是保存了文言的典雅与纯正。这种貌似具有文言躯壳的文体与俗化的古文又截然不同，其字里行间既有铿锵的韵文排列，又有欧化的长句，西化名词层出不穷，如将证券、自由、公司等外来新词直接入文，所阐释的道理也远远凌越古文义法。“证券”不仅是一个西化的舶来词，其内涵及其意义也均隶属于西方的现代框架之内。大量颇觉生硬、刺眼的外来语在当时“规范”的文言文书写中是不可兼容的，但它们被梁启超杂糅一体，形成恣肆、浅白的文章新范式，如今这些被讽为“野狐禅”的语言绝大多数已成为现代汉语中不可分割的惯用语，至于常在文中杂用的纽约、托拉斯等外国名称在游记中也屡见不鲜，直接引用“trust”这一英文原文，在古代散文中也是从未见过的语言现象。因此，这种半文半白、半中半西、长短相间的文字纠缠充分显示了过渡形态语言的复杂性与多变性。除了语言躯壳上杂有西语与外国语法外，梁启超在使用英译的新名词同时，也不自觉地将“欧西文思”传达于读者：“公司”“股份”之间的关联，“证券”与“股东”之间的利益关系，“托辣斯”作为全权管理机构的权力行为等。它们所附属的是西方现代工商体制，所遵循的也是现代管理理念，它们与梁启超所言的“合众联邦”“自由主义”，都属于“欧西”之思，梁以此现代理念与现代词汇入文言文，势必使得从理念到语言躯壳均发生变化的游记文本无法被纳入传统古文范畴中。

对于约定俗成的语言，索绪尔认为如果不遭遇重大革命，往往只有微妙的嬗变。一旦语言开始呈现日趋强烈的变化，往往与外部环境的变动有关：“如果民族的状况猝然发生某种外部骚动，加速了语言的发展，那只是因为语言恢复了它的自由状态，继续它的合乎规律的进程。”① 晚清域外游记所产生的语言裂痕显然与晚清这一历

① 索绪尔著，高名凯译：《普通语言学教程》，商务印书馆1980年版，第210页。

史的动荡时代相符合，有着合乎规律的自我更新的变化诉求。

三、命名的反面——谜面式书写

上述两节，笔者讨论的是域外游者面对“异”物时不同的命名方式，以及在命名词汇背后所体现的意识变迁与语言嬗变。那么，在这一节，笔者试图探讨域外游记书写在面对“异”物时的一类特殊的书写现象，即在面对超出经验范畴的“异”物时，游者无力寻找词汇对之进行命名，而权宜采取一种对事物特性进行列举与强调的方式来暗示“那个”将生未生的词。或许，我们并不能把这种书写情况归于词汇层面来进行讨论，但是，这一书写过程展示了一种制造命名或者新词汇出现之前的状态。这种状态与它们有着因果关系，与最初走向世界的那批晚清人的文化背景与社会意识有着千丝万缕的关联。

我们书写某个具体事物，让读者提前预知这个事物的名称，这已经成为描写的惯性。不然，作者与读者就会处于一种沟通的断裂状态，比如一名作者在描述“梅花”时，如果他只道“众芳摇落独暄妍，占尽风情向小园。疏影横斜水清浅，暗香浮动月黄昏”，而不在标题上标明是《山园小梅》，那么读者可以理解他所描述植物的是荷花、水仙或者栀子花，甚至有可能联想到风华绝代的美人。正是因为有了“小梅”的命名，上面清丽的诗句才被历代奉为咏梅绝句。但是，如果作者在描述中并不道明这个事物被指称的代号时，对于“物”的匿名式描述便可能成为类似于谜语的叙述。

初出国门、乍然进入西方现代文明世界的晚清游者，面对让他们眼花缭乱的“异”物，他们往往选择一种大赋式的方式进行铺排、描绘，对于一些未曾被经验、未纳入认知框架的事物，却迟迟不给予一个具体的命名符号。于是我们在读下面这些对于“异”物的文字编排时，不免进入猜谜的状态：

> 巧驿传密事急邮，支联脉络。暗用廿六文字，隔省俄通（每百步竖两木，木上横架铁线，以胆矾、磁石、水银等物，兼用活轨，将廿六字母为暗号，首尾各有人以任其职。如首一动，尾即知之，不论政务商情，顷刻可通万里。予知其法之详）。①

> 初患无水，故沿开至百里外，用大铁管为水筒，藏于地中，以承河溜。兼筑石室以蓄水，高与楼齐，且积水可供四亿人民四月之需。各家楼台暗藏铜管于壁上，以承放清浊之水，极工尽巧。而平地喷水高出数丈，如天花乱坠。②

> 客寓楼七层，梯形如旋螺。登降苦劳，则另有小屋可容六七人，用火轮转法，可升至顶楼。屋有暗消息，手一按，则柜房即知某屋唤人。③

上面所引录的三段文字，如果我们忽视惯有的现代经验，而完全以一种陌生的眼光来进行观看，可能变成一次无穷尽的猜谜之旅。刘勰在《文心雕龙·谐隐》中道：“自魏代以来，颇非俳优，而君之嘲隐，化为谜语。谜也者，回互其辞，使昏迷也。或体目文字，或

---

① 林鍼：《西海纪游草》，岳麓书社 2008 年版，第 36—37 页。
② 林鍼：《西海纪游草》，岳麓书社 2008 年版，第 37 页。
③ 斌椿：《乘槎笔记》，岳麓书社 2008 年版，第 107 页。

图像物品，纤巧以弄思，浅察以炫辞。义欲婉而正，辞欲隐而显。”谜语，特别是在打一物的谜面书写中，往往是“或体目文字，或图像物品，纤巧以弄思，浅察以炫辞”，对作为谜底的“物”进行穷形尽相的描写，让人在欲隐中追溯它的显。譬如，民间有这么一则有关辣椒的谜语：

屁股圆，脑袋尖，
生时绿，老时红，
南方喜欢北方怕，
越吃食欲越增加。

在上述谜面中，出谜者从形状、性状以及它的受众状况、作用等层面分别对辣椒进行了面面俱到的描写，这种描写均指向辣椒这个最后的谜底。当然，在猜测过程中，猜谜者未必会具有与出谜者类似的心理指向，他可能会猜测为胡椒或者西红柿等其他蔬菜，只有在最后谜底揭晓时，出谜者与猜谜者的心理指向与认知才归于统一。

当我们折回上述所引录的几则描述，它们俨然遵循了“打一物”谜面的表述形式，即从形状、构成、作用等层面对隐藏背后的事物进行分门别类的详细说明。第一段引录不仅说明此物的构成成分，而且对构架的距离、字母的数字都有着细腻的呈现；第二段引录部分甚至从事物兴起的缘由讲起，从事物的功用以及外在形态无不予以详备的表达；第三段引录对小屋的空间形态、内部机关以及功用都有着清晰的说明。它们与谜面一样有着形象化的表述，甚至不乏纤巧的构思。但是，它们却是不向读者公开谜底的谜面，谜底永远藏在书写者的意识中，他知道是什么样的事物，他见过这样的事物，但是，他不告诉你它是什么。

以我们的现代经验与常识，我们可以从容地猜出上面三种描述指向的是电报、自来水和电梯三种现代器物。但是，如果从晚清读者的眼光出发，因现代经验的匮乏，他们便会陷入与猜谜所类似的状态。比如“巧驿传密事急邮，支联脉络。暗用廿六文字，隔省俄通”到底指的是什么，它似乎与驿站、邮件有关，但“暗用廿六文字，隔省俄通”却是晚清彼时固有经验中未曾拥有的东西。林鍼在诗句后面又做了细致的描述“每百步竖两木，木上横架铁线，以胆矾、磁石、水银等物，兼用活轨，将廿六字母为暗号，首尾各有人以任其职。如首一动，尾即知之，不论政务商情，顷刻可通万里。予知其法之详”，这类描写越细致只能越加促发读者的想象。读者可能因此把它想象为由水银等物质制造的蛇一类的东西，因为作者并没有在描写背后如谜语一样给予谜底，此类描述就更成为只存在于想象中的形象了。因为缺乏一个归纳性的命名，它甚至会成为各类奇奇怪怪的想象物。

这种类似谜面式的、匿名式的对物的书写显然并非出自作者本意，恐怕主要来自书写者西方经验的匮乏。我们可以先来考察一下斌椿等游者的境遇与可能拥有的知识经验。斌椿曾在诗中自诩“中土西来第一人”①，他可谓鸦片战争以后出洋的首位使者。彼时，国门乍开，西方的身影已经浮出地平线，但如何走近乃至走进它显然还来不及计划，面对这么一个陌生而强悍的文明实体，晚清士大夫对于它的主动探讨与兴趣还仍然停留于纸上谈论。此时，魏源编写了《海国图志》，姚莹编撰了《康輶纪行》，徐继畬刊印了他的《瀛寰志略》，有关西方地理的、文化的知识开始被知识精英们探究，但这类好奇终究是纸上烟云，西方具体的人与物仍旧是一团混沌而遥远的庞大存在。林鍼、斌椿作为西游的先行者，他们处于一种西

① 林鍼、斌椿：《西海纪游草·天外归帆草》，岳麓书社2008年版，第189页。

方经验严重匮乏的时空场域下，当他们需要把握这些闻所未闻、见所未见的现代事物时，显然还不具备对之进行清晰命名的能力。斌椿为此慨叹这种无力感："其国人之官爵姓字，以及鸟兽虫鱼草木之奇异者，其名多非汉文所能译，姑从其阙。"①更何况，林鍼、斌椿出洋时，帝国天下的中心文化意识依然是他们不需置疑的真理，异域之旅对他们更似一种搜奇揽异的经历。林鍼在《西海纪游草》结尾吐露心迹："山海奇观，书真难罄……生逢盛世，岂甘异域之久居；略叙游踪，思补职方之外纪。"斌椿在《天外归帆草》中也谈及他此行的观感是"言语重译通，人物具奇致；鸟兽与虫鱼，大半多怪异"②。对于林鍼、斌椿而言，他们所置身的西方现代文明世界不过是山海奇观的异域，是异于自我的并且在文化层级上低于中土文明的他者。这种对于文明层级之下的他者的关注着眼的是"奇"与"异"，对"异"物的概括与归纳自然成为不需要费心的事情。于是，"无名"的描述成为西方事物片段式的蔓延与展览，它们以无名的、纷繁的状态共同构筑了林鍼、斌椿们的山海奇观，而这种谜面式的书写情况，在日后旨在探其利弊、"以期有所知者贡于祖国"③的游者书写中几乎消遁了。

2015 年

① 林鍼、斌椿：《乘槎笔记》，岳麓书店 2008 年版，第 144 页。
② 林鍼、斌椿：《西海纪游草·天外归帆草》，岳麓书社 2008 年版，第 187 页。
③ 梁启超：《新大陆游记·凡例》，岳麓书社 2008 年版，第 419 页。

被复制的山水

——晚清域外游记的异国风物书写

如果说中国古典游记中，自然山水景观的清丽奇异总不厌其烦地呈现在读者面前，意境翩然的山水胜景往往成为游记的主要视觉焦点，以至我们惯性地认为游记中关于山水景观的描绘自当成为我们观看的主体；那么，在初见沧海之阔的晚清游者笔下，我们却发现，本来可以成为描述焦点的自然景观似乎被一种更为现实的力量给掩盖了。晚清人显然无暇沉湎于周边的奇山异水之中，他们大多严格而精细地按照日期的延伸抑或地点的转换正儿八经地介绍异域的社会层面，如薛福成的《出使英法义比四国日记》的跋所言："凡舟车之程途，中外之交涉，大而富强立国之要，细而器械利用之原，莫不笔之于书，以为日记。"① 游记记述了艰辛的行程，记录了中外交涉，记述了异域政俗，刻画了西方艺器，它们大多跟现实层面的器物与政俗有关，而具有个性化的、未沾染现实诉求的自然景物则难觅影踪。传统审美范畴中可以洗涤人心、明心见性的自然已经被枪炮、机械、外交、学校、民俗等更具有现世力量的事物给挤掉了。对于身处中西交往模式乍然颠倒的晚清人而言，目不暇接的西方社会更能够平复他们焦灼的欲望、功利的诉求，在使者们作为咨呈上

① 薛福成：《出使英法义比四国日记·跋》，岳麓书社 2008 年版，第 341 页。

奉的游记书写中，在私人游者们志在考察、求西学的个体书写中，关于心性与怡情的自然景观成了他们不约而同放弃的对象。

尽管如此，在某些晚清游记中，晚清旅者也会偶然地点染几笔异域的自然风光，甚至以不短的篇幅来借景抒情抒发逆旅中的悲情或逸致。不过它们更似淡去的背影，或者成随手拈来的宕笔，或者成为地点转换时的一个匆忙过渡。由于晚清游者们对于自然景观的集体性忽视，这些被录入游记文本中的异域自然因写作主体的惯性往往失去了它本应呈现的独特形式，而多沦为惯性的痕迹、中土景观的复制物：

> 凡江湖内海之波浪，虽大小不同，率皆由风横吹，其势层叠翻卷而起。此则如霜林落后，突兀峥嵘，由四面攒拱而起，愈起愈高，矗若峰峦。浪花在顶，攒簇如荼。陡然而落，豁如巨壑。方以为是舟也，纵四十余丈，横八丈，载四千顿，铜底铁机，恐岳阳城无此坚重，何虑波撼哉。
>
> （志刚《初使泰西记》）

> 看所种田亩，绕宅万顷，一望碧云，风吹麦浪，雨送稻香。虽系田舍翁，而拥田自乐，即南面王亦不易也。度陇越阡，顺步至鸥瓦湖，二三人驾一轻舟，共二十余只，皆自行弄桨，顺流而东，齐声唱欸乃而去。是时波心月涌，水面风清，四壁青山，东望无际。行数十里登岸，步回马宅，其子女具馔而进。食毕入园散步，其所植桃、柳、榆、槐、凤尾、辛夷、江西菊、洋木犀、虞美人等，皆枝叶条鬯，红绿芬芳，幽香满径，疏影当窗。盘桓移时而去，仰望则月影西斜而邻鸡初唱矣。
>
> （张德彝《欧美环游记》）

山中吐拿万景，变幻不可名状，搜奇挹胜，俄顷忽殊。纵眺诸峰，或遥障如城墉，或巍峨如殿阙，或攒簇如列笏，或分峙如置棋，或雄踞如虎豹，或蜿蜒如龙蛇，或旋折如蜗螺，或昂企如狮象，或楼阁如镵云，或溪涧如轰雷，或喷瀑如拖练，或漱石如鸣玉，或密林如帷幄，或吐花如锦绣，或麦畴如翻浪，或松风如洪涛。青蔼迎人，湖光饮渌，宜其名胜甲于欧洲。西人美瑞士为洞天福地，良有以也。

（薛福成《出使英法义比四国日记》）

午刻启行，日光晴朗。以远镜窥之，峰峦耸峙，怪石嶙峋，有如蹲豹卧狮。其作人形者，亦如五老秉笏垂绅，缥缈云外。

（王韬《漫游随录》）

在上述引录的第一段中，志刚笔下的大西洋宛如范仲淹吟咏的洞庭湖，它所呈现的态势与风貌无不与我们经验中波谲云诡的洞庭湖相类似，它的突兀峥嵘、浪花迭起与范仲淹笔下“阴风怒号，浊浪排空；日星隐曜，山岳潜形；商旅不行，樯倾楫摧；薄暮冥冥，虎啸猿啼”的洞庭湖并无不同。特别在描述后面，作者还以“恐岳阳城无此坚重，何虑波撼哉”这一诗句的化用来着重提醒我们关于洞庭湖的文本记忆，它源于孟浩然《望洞庭湖赠张丞相》一诗的前四句“八月湖水平，涵虚混太清。气蒸云梦泽，波撼岳阳楼”。志刚借助中国传统诗文典故来讲述异域风物的写作方式，使得传统积淀中的集体无意识与异域紧密纠结在一起。诗文典故多为古典文学中约定俗成的意义元素，在时光流转与口口相传中，它往往构成了一个自足的意义集合体，具有了独立的修辞功能。当游者对异国风景进行典故式的描述时，诗文典故所营造的意境与异国风物间便产生了置换的幻觉，这不仅是文章在行文上的雅致诉求，背后也隐含了作者对于异域的想象方式，即以中国传统文化的运思来容纳异域的相异性。由此，志刚抹去了与洞庭湖截然不同的大西洋的景观特质，而将有关大洋的想象禁锢于固有经验的洞庭湖形象中，本来可以开阔视野、开拓新的审美空间的风景被一个传统的洞庭湖意境给生生占据了。

而在张德彝所勾勒的田园风光中，我们发现本来充满异国情调的美国田园非但没有引发写作主体的细心分辨与富有特质的描摹，反而被同质化为传统诗文中所惯常弥漫的田园情调，“麦浪”“稻香”是美国田园的具体存在还是传统描述的惯用语言？无论如何，它们作为风景词汇对仗出现给予了我们一幅似曾相识的田园风貌，生活于其中的美国农庄主宛然有传统田园诗文中所构建的隐者风致。他们被作者想象为“拥田自乐”“南面王亦不易”一类旷达超迈、颇具陶渊明气质的隐者，顺着这一惯常的、隐逸的描述，“幽香满径，疏影当窗”的清幽之境自然会让人联想起宋人林逋的名句：疏影横斜水清浅，暗香浮动月黄昏。置身异域景观之间，主体却仿佛远离了西方的现实空间，反而借助这褪去了社会印痕的自然来重新构筑自我的审美空间，恢复其传统的审美情调。

以固有的传统意境与运思模式来描述风景成了一种不需要费心的惯性书写。上文所录的薛福成关于瑞士阿尔卑斯山的描摹，固然展示了奇谲瑰丽的山峦意象，但列笏、置棋、漱石如鸣玉等描摹词汇无不出自传统的中土意象，它们所铺排构筑的风景如果与黄山、华山、泰山所呈现的面目互换，显然也不会带来非议。同理，王韬描述的意大利风光与国内名山的描绘迹近形似。王韬的“亦如五老秉笏垂绅，缥缈云外”一语固然展示了飘渺的异域意象，但这种意象却是借助中国道教中“五老君”的神话典故敷衍而成，“五老君是中国早期道教尊奉的五位天神，他们是东方安宝华林青灵始老君，南方梵宝昌阳丹灵真老君（简称丹灵真老赤帝君），中央玉宝元灵元老君，西方七宝金门皓灵皇老君，北方洞阴朔单郁绝五灵玄老君”。这五位天神，均源于上古时期的五帝传说。王韬借助中国传统典故来讲述异域风物的写作方式，使得传统积淀中的无意识与异域紧密纠结在一起，构建成为一帧熟悉的域外风光。

诸多晚清游记中有关自然风光的意境构建莫不与上述书写类似，异域的自然风物由于脱离了社会层面的意味，与以震惊、分裂的笔墨来记录异域的人文事物不同，游者更容易将自然风物纳入固定有效的认知范畴中，让其在传统的惯性中滑行。袁祖志在《涉洋管见》中将伦敦泰晤士河的山光水色与中国江南美景融为一体：“所犹悦耳者，妇女辈亦解操舟，翠袖红裙，放浪于青溪绿水间，较之中土秦淮、虎邱、西子湖、平山堂，别有一般乐趣。”英伦风光在袁的笔下幻化为江南水乡。张德彝在《航海述奇》中如此记录巴黎的自然风貌：“四月初一日己丑，一夜细雨，破晓微寒。遥闻卖花之声，宛如江南风景。”此情此景恍然让人忆起陆游的名句“小楼一夜听春雨，深巷明朝卖杏花”。王韬在《漫游随录》中虽然专辟了一小节记载自然山水的《杜拉游山》，但通篇读来，记述杜拉山幽奇的文字与柳宗元的《永州八记》有诸多类似的地方。在“树木郁茂……蹊径幽邃，随处可通……涧水澄清彻底，游鳞隐约可数”的描述中，我们看到的是中国传统山水的审美定势，获得的是中西山水同一性的审美感受。王韬作为传统士大夫所沉淀下的中国山水美学心理驱使他对异域的英伦山水作了类似描述，并且还按照古典游记的书写惯例在文中赋古诗两首，作为“登山则情满于山”的情绪抒发：“故国河山消战劫，边隅草木入春寒。”“到此已难寻退步，惭余随处值迷津。”作为游者，王韬俨然将异域山水风光与国内山水混为一体了，并且在情感释放上也遵循了古典山水游记创作中以诗言志、即景抒情的抒发模式。在游记末尾王韬感慨道：“噫！余处境虽厄，而游览之奇、山水之胜、诗文之娱、朋友之缘亦足以豪，几忘身之在海外也。”亦真亦幻，海外山水与中土风景有着让游者一吐内心块垒、纵情驰骋的相同功能。

在上述域外自然风物的描述和情感抒发中，我们看到的只有中国传统风景和惯有情感在异域山水上的移植和组装，而不再是西方风景本身的客观再现，更缺乏新鲜本真的情绪释放。就如日本学者柄谷行人所言：“写实者不仅描写风景，还创造风景，背负文化内涵的人往往以内在的人文眼光来描写概念化的风景，有如日本人在相当长的时间里只把名胜古迹作为风景来眺望和欣赏，只因为这风景是通过与汉文学的接触而被给予的。”① 这种被赋予的颇具文化先验内涵的风景被柄谷行人称之为“内面的风景”。同样，晚清域外游记中这些为数不多却让我们恍然熟稔的自然风物描写也可被称为士大夫心中“内面的风景”，它们是属于早熟的中国传统文化所缔造的风景，是一种成惯例的山水概念的反复呈现。在相对固定的文言词汇与典故的组装下，原本鲜活的异域自然已经失去了它们本来面目而成为士大夫笔下“内面的风景”。除了地理位置不同，它们的形象已经变得与中国境内的山水胜景区别不大，西方的山水风物在这“内面”的透视下成为我们“熟悉的陌生人”。

晚清域外游记忽略风景的整体写作方式固然与颇具焦灼感与功利性的出游状态有关，同时，我们或许可以参考如下解释：“准确来说，这类文体或许不能称之为游记，反而较接近于法国政治思想家托克维尔写作《美国的民主》的心情——以反思欧洲文明为出发点，前往美国考察该国民主制度的建立，以使对母国有所助益。”② 的确，

① 柄谷行人著，赵京华译：《日本现代文学起源》，三联书店 2003 年版。
② 李政亮：《文明的追求：非观光的游记》，《读书》2007 年第 4 期。

晚清的域外游记不再是吟山咏水、涵泳性灵等构建自我审美空间的感性游记，而侧重于经世致用，对西方国家进行不同层面的政治考察。由于晚清游者身处国族陵夷、亟须变通以自强的社会场域下，写作主体对西方异域的书写，往往更着眼于具有社会效应与信息价值的社会风物而无暇摹写异乡的山光水色。由此，出洋途中，轮船、火车、机械等各类西方器物及其社会体制由于负载了更多的社会文化信息而成为出洋士大夫们悉心描述的主要内容，与此同时，异国山水自然成为文中逐渐淡去的背景。

2010 年

文化错位下的书写

——晚清首部域外游记《西海纪游草》分析

随着晚清变局的到来，西方“他者”正以古未有之的方式全面挑战晚清人的世界观与思维模式，现代世界图式开始被一些“睁眼看世界”的先觉者形诸笔墨。林则徐组织编纂了《四洲志》，魏源则编撰了《海国图志》，此后姚莹的《康輶纪行》、徐继畬的《瀛寰志略》等也纷纷付梓。然而，上述近代地理知识始终是旁采“夷图、夷语，钩稽贯穿”① 而成，属于“以西洋人谭西洋”② 式的纸上谈兵。因此，晚清变局伊始，林鍼因缘际会的海外壮游及其所作的《西海纪游草》，因其亲力亲为，则让书上的想象烟云首次成为切实的人生体验，钟叔河指出：“指数一八四〇以来走向世界的报道，只能从林鍼的《西海纪游草》算起。”③

林鍼可谓是晚清最早一批的“口岸知识分子”④。如果他迫于生计而拥有的外语能力可以让他忝列为知识分子的话，那么林鍼中断体制内的科举路途，并在厦门这么一个“华洋杂处”的通商码头成

---

① 魏源：《〈海国图志〉序》，《魏源集》上册，中华书局 1983 年版，第 207 页。

② 魏源：《海国图志·原叙》，《海国图志》，岳麓书社 1998 年版，第 1 页。

③ 钟叔河：《从东方到西方——走向世界丛书叙论集》，岳麓书社 2002 年版。

④ 口岸知识分子（intellectuals in treatyport cities），是美国学者柯文首创的概念，指生活在最早开埠的通商口岸、近距离密切接触西方文化的中国士人。

为一名舌人（翻译），这类有别于传统士人的谋生方式，便使林鍼有机会成为晚清变局以来史料所载的最早走向西方的中国士人。1847年，林鍼受花旗银行聘用，前往美国“舌耕海外”，二月启程，次年二月回国，在美国滞留了一年多。旅美归来的林鍼作有《西海纪游草》一书，其中包括堪百句的五言长诗《西海纪游诗》，并配有更为详致、几乎是复述其诗内容的《西海纪游自序》骈文一篇，《救回被诱潮人记》散文一篇，并后附有《附记先祖妣节孝事略》一文。

作为晚清首部域外游记，林鍼的《西海纪游草》不仅实录了彼时美国社会的方方面面，“一改‘西洋人介绍西洋，借助洋人看西洋’的对外了解认识的方式，成为19世纪中国人眼中的美国缩影，在中美文化交流史上，尤其对中美文化的早期交流具有特殊的意义”①。与此同时，跨文化视域下的文本书写不啻为一枚有效的文化心理放大镜，再现了普罗民众初次身临西方文化冲击时的文化心理图式，其中交织着传统与现代、认知与想象之间的错位，可为我们梳理晚清民众的文化心理嬗变提供重要样本。

一、“苦旅”为“孝亲”：一次不得已的异域之行

旅行，特别是异域之行，对于个体而言，在某个层面带来的是一种结构性的对立，即从现有秩序空间走向一个未知秩序空间的对立行为。这种对立结构到了初涉异域的传统士人那里，则意味着从文明中心朝向荒渺的蛮夷之地的游走，如郭少棠所言：“古代中国旅行文献的著作者主要是对外国和非汉族族群兴趣不大的士大夫。……

① 张静等：《五千年中外文化交流史》第三卷，世界知识出版社2002年版，第314页。

旅行书写即倾向于把焦点放在对帝国周边及蛮荒之地政治使命的叙述。使者们走过异国他乡，客观地记录下旅途所遇可怕的地理特征和民族奇俗，绘制出一幅艰难探索的画面。”① 正是在这种文化层级意识下，异域之行在传统士人眼里始终带有从中心走向边缘、从文明走向荒蛮的艰难性质。甚至在晚林鍼出洋几十年之后，清廷不少顽固分子对郭嵩焘的出洋之行，仍抱一种贬斥的态度，当时曾流传这么一副对联对之进行讥讽：“出乎其类，拔乎其萃，不见容尧舜之世；未能事人，焉能事鬼，何必去父母之邦。”② 身处这种社会总体意识下，漂洋过海对林鍼而言，自然成为一次不得已的异域之行。

林鍼出洋的契机，是源于商业往来中的“舌人”身份，其所居的厦门是鸦片战争以来清王朝正式开放的五个口岸之一。它作为晚清与西方交往的敏感地带，既时刻提醒着帝国溃败的耻辱，也时时改变着帝国的社会模式。在厦门这个充斥着外国商人的沿海城市，林鍼以担任洋人的翻译来维持生计，对于内心仍辗转于传统宗法结构内部的林鍼而言，先锋而实质尴尬的舌人职业偏离了士人修身、齐家、治国的正道，难登大雅之堂，而因舌人的职业远走异域，更成为不得已中的不得已。正是这种屈而从之的“不得已”情绪让林鍼于游记中数次强调其出行的苦衷、感慨其游子之殇，开篇便叹逆旅之苦：

> 萧萧长夜，碧海青天；黯黯离愁，临形吊影。……嚅蓼集荼，苦中之苦；披星戴月，天外重天。父母倚闾而望，星霜即父母之星霜；家人筹数洐期，冷暖殆家人之冷暖。

① 郭少棠：《旅行：跨文化想象》，北京大学出版社2005年版，第44—45页。

② 沈云龙主编：《清季外交史料》（影印本）第11卷，文海出版社（台湾）1985年版。

腹如悬磬，晨夕不计饔飧；身似颠簸，日夜漂流风雨。①

一名游走天涯的断肠人形象跃然纸上，更何况，他去的是未知的“天外天”，超乎固有经验所能想象的异域。乘槎远行在林鍼笔下堪比流离失所“身似颠簸，日夜漂流风雨”，这与现代社会以自由意志与探索考察为动力的主动性远游迥然有别，对于我们如今习以为常的出洋事宜，林鍼却只有不得已中的悲壮。林鍼的这份悲壮感，在稍后的清廷命官斌椿那里，同样有所呈现。1866 年，斌椿随英人赫德赴英国时已 63 岁，风烛残年之际远走他乡，其缘故在于彼时清廷准备派人赴欧游历，大小官员“总苦眩晕，无敢应者”，只有斌椿“慨然愿往”。为此，他还特地赋诗一首以壮己志，道“天公欲试书生胆，万里长波作坑坎”，出使异域被他视为一种须经受上天考验的磨难，内在的悲壮情怀不言而喻。

乘槎远行，途中的颠沛流离固然是苦，“腹如悬磬，晨夕不计饔飧；身似颠簸，日夜漂流风雨”，出洋由此成为一场身体的挫折。然而，这不过是外在的身受之苦，对于林鍼而言，与亲人暌隔、不得尽孝才是其内在的心灵之苦，远行游子不能奉养家人的悲哀成为林鍼反复吟咏的主题：“游子思亲际，原亲忆子时。思亲虞老迈，忆子患凄其。妻对牛衣泣，夫从斗柄移。”② 游子恨别离的痛苦与不能尽孝的内疚跃然纸上。旅行对于林鍼而言已经成为一场孤苦无依、形影相吊的逆旅，是一种人生磨难以至亲人间的生离死别。林鍼将这双重痛苦抒发于中国传统的行旅感发范畴中，不仅符合古典诗词里游子离乡的悲凉情致，而且将出洋旅行这一带有现代跨文化意味的行为与不能孝亲的传统连接在一起，更加重了出洋这一现代性行为

① 林鍼：《西海纪游草》，岳麓书社 1985 年版，第 35 页。
② 林鍼：《西海纪游草》，岳麓书社 1985 年版，第 43 页。

所给予彼时普罗大众的沉重阴影。

毕竟，国禁开放之初，传统中国仍属于宗法与血缘纠杂于一起的社会形态范畴，小农自产自足的经济方式使得国人世代黏着于泱泱土地之上，安土重迁成为他们适应农耕文明的传统生存法则，就如费孝通在《乡土中国》中所言：“以农为生的人，世代定居是常态，迁移是变态。”① 自古国人对出外行旅都持保守态度，出外行旅往往被称为“逆旅”“苦旅”“漂行”等，游子形象往往是“古道西风瘦马，断肠人在天涯”的沦落形象。除此之外，儒家经典中有不少将出游与事亲指认为抵牾行径的论断，从孝的层面指摘游子的“游”。《论语·里仁》要求“父母在，不远游”，《礼记·曾子问》有“三年之丧练，不群立，不旅行”。作为从稳定架构下游离而出的游子，远行成为对血缘土地的一种背叛，成为对追求稳定的乡土社会结构的一种挑战。就这个层面而言，林鍼的旅美远游在晚清初通西洋之际，自然绕不过坚固的乡土理念，游者势必要在传统儒家文化的框架内来论述行旅之苦，以符合规范的姿态在传统的游子情绪中抒发他们的远行之痛。

如果说，文本内部有关远离故土、不能事亲的哀叹，从感性层面表达了林鍼对远游的内心抵触，并借此向传统孝道致敬；那么，正文前的几则序论以及林鍼本人的自我表白，则让我们得知林鍼继续“苦旅”的缘由是因为家庭贫苦，无力奉养双亲，所以只好勉为其难远去异邦以谋“菽水”。正如友人王道徵于序中所强调的：“顾余闻景周性淳笃而家甚贫，白发在堂，无以为养。其乘风破浪，孤剑长征，将以博菽水资而为二老欢也。其游不久即归，非得已者。”② 诗文前这些孜孜表白显然是为此次远行做一次合法的辩护，即远走

① 费孝通：《乡土中国　生育制度》，北京大学出版社 1998 年版，第 7 页。
② 林鍼：《西海纪游草》，岳麓书社 1985 年版，第 33 页。

他乡并非源于个体意志，而是为了谋求生计、孝敬父老、践行孝道，可谓“游必有方”，是合于传统人伦之道的无奈之举。如此，在孝亲的伦理框架内，林鍼及其友人为远行之举找到了一个符合礼教规范的支撑点，远走他方的“不孝”行径因其内在的“致孝”目的，而得到了合理的解释与内在的谅解。

二、“惊羡”与“搜奇”中的西方书写

固然，乘槎远行成为林鍼一场不得已的苦旅，但远涉重洋、切换进入西方文明的行旅经验与局囿于国土漂泊的境遇不再一样，他被置放于一个见所未见、闻所未闻的异质空间，对于从未拥有异域经验的作者而言，美国正成为一个奇异然而具有特殊吸引力的现实所在。都市形态、社会现象、宗教文化等，无不成为震撼他固有经验图式的异域风景：

> 宫阙嵯峨现，桅樯错杂随；激波掀火舶，载货运牲骑；巧驿传千里，公私刻共知；泉桥承远溜，利用济居夷；战舰连城炮，浑天测海蠡；女男分贵贱，白黑辨尊卑；俗奉耶稣教，人遵礼拜规；联邦情既洽，统领法犹垂；国以勤农富，官从荐举宜；穷招孤寡院，瞽读揣摩碑；断狱除刑具，屯军肃令仪；暑寒针示兆，机织火先施；土广民仍少，售昂物只斯；南方宽沃壤，北省善谋赀；少蓄遨游志，今开夙昔疑。①

① 林鍼：《西海纪游草》，岳麓书社 1985 年版，第 43 页。

林鍼为我们勾勒了一幅繁华乃至先进的西方世相图，文中对西方现代器物文明的褒奖不绝于目。“巧驿传千里，公私刻共知”惊叹西方邮政的速度与便捷；对西方礼仪、政教的赞美也溢于言表，“断狱除刑具，屯军肃令仪”则赞叹西方司法体系的公平、公正。总而言之，从上述不乏溢美的诗句中，我们发现，当林鍼从一种外在于西方的陌生人视角来观照西方时，西方便以其先进的技术与发达的文明形态，打破了古典时代对于西方的偏执性描述，不仅恢复了西方作为地理指称的中性形象，而且构建了一个堪与中土媲美的文明实体，以不同以往的异质面目强烈地吸引着这位初见世界的晚清士人。王一川把这种初见西方而产生的感性认同与惊叹称为“惊羡”，“显然，西方对于晚清时代的使者来说，已经不再是与中国渺不相涉蒙昧低下的蛮夷，而成为一个令人相形见绌的他者”①。这种惊羡不仅来自林鍼对西方的重新发现，而且来自一种新的空间意义。西方作为一个被亲眼“注视”的“他者”，正以其完全不同于以往的形象有效地纠正了亲历者的先见，并引发了游者的感性认同。

这种古典中国与现代西方交汇的越界移动，以强悍的姿态冲击着林鍼的观看视域，使其遭逢了源于体验实感所带来的一系列现代风暴。不仅冲破了闭抑的西方认知图式，从而引发了作者的“惊羡”体验，生成了新的异国形象；而且在知识层面，移步换形的书写方式，有效扩充了读者的认知视域。就上面所引诗句可知，纪游诗几乎每一句都旁涉美国某一社会层面，它们分别指涉了美国的建筑、交通、电话、兵器、宗教、官制、法律乃至南北方的差异等诸类社会形态。它们作为跳跃的知识点使林鍼的纪游诗文的知识含量异常丰富，足以成为国内士人窥视西方世界的一个有效窗口。

① 王一川：《中国现代性体验的发生》，北京师范大学出版社 2001 年版，第 194 页。

然而，这种源于个体观感所产生的感性认同与西方知识的自动扩张很快被作者旨在搜奇揽异的主体意识给覆盖了。毕竟，在书写西方游记过程中，作者主体始终拥有双重身份。其中一个是个体的感性身份，我们把他称为是在场的陌生人，他根据自己直观的感受来讲述西方，亲历亲闻的现代性体验不仅对固有的西方先见进行了有效的纠正，而且重新生成了上述颇具诱惑力与现实意义的西方世界。另一重主体，则是深深拘囿于传统理念与固有视域下的传统士人。对林鍼而言，繁复的西方事物固然让他震惊乃至赞赏，但还不足以构成传统框架下值得思考与求知的对象。远离中华文明圈的异域风物终究不过是其偶然遭逢的奇怪事物，“眼界森临万象，彩笔难描；耳闻奇怪多端，事珠谁记”“山海奇观，书真难罄”[①]。可见，跨文化语境下的西方游历，固然在感性层面震惊了林鍼，引发了其认知结构不自觉的转型，但在自觉的主体意识层面，美国之游对林鍼而言，不过是一次类似传统士大夫游山玩水式的个体经验的扩充过程，是借以开阔眼界、壮阔胸襟的作用物：“去日之观天坐井，语判齐东；年来只测海窥蠡，气吞泰岱。”[②] 在主体意识上，林鍼只愿以搜奇揽异的姿态，滑行于异域万象之上，谱一曲海市奇谭。

正是出于重在搜奇的主体意识，林鍼的纪游诗草采用的是在各类事物上迅速滑行的书写方式，诗句与诗句之间跳跃性极强，迅即切换书写对象，上句与下句多形成意义上的断裂。虽然异域意象层出不穷，但均蜻蜓点水一扫而过。这种铺叙性的写法类似于“体物而浏亮”（陆机《文赋》）的大赋，注重对各类事物纷至沓来的铺张描述，而缺乏主体情绪的投入与理性的考究，大量不带目的性与逻辑性的文字蔓延与场景转换成为作者放肆其搜奇欲望的所在。这类

① 林鍼：《西海纪游草》，岳麓书社 1985 年版，第 39 页。
② 林鍼：《西海纪游草》，岳麓书社 1985 年版，第 39、41 页。

对琳琅满目的西方事物进行罗列，并重在搜奇的书写缺憾，无疑与林鍼内在精神结构的先天性匮乏有关。林鍼出洋是在 1847 年，第一次鸦片战争后不久。1840 年所爆发的鸦片战争是中西兵戎相见的头一遭，但《南京条约》的签订似乎只是在重复着中华帝国以“抚”代“战”的轮回，西方始终处在中国为天下中心的册封体制之内，日本学者加藤祐二指出：“即使缔结了南京条约，清朝也不说是失败了。因为他们理解是为了施予恩惠而缔结了这个条约。”[①] 对于大多数晚清人而言，鸦片战争的西方冲击并没有带来应有的反应，除了上述以“抚”对待西方的惯性思维模式外，其实际原因还可能与地缘因素有关：“可能是此一战争的作战地区主要在广东与浙江的沿海，内地士大夫既难目击，又道路传闻有限，不可能有刻骨铭心的感受，更不用说掌握住此一战争的重大历史意义了。”[②] 在 1840—1860 年之间大约只有扬州秀才黄钧宰在 1844 年指出西方人的到来是一大变局。[③] 就鸦片战争前后的社会语境而言，西方，对于大多数中国人仍是一个遥远的、惯性认知下的对象，作为一名依靠在洋商处担任翻译以“谋菽水之奉”的下层士人，显然并未有鸦片战争的刻骨触动，更无从自强、师夷的角度来观看西方的眼光。西方的林林总总，对他而言不过是“耳闻奇怪多端”[④]，这便是林鍼命名的场域，更是他得以依靠的社会总体意识。

---

① 加藤祐二：《讨论日本文化与江户时代》，转引自依田憙家《日本的近代化——与中国的比较》，上海远东出版社 2004 年版，第 362 页。

② 汪荣祖：《走向世界的挫折——郭嵩焘与道咸同光时代》，中华书局 2006 年版，第 7 页。

③ 参见黄钧宰：《金壶七墨》第 4 卷，文海出版社（台湾）1969 年版，第 3 页。

④ 林鍼：《西海纪游草》，岳麓书社 1985 年版，第 39 页。

三、西方：一个被置放传统情绪的另类空间

美国游记作家保罗·索罗认为："游记是一种自传，与其说游记对书写者在揭示所描写的地区，不如说他在揭示内心世界。"[①] 游记中的景观总不期然成为主体的精神投影或者理念结构的衍生物。对于域外游记而言，西方就如一面镜子，在呈现自身符号意义的同时，也映照出书写者的心灵世界与精神波动。因此，我认为域外游记的书写意义，不在于它记录了晚清人看见过什么样的西方，而在于晚清人如何看西方？为什么这么看？看的方式中展示了观看者何种心理图式。

"半谋菽水半搜奇"[②] 的去国经历，终究是林鍼生命中的一次偶然事件，置身于西方现代文明情境中的林鍼，其心理结构仍深陷于传统意识形态之中。与异质文明相疏离、思想上自我屏蔽导致林鍼在描述西方诸多事物时，仍习惯套用传统的认知图式来对之进行归纳。其中最鲜明者，莫过于被录入游记文本中的异域风物，它们由于写作主体的惯性往往失去了它本应呈现的独特形式，而多沦为惯性的痕迹、中土景观的复制物。

面对大异于中土的人情风物，林鍼却连篇累牍地引录传统诗文典故加以铺张描述：

玉堂铺锦绣，琼宇衬玻璃；秋月弹湘怨，苍松绘雪姿；才追谢道蕴，慧媲蔡文姬；走笔笼鹅贴，迎锋探虎旗；楼

① Thereaux Paul, *Riding The Iron Rooster: By Train Through China*, Ballantine Books, 1988.

② 黄树芬对《西海纪游草》的题诗。

头灯变幻，镜里影迷离；算贯毫厘末，谈忘辨驳疲；嫦娥辞碧落，大夫渡银湄。……归程欢迅速，家庆乐酣嬉；萍梗何为者，刍荛或采之；不才无所用，即事偶成诗。①

在上述类似汉赋般华美的诗句排列下，西方成为一个颇契合东方审美情调的美学空间，以我们熟悉而精美的形态呈现出来。引文中有关玉堂、琼宇的描写对应的是中国的宫廷楼宇，它们被用来描述西方的现代建筑物；谢道蕴、蔡文姬则作为传统士人耳熟能详的人物被用以描述才识兼备的西方女子。这类借助中国传统意象符号与诗文典故来讲述异域风物的写作方式，使得传统积淀中的集体无意识与异域形象紧密纠结于一体，使之成为莫辨中西的人与物。传统意象符号与诗文典故多为约定俗成的意义元素，在时光流转与口口相传中，它往往构成了一个自足的意义集合体，具有了独立的修辞功能，当游者对异国风物进行置换式描述时，诗文典故所营造的意境与异国风物间便产生了重叠的幻觉。这不仅是文章在行文上的雅致诉求，背后也隐含了作者对于异域的想象方式，即以中国传统文化的运思来容纳异域的相异性。虽然书写者置身于异域景观之间，但叠加了传统意象的异国事物却足以让主体远离了西方的现实空间，借助固有的中土元素重新构筑审美空间，恢复其传统的审美情调。诸如此类必须放入中国传统语境下方能领略其诗妙处的运思方式与前文有关游子思乡的苦旅慨叹相呼应，共同构筑了一个完整的以传统意绪作为抒发机制的抒情系统。在这里，西方似乎只是一个被置放传统情绪的另类空间。

正是内持传统文化心理图式，严于男女礼教之大防的林鍼一旦接触到毫无避讳的西方女子，不禁浮想联翩："虽使君有妇，痛抱人

① 林鍼：《西海纪游草》，岳麓书社 1985 年版，第 43—44 页。

天，惯小姑无郎，心坚金石，底事华番异致，黎倩牵心，天然胡妇多情，子卿谁是？夜绕横塘梦草，孤灯泪渍衾绸。”① 显然，西方女子的热情好客被误解为对己的一往情深，以至林鍼夜不能寐、孤灯泪渍，这番苦相思与自作多情被林鍼以婉转、怅惘的笔调写出，不禁让人莞尔。他天然地以归化的方式将西方女子的行径纳入儒家礼教有关男女交往的认知图式中，由此及彼地对他者进行同化与想象，在固有的文化原型力量的席卷下，西方社会正常而普遍的男女交际被作者演变为一场旷世苦恋，这份现实与情感之间的错位莫不源于中西文化、传统与现代错位所带来的心理错位。

内在于传统意识结构中的林鍼不仅在描述西方的字里行间弥漫着古典的诗词意象与传统的文化情怀，且在书写姿态上始终保有华夷之辨的优越意识。在纪游诗及其自序中，我们不难见到“夷”“番”等带有浓郁的华夷意识的诗文，如“泉桥承远溜，利用济居夷”“白番与黑面私通，生成杂种”等描述不无呈现了林鍼凝滞的文化理念，暴露了他作为一名平庸士人的认知图式。认知之于人，虽然无形无色、变动不居，但在具有集体性、规模性的传承下却能大致保持相对一致的内涵。对于晚清之前的中国而言，基于中华文化共同体之上的天下意识作为集体性共识源远流长，古典中国对具有神圣性的中华文明充满信心，借此认定中国为天下文明之中心，春秋时代的《诗经·大雅·民劳》有“惠此中国，以绥四方”一语。天下意识使得他们对儒教文明之外的地区直接忽视，其他国家要么属于亟待归化的群体，要么属于蛮夷之列。可见，古人对地域的认识固然源于地理知识的贫乏，但更有着根深蒂固的文化上的自大，“天圆地方”“中国天下”的先见构建了他们对于异邦的本能认识，将其他民族与国家视为化外之“夷”“番”不过是古典世界意识下

① 林鍼：《西海纪游草》，岳麓书社 1985 年版，第 40 页。

的必然反应。林鍼以高高在上、毫不犹豫的姿态将西方他者命名为“夷”“番”“杂种”的书写模式，无不因文化的自大，而对异域呈现出一副居高临下的面孔来。

我们不无遗憾地看到，西方现代文明固然向林鍼展示了文明、发达的一面，所引发的启蒙意识在林鍼的骈文古诗中也曾如吉光片羽般闪烁过，但这些现代意识的萌芽随即被林鍼汹涌而来的搜奇欲望与古典情怀淹没了。或许，在国禁初开的时代，林鍼的个人见识以及背后的时代背景决定了他只能从古典凝滞的认知图式出发来描述这片与中土迥异的西方世界，其评价标准仍无法挣脱传统意识框架，以致他所构筑的西方世界最终成为仅供人作茶余饭后之闻的海外奇观，在中国近代思想史上留下了遗憾的一笔。

2016 年

文化符号与想象空间

——晚清域外游记中的西方博物馆

较之一般的“游”而言，晚清时期的“域外之游”已然失去了古典时代“细雨骑驴出剑门”式的悠游姿态。行旅主体乘槎远行，将自我嵌入迥异于原来文化秩序的陌生空间，在地理、文化的越界过程中，开始追寻西方强盛的秘密。这一变化与书写主体有关，也与时代变局有关。晚清时期的域外游者，多为随洋翻译、自由知识分子以及出洋使臣，如同为翻译的林鍼、罗森，同为政治逃亡者的王韬、康有为、梁启超，同为使臣的斌椿、志刚、郭嵩焘、曾纪泽、张德彝、薛福成等。他们留下了大量的域外游记，据清人王锡祺所辑的《小方壶斋舆地丛钞》所录，晚清时期共约有 90 卷、几百万字的域外游记文本行世。这批数量浩繁的域外游记与古代游记不再一样，内外交困下，游记书写重在探其利弊、考政求学，从古典式的吟咏山水转向经世致用式的社会记录，其中所呈现的西方经验或可成为我们触摸中国近代主流知识分子文化心理嬗变的重要文本。

将晚清域外游记作为我们研究晚清知识分子文化心理裂变的重要文本，其原因可以从费正清先生的论述中找到答案。他指出：“总的来说，外国入侵的历史是令人不愉快和蒙受耻辱的历史。此外，直接了解这种情况的只是统治阶级、文人和官吏中的少数人物，至于平民，特别是与外国人共事的人，则不习惯于把他们的看法和经历记录下来留给后世。所以我们在考察中国人对西方的看法时，不得不主要依靠上流社会学者们的著作；这些人受过中国经典学说的彻底熏陶，因而最不可能背离对待外国人的传统态度。”① 的确，从创作主体而言，晚清涌现的出使游记的创作主体多是政治家、外交家、翻译官，他们处于知识阶层的精英范畴，并且受过中国传统经典的彻底熏陶，具有中国传统的文化身份，这种文化身份就如斯图亚特·霍尔所指出的是“一种共有的文化”，“提供了变幻的历史经验之下稳定不变和具有连续性的意义框架”。② 由于出使游记的创作主体其社会身份一致、文化心理结构类似、创作背景相同等因素，我们能够“在一个更坚实的基础上研究集体心态，可以使我们把握传统思想和行为方式的转变，以及新的心态的出现”③。这使得域外游记成为晚清一类重要的文学现象。

阅读这批浩如烟海的域外游记资料，读者不难发现，初见沧海之阔的晚清游者对西方博物馆有着浓郁的兴趣，几乎每位游者都会在游记中浓墨重彩地记录博物馆这一具有现代意义的文化符码。据《漫游随录》所录，王韬曾七次游历英法两地的博物院，并在游记的第 23、24、28、38 等章节中，以专章的方式对博物馆进行精雕细琢的描述；李圭的《环游地球新录》共四卷，其中第一卷用了八章的文字对美国的博物总院以及机器、绘画、耕种等专馆进行了分门别类的介绍；李筱圃在日本的短短四十余日，便悉心游历了日本长崎博物院、东京博物馆、上野博物院等三处重要的博物院机构；郭嵩焘在《伦敦与巴黎日记》中，竟 24 处以工笔的细致写到了西方博物馆，其中既有综合类的世界各国文物陈列馆，也有大型的自然博览，

① 费正清：《剑桥中国晚清史》，中国社会科学出版社 1985 年版，第 141 页。

② 斯图亚特·霍尔：《文化身份与族裔散居》，罗钢、刘象愚主编《文化研究读本》，中国社会科学出版社 2000 年版，第 209—211 页。

③ 孟华：《比较文学形象学》，北京大学出版社 2001 年版，第 92 页。

专门的昆虫、植物、医学等专门博物馆；薛福成自称“余自香港以至伦敦，所观博物院不下二十余处”①。可见，对于晚清域外游者而言，博物馆似乎是不可不去之地，不可不写之所。

当我们发现西方的博物馆、博物大会等成为这批晚清游者笔下一个被反复书写的场所时，我们不禁要追问：在变局之中产生的晚清域外游记，为何要反复书写西方博物馆　在书写中，作为游者的主体发现了什么、凸显了什么　西方博物馆是如何作为一个承载了多重文化意味的想象空间而被形成的　最终，有关博物馆的认知对晚清知识分子的文化心理图式带来了怎样的冲击

一、西方博物馆：现代世界的认识空间

晚清士人笔下的西方博物馆是现代工业文明语境下颇具现代象征性的展览机构，大约17世纪晚期，它最先诞生于工业文明率先兴起的英国，其雏形是对英国自身历史器物的搜集与展示。1753年，大英博物馆建立，成为全世界第一个向公众开放的大型博物馆，此后，西方不少国家纷纷仿效英国在本地开设博物馆，并以此作为肯定自身现代文明的重要表征。关于博物馆在西方的兴起，有诸多的解释路径，从寻求自身正当性这一解释视角而言，西方为了争取他者对于西方的内在认同，建立西方秩序的正当性，需要一套具有说服力的修辞手段，博物馆不啻为一个堪当重任的有效工具。它有关地理的、历史的、文化的展示饱含政治能量，不仅折射了建立者的内在欲望，同时也有效地建立了一套有关现代世界的认知模式。

博物馆中有关历史、文化的开放式展览无疑对徘徊于西方文明

① 薛福成：《出使英法义比四国日记》，岳麓书社2008年版，第164页。

之外的晚清人产生了强烈触动，几乎每位出游者初次发现博物馆这一新质事物时，都持正面的认同之意。1866年，张德彝陪同大臣斌椿首次出使西方，在谈及西方博物馆时，他不乏震惊地将其冠之为“炫奇会”①，王韬则将之首译为“博物馆”这一溢美性称呼，并在《漫游随录·出游小志》中盛赞英国博览院“无美不具，无奇不备，博采广收，分室收贮”②。黄遵宪《日本杂事诗·广注》也为博物馆做了具有褒扬性的定义：“博物馆，凡可以陈列之物，无不罗而致之者。广见闻，增智慧，甚于是乎赖。”③ 这一具有强大诱惑力的西方场所被晚清游者反复论及，不仅在于它所拥有的“无美不具，无奇不备”的直观的冲击力量，也与博物馆之博而带来的多元化的现实世界有关。

当晚清游者乍然进入“殊方异物，珍奇瑰玮之观，无不毕至”④的西方博物馆，其场域中具有条理性与安排性的历史的、地理的事物纷至沓来，带来的是关于世界多元化的冲击力量，是迥异于天朝帝国凝滞心性的世界认知模式。郭嵩焘游巴黎博物馆，见其中古钱、图画、钞书等藏品数量浩繁，“远及各国”；游肯辛顿博物馆，见其中有仿制的世界各地房屋，相形之下中国自视甚高的传统建筑却不免相形见绌：

> 其前数院，凡各国所建之坊，若石幢，若门楼，若亭，若石楼，奇丽宏壮者，皆仿为之。……巨壁张画一幅，极四大部洲最高房屋罗绘其中，以礼拜堂为最，伦敦已有高

① 张德彝：《航海述奇》，湖南人民出版社1981年版。
② 王韬：《漫游随录》，岳麓书社1985年版。
③ 黄遵宪：《日本杂事诗·广注》，岳麓书社1985年版。
④ 黎庶昌：《西洋杂志》，岳麓书社1985年版，第479页。

至五十丈者。南京琉璃报恩塔，其高得半而已。①

在博物院，郭嵩焘见到了世界各地的建筑仿造物，它们“奇丽宏壮”显然不逊色于中土，其中伦敦的礼拜堂比南京的报恩塔高一倍之上，在建筑文明多元化的展示中，中国不过是其中并不出色的一员。博物馆之博让初次走向世界的晚清人莫不有“井底之蛙”的慨叹，薛福成说：“所观博物院不下二十余处，常有《诗经》所咏、《尔雅》所释、《山经》所志鸟兽草木之名，为近在中国所未见，及至外洋始见之者。”② 这种外在的观看刺激作用于郭嵩焘、薛福成等人的心理结构，使得其认知模式发生了相当程度的转变，薛福成曾指出晚清正经历由“华夷隔绝之天下，一变为中外联属之天下”③的变局。

这种遭遇西方博物馆而恍然对近代世界格局发生重新认知的心理转折，也同样发生在口岸知识分子王韬的身上。王韬见大英博物馆丰富的藏书典籍，不禁为之折服，此博物馆以浩瀚的藏书彰显了毫不逊色于中华典籍文化传统的文明深度，被引以为傲的中国经典不过夹杂在别国的浩茫书海中，成为各国文明的一部分：

院建于一千七百五十三年，其地袤广数百亩。……院中藏书最富，所有五大洲与古今历代书籍，不下五十二万部。其地堂室相连，重阁叠加，自巅至址，节节庋书，锦帙牙签，鳞次栉比。各国皆按槅架分列，不紊分毫。④

---

① 郭嵩焘：《伦敦与巴黎日记》，岳麓书社 2008 年版，第 186—187 页。
② 薛福成：《出使四国日记》，湖南人民出版社 1981 年版，第 100 页。
③《薛福成选集》，上海人民出版社 1987 年版，第 555 页。
④ 王韬：《漫游随录》，岳麓书社 1985 年版，第 101—102 页。

西方博物院不仅收藏了浩繁的中国典籍而且包揽了五大洲的古今历代书籍，在汗牛充栋的藏书室中，中国典藏不过成为按槅架分列的藏书之一类，在王韬眼中俨然失却了文被天下的权威性，这对惯于陶醉在“中国天下”幻觉中的晚清人而言，不能不是迷梦觉醒的开始。对于晚清之前的中国而言，基于中华文化共同体之上的天下意识作为集体性共识源远流长，古典中国对具有神圣性的中华文明充满信心，借此认定中国位居天下文明的中心。春秋时代的《诗经·大雅·民劳》有“惠此中国，以绥四方”一语。然而，他们在博物馆所遭遇的现实境遇，让王韬等晚清知识分子得以打破文化迷梦，从世界的角度来重新认识中华文化在世界中的位置。王韬发出了这样的感叹：“盖其国以礼义为教，而不专恃甲兵；以仁信为基，而不先尚诈力；以教化德泽为本，而不徒讲富强。欧洲诸邦皆能如是，固足以持久而不敝也。”① 在与西方文化的亲密接触中，王韬具体而微地感受到西方文明毫不逊色于中华文明的博大精深。

对于晚清这批初次走向世界的国人而言，世界之大正以平铺的方式向他们席卷而来，他者的文明力量正以毫不逊色甚至超越的姿态在对比中展开。可以说，博物馆以其之博首先击碎了晚清游者的天下意识，展示了一个平行的广大世界。这是一种扩散性的空间开拓，博物馆中关于世界各地的器物陈列、建筑展览借此物品形成了一个可以直观理解和传递现代世界意识的“认识空间”。它们有效打破了郭嵩焘等晚清士人们的先在视界与所谓的天下构想，让他们在集中而对比强烈的纷繁事物中被动接受了这个比中国天下要广大得多的世界，用罗伯逊的话来说，博物馆改变了中国的“世界意象”（world image）。西方博物馆所构建的世界多样性加深了晚清人关于他者与自我的再度认识，从而发现独特的“这一个”中华文明不过

① 王韬：《漫游随录》，岳麓书社1985年版，第127页。

是普遍文明中的“一个”。

二、西方博物馆：“西方”与“东方”的形塑空间

博物馆的功能在于向人们提供知识，博物馆因此常被笼统地说成是一个“知识场所”，然而，重要的不只是博物馆提供了知识，更重要的是博物馆所提供的是什么样的知识。博物馆作为西方塑造自我的一个工具，在昭示世界之大的同时，也成为一个构建中国他者与西方自我的重要文化场域。其中，博物馆对西方历史及其西方当代器物的连续性展示，从线性的时间层面构建了一个持续发展的西方文明形象，这成为西方向世界确立自我形象、构建其优越性地位的重要场所。

康有为从博物馆的精心编排中看到了西方进化发展的顺序：“今偏观各国博物院皆于十二三世纪后乃有精巧之物，可以观欧人进化之序。”[①] 王韬参观法国博物馆，见识了西方的兵器发展历程：

> 此外有一院曰“穆西黎”，列屋五间，深广崇闳，专藏法国古今各式军器。古时战斗之际，亦尚甲胄，其器械亦惟刀、矛、弓、矢，自火器兴而皆废矣。……阅其所陈战具，亦可悉古今沿革之源流，而行兵强弱之殊矣。[②]

其中，王韬所谓的“可悉古今沿革之源流”，说明西方博物馆从时间序列上一步步地展示了西方军事文明的发生与发展。从古时冷

① 康有为：《法兰西游记》，岳麓书社 2008 年版，第 357 页。
② 王韬：《漫游随录》，岳麓书社 2008 年版，第 91—92 页。

兵器时代粗陋的弓箭到现代的枪炮军火，法国军事的进化轨迹一览无余。张德彝游不列颠博物院，发现其中不仅有古物陈列，更有创新之物后续之“再进，又十数楹，为古今天下各国所用什物与一切兵器，而本国之新制继之”①。我们发现，在晚清游者的博物馆书写中，这一直线向前发展的西方形象在进入晚清视野时，是长驱直入、不加抵抗的，它成为理所当然的认识西方的有效媒介，成为从历史通向现代西方的一道叙事脉络，即西方是以前进的步伐从古代走向当下的。这不仅是西方博物馆自身的叙事方式之一，也是晚清游者观之于目、印之于笔的叙事手法。

当西方的文明遗留物与现代科技的展示成为叙事主体，它们被分门别类地书写，以时间序列的方式具体而微地建构了西方的过去与现在。在关于西方过去的文明博物的展示中，一个拥有文明并逐渐进步的西方在透明的一览无余的视野中形成了连贯一致的形象，勾勒了一条不同于停滞的东方的西方道路。这是一条不断进步、由古到今、由古物到创造的道路，是关于现代社会如何进化的最好的标本，它暗示的是西方正在进行的一种普遍的文化继承与文化更新的过程，这一过程与只拥有古物的凝滞的东方文明是截然不同的。

在进行有关西方进化叙事的同时，博物馆也以展览古董与旧物的方式塑造了一个停滞的、愚昧的中国形象。在西方博物馆中，中国游者发现其中的展览品很大一部分是西方从中国所获取的战利品，它们多为从两次鸦片战争中掳掠而来的有相当收藏价值的宫廷古董。康有为游法国欹规味博物院，看到大量的皇帝玉玺、乾隆御笔流落在此，“中国内府图器珍物在此无数，而玉玺甚多，则庚子之祸也。呜呼！观内府玉印晶印无数，其属于臣下者不可胜录”，直道“则伤

① 张德彝：《随使英俄记》，岳麓书社 2008 年版，第 361 页。

心处矣”。[1] 游乾那花利博物院又见中国积年积世之精华流落于法国展览室，其中有“御书印心石屋墨宝六幅，金纸《印心石屋图》三幅，亦刻龙。斋戒龙牌一。封妃嫔宝牒一。其他晶石漆瓶盘，人物无数”[2]。这些价值连城的中国器物所闪烁的精致光辉，不仅不能带来自我印证的文化自豪，因是失败后被掠夺的战利品，它们反而成为无处不在的提醒，让目睹者一再回忆曾经辉煌的历史和失落的现在。面对这些拥挤在西方博物馆中源自中国的煌煌宝物，康有为凄凉回首，慨然国族陵夷，他随文附《巴黎睹圆明园春山玉玺思旧游感赋》一诗，以追古抚今的方式哀婉地抒发了今非昔比的末世之感与变革情怀：

> 忆昔霓旌幸苑时，畴人南汤来侍值；寿山春日饶物华，辇路繁华好颜色；罗刹远遣图理琛，荷兰贡入量天尺。当时威廉始入英，人民不及五十亿；欧土文明未开化，惟我威灵照八极。百年之间新世变，汽船铁轨通重译；惜哉闭关守长夜，竟尔绝海召强敌；阿房一炬光亘天，热河三年泪沾臆；小臣步履伤怀抱，手抚铜驼叹荆棘；岂意京邑两邱墟，玉玺落此无人识。[3]

康有为在博物馆睹旧物而生悲，他在感赋中以追忆的方式回忆了往昔“惟我威灵照八极”的旧日辉煌。在“忆昔”的展开结构中，昔日的皇室内部繁华似春，外部则有俄罗斯、荷兰等国谦卑入贡。其时，煊赫一时的英国还人烟寥落、处于未开化的蛮夷状态，

① 康有为：《欧洲十一国游记二种》，岳麓书社2008年版，第214页。
② 康有为：《欧洲十一国游记二种》，岳麓书社2008年版，第220页。
③ 康有为：《欧洲十一国游记二种》，岳麓书社2008年版，第218页。

只有中国威震天下，然而“百年之间新世变”，西方在快速进入现代工业文明的同时，中国仍然“闭关守长夜”，不思变法求新，以致屡败于强敌，让曾经尊贵一时的玉玺流落异域。康的这番感慨自然与博物馆的中国陈列品所带来的心灵震撼分不开，这些迁流他国的故国宝物被西方放置在某种层级结构里面，以一种伤感的、断裂性的面目呈现。这类因战败而被搜罗展览的物品表达的不过是中土文明现世衰败的过程，在它们的背景后面是中国成为西方文明失败者的现实境遇，是曾经辉煌的东方文明被西方文明所控制所容纳的结局，这就难免康有为在面对它们时要赋哀诗来抒发黍离之悲。

在展览西方作为胜利者的中国战利品同时，鸦片、小脚妇人鞋也成为西方博物馆中惯常的中国标签，它们以愚昧、停滞的状态在展览台上接受晚清游者的注视。李筱圃游东京与上野两处博物馆，看到中国已然成为妇人鞋、鸦片枪以及一系列的“坏”“破”“旧”“锈”等粗陋物品的代名词：

> （东京上野博物院）吾华风俗，乃列置鸦片烟具全套，及蜡制妇人尖足一、弓鞋一，腐败恶习，咄咄逼人，噫！余目睹此不觉颜赤汗流。,

> （东京博物馆）可恨者，有一会中架上置坏竹鸦片烟枪两根，破瓷烟缸两个，中竖一挑烟棒，烟盒烟竿数件，坏铜水烟袋一枝，破钱板一块，破旧篾纸灯笼一个，破帽零星各件，俱极肮脏。又于其所陈军械、刀枪、盔甲、旗帜处，置锈蚀鸟枪数杆，破布九龙袋两个，中插装火药小竹

, 李文干：《东航记游》，吕顺长主编《晚清中国人日本考察记集成：教育考察记》，湖南人民出版社 1981 年版，第 802 页。

筒十数根，俱标识曰“中国物”，阅之令人愤懑。①

载泽游美国博物馆，发现南粤的粗劣物品与华商的被弃之物成为代言中国的具体物象：

内有一室列中国物，大半华商赛会时所遗。陈列无次，且多粤中窳劣之物，徒贻讪笑于外，深为愧疚。②

这是西方形塑下的中国形象，它们通过博物馆陈列的方式，以镜像的形式投射于中国游者，中国被西方以一种轻慢乃至荒诞的姿态所拼凑，它带给游者的不再是一种展示力量与世界多样性的符号，而是西方叙事中有关破败、愚昧的中国想象，这是被西方所严格规定的“中国”。显然，西方博物馆的类似“中国展览”在某种层面上是西方从“东方主义”的意识出发，对中国物品进行的有意设置，萨义德曾指出，在19世纪的西方想象视野中，“东方则是遥远暧昧的、被征服的国度……被认为象征遥远和异国情调”③。正是源于西方将“东方”建构为异质的、低下的、具有异国情调的他者化思维模式，西方博物馆中的中国陈列才会呈现出上述破败与荒诞的形态。可以说这是一种有选择的中国展览，属于西方的建构产物，旨在为东西方建立一种明显的分野，从而突出西方文化的优越性。

对于中国观者而言，西方的这种刻意撷取的扭曲的中国叙事无疑是一种赤裸裸的民族伤害，它让书写者“愧疚”“颜赤汗流”，也激起

① 李筱圃：《日本纪游》，《罗森等早期日本游记五种》，湖南人民出版社1983年版，第100页。

② 载泽：《考察政治日记》，岳麓书社2008年版，第593页。

③ 爱德华·萨义德著，王宇根译：《东方学》，三联书店2007年版，第80、101页。

了愤懑的民族情绪。19世纪中后叶，中国屡屡败北于西方的事实，被具体化为破败物品的展示，对比同一博物馆中西方先进器物文明的展览，它更能在一种强烈对照下唤起国人的民族自尊心。李筱圃甚至由愤生恨，指斥日本居心不良："虽鬼蜮之见不足较，而其居心已显然可见，尚足与之论邦交载！"① 康有为参观德国博物馆，因中国物品与黑人相并列而愤怒不已，借此抒发他的变法大志：

> 亦置在黑人之列焉，筑一亭，置一枷人首，海关道旗仗在焉。辱吾国体极矣。……而轻贱我同于非洲之黑人，假我国而见分灭，岂可言哉？志士不可不愤兴哉！②

康有为一贯持有严重的种族观念，对黑人甚不认可，甚至在其《大同书》中要将黑人摈弃在大同世界之外，灭其种族，"然黑人之身，腥不可闻。……故大同之世，白人黄人，才能形状，相去不远，可以平等。其黑人之形状也，铁面银牙，斜颔若猪，直视如牛，满胸长毛，手足深黑，蠢若羊豕，望之生畏""其棕黑人有性情太恶，或有疾者，医者饮其断嗣之药，以绝其传种"。康认为黑人形状可怖，蠢如猪羊，与白人、黄人等文明世界的种族相去甚远，最好能通过医药的方式让恶形恶状黑人断子绝孙。而这么一类让康有为深恶痛绝的种族却在西方的博物馆中与中国同置一列，康有为自认为是奇耻大辱，所谓仁人志士应当奋发图强以雪耻的意思自然不言自明了。

以并列方式展示西方与中国的博物馆，成为晚清游者最具体而

① 李筱圃：《日本纪游》，《甲午以前日本游记五种》，岳麓书社2008年版，第173页。

② 康有为：《德国游记》（一），岳麓书社2008年版，第122页。

微感受西方文明的场所，也成为晚清游者最尖锐地感受民族挫败的伤心地，其中，西方被置于代表现代文明的先进位置，中国被置于落后、愚昧的封闭空间，成为西方人所限定的失落的东方形象。

三、西方博物馆：启迪民智的变革利器

虽然西方的博物院多以不平等的序列展示西方与东方，由此引发了晚清游者内心的痛楚与民族情绪，但是博物馆向普遍公众开放的运作模式与广开民智的教化功用一直被痛思图强的晚清游者心向往之，具有启迪功用的博物馆在寻求奋起的晚清知识精英笔下不啻成为启蒙民智、感发人心的变革利器。

张德彝参观大不列颠博物馆，置身于纷至沓来的知识序列中，感慨博物馆是扩张庶民见识的重要知识场所："夫英之为此，非徒令人观看以悦目怡情也。盖人限于方域，阻于时代，足迹不能遍历五洲，见闻不能追及千古。虽读书知有是物，究未得一睹形象，故遇之于目而仍不知为何名者，往往皆然。今博采旁搜，综括万汇，悉备一庐，每于礼拜一、三、五等日开门，纵令士庶往观，所以佐读书之不逮而广其识也。"① 显然，在张德彝眼里，西方博物馆中超越时空的物品陈列，不仅能在直观的层面形象地为观者展示五洲之阔、千古之大，而且，令庶民往观的开放模式，能够从见识层面扩大民众的知识面，普及书本之外的知识信息。博物馆不仅具有怡情的情感功用，更具有"广其识"的现实功能。

康有为自变法失败后，汗漫海外，游遍欧洲，曾数十次参观各国博物馆，博物馆保存古物、传递知识的功能与他的政治理想产生

① 张德彝：《随使英俄记》，岳麓书社 2008 年版，第 361 页。

了强烈共鸣。游意大利博物馆时，他从“以无用为有用”的哲学高度肯定了博物馆在保存古物、感发民众心志方面的重要意义：

今吾为国人文明计，盖有二者：一曰保存古物。考之各国风俗，皆有保全古物会。士大夫好古者，皆列名于中，而有官监焉。凡一国之古物，大之土木，小之什器，皆有司存。部录之，监视之，以时示人而启闭之。郡邑皆有博物院，小物可移者，则移而陈之院中。巨石丰屋不可移者则守护之，过坏者则扶持之，畏风雨之剥蚀者则屋盖之，洁扫而慎保之。其地皆有影像与船记以发明之。有游观者，则引视指告其原委，莫不详尽周悉焉，而薄收其费。

…………

夫天下固有以无用为有用者矣。虚空，至无用也。而一室之中，若无虚空，则不能转旋。然则无用之虚空，之为用多矣。凡小人徒见其浅，而君子能虑其远。古物虽无用也，而令人发思古之幽情，兴不朽之大志，观感鼓动，有莫知其然而然者。①

博物馆自19世纪以来已经成为西方普泛性的公共场所，也是西方文明发展的重要标志之一，康有为游览欧洲各国，发现其中均设有博物馆保存古物，这一场所的建立与操作模式无疑给予曾有此宏旨的他以强烈触动。游罗马博物馆，他“一面观之，一面私惭，甚憾吾国人之不能保存古物也”②。在上述引文中，康有为以详细的笔致介绍西方博物馆保存古物的方式，这类直观的带有考察意味的书

① 康有为：《欧洲十一国游记二种》，岳麓书社2008年版，第118—119页。
② 康有为：《欧洲十一国游记二种》，岳麓书社2008年版，第119页。

写方式自然有呼吁借鉴之意。康有为在意大利游记与法兰西游记中数十次详尽写到博物馆，追慕之意溢于言表，这恐怕与他游历欧洲前便抱有的政治理想有关。于1885年脱稿的《大同书》中，康有为对博物馆的建立进行了浪漫构想，主张在理想社会“太平世”里，从上至下的行政区域都建立不同层级的博物馆，以供民众参观与扩增见闻。维新变法时期，康有为又汲汲于将成立博物馆作为变革要务之一上报光绪帝。变法维新要解决的国计民生问题数不胜数，康有为却坚决地将看似无关变法宏旨的博物馆作为要务呈报，其根本原因或许在于他在引文末所指出的博物馆能够“令人发思古之幽情，兴不朽之大志，观感鼓动”，具有相当的开民智的教化功能。康有为借博物馆来启迪民智的夙愿终于在1905年得以实现。1905年，实业家张謇建成南通博物馆，并向普通公众开放，自此，中国拥有了第一家自建的博物馆。

通过对晚清域外游者笔下的博物馆进行分析，我们发现，晚清域外游记中的西方博物馆并非一个地理意义上的游览场所，它正成为一个具有包孕性的文化符号，它以具体的方式构建了西方文明的自我形象，并形塑了西方视野下的东方形象。当这一切以镜像的方式印之于中国游者的观看视域时，西方以集中、有序列的文明展览打破了晚清人凝滞的西方想象，改造了晚清士人的内在心理结构，并于潜移默化中带来了一个让晚清人自惭形秽、意欲求变的新的现实世界。

2012年

错位下的日本想象

——甲午前晚清士人的日本游记研究

一

较之欧美诸国，日本无疑是一个让大清帝国情绪复杂的国家。欧美诸西方国家，在晚清士人的想象视域里，终究是一个陌生体，它或者被诋毁或者作为普遍性的价值被向往，无论如何，西方的过去与晚清的现在是隔阂的，缺乏历史的纠葛与回顾。但日本却不一样，自古以来相对固定的交往模式，使得日本长期处于中华王朝居高临下的想象视野内，与中国历史相纠缠。作为正史的《汉书》开始了对日本的正式记载："乐浪海中有倭人，分为百余国，以岁时来献见。"稍后的《后汉书·东夷·倭传》则云："建武中元二年，倭奴国奉贡朝贺，使人自称大夫，倭国之南界也。光武帝赐以印绶。"远在汉代，日本在中国史家的视野中便是前来朝拜的朝贡者，日本王权的存在需要汉王朝的册封与印绶的赋予。古代这类有关日本的现实抑或想象性认知反复强调的是中国对于日本的权力与控制。至隋唐盛期，日本将中国视为政治、文化上的朝圣地，大量的遣唐使远渡重洋来中国求学，这种交往历史不仅让中国津津乐道，而且也被日本历史所承认。为此，关于日本，中国一直有着上述的顽强记忆，即中国与日本存在着文化大国与附属国、施者与受者的不对等关系，日本被限定在这类固化的认知视野内，从而成为一种静态的本质性事物。

源于上古便已固定的日本形象，晚清士人也极少去关注真正的日本，黄遵宪在《日本国志·自叙》（1887）中曾谈到晚清士人对日本的妄识：

> 昔契丹主有言："我于宋国之事纤悉皆知，而宋人视我国事如隔十重云雾。以余观日本士夫，类能读中国之书，考中国之事。而中国士夫好谈古事，足已自封，于外事不屑措意；无论泰西，即日本与我仅隔一衣带水，击柝相闻，朝发可以夕至，亦视之若海外三神山，可望而不可即，若邹衍之谈九州，一似六合之外，荒诞不足论议者，可不谓狭隘欤？"①

直至鸦片战争，中国对日本的印象仍然是渺茫虚浮："近世作者如松龛徐氏、默深魏氏，于西洋绝远之国尚能志其崖略，独于日本考证阙如。"② 开风气之先的魏源与徐继畬在他们有关外国介绍的著作中对日本的认识也非常模糊。甚至就在甲午一战前，朝廷不少士大夫还妄自认为日本国力甚小："倭不度德量力，敢与上国抗衡，实以螳臂挡车，以中国临之，直如摧枯拉朽。"③ 对于日本的这种不屑、疏忽的认识来自认知模式中的惯性力量，以了解一切、掌控一切的顽固自信维持着自以为是的中日格局。

但这类处于静态认知系统内的中日模式，在现实中却随着时代

① 黄遵宪：《日本国志·自叙》，《日本国志》，上海图书集成印书局光绪二十四年（线装书），第2页。

② 薛福成：《日本国志·序》，《日本国志》，上海图书集成印书局光绪二十四年（线装书），第3页。

③ 蒋廷黻：《中国近代史》，上海古籍出版社1999年版，第119页。

发展的冲击，产生了不可抗拒的变迁。首先是鸦片战争的契机让千年的中日交往模式乍然颠倒。鸦片战争后，中国以屈辱的方式开始走向世界；与此同时，随着明治维新等一系列的西化变革，日本唯中土文明为马首是瞻的信仰如堤溃散。晚清逐渐丧失了凝滞时代对于日本的政治与文化的双重控制，历时性被必然引入这一静态认知系统中，日本学者实藤惠秀从日本的角度描述了这一变化："千多年来，日本在思想、文化、制度，以及衣、食、住等日常生活上，都深受中国影响。日本人因而对中国敬仰有加，直到德川时代（1600—1867）末年，崇尚中华文物的风尚依然热烈。""踏入明治时代（1868—1912），日本急剧地吸取西洋文化，对中国文化的关心渐趋淡漠，但对中国尚未采取轻视态度。不过，从明治末年起，日本步西洋列强后尘，开始在亚洲大陆蠢蠢欲动。在中日甲午战争（1894—1895）中，日本赌以国运，诚惶诚恐地悉力以赴，结果大获全胜。从此，日本人对中国的态度为之一变，不论在政治上、经济上或文化上都轻视中国，并侮辱中国人为清国奴（chankoro）。"① 世事变迁，不仅日本对中国的态度发生了激烈的转变，中国对日本也同样会发生了应激性反应。

现实境遇是，甲午战争之前的日本正在西化的途上蒸蒸日上，并日益成为清帝国一个重要的威胁。由此，曾被视为稳定的日本逐渐变得不可捉摸，不那么稳定了，甚至逐渐转化为一个巨大的威胁与强悍的他者。这类微妙变动最先从日本游记中凸显，通过阅读甲午前这批晚清士人的日本游记，我们不难发现，其纪游文字清晰地展示了这类现实叙事与固有的想象视野之间的冲突与覆盖，暗示了历史发展的必然性，比如世界日趋变化的现实、成长与衰落的对比、

① 实藤惠秀著，谭汝谦、林启彦译：《中国人留学日本史》，三联书店 1983 年版，第 11 页。

中日分离的细节等，而成为一种关于历史追忆与现实接纳之间发生断裂的时代叙事。

二

日人源桂阁曾如此描述何如璋、李筱圃等出使大臣的游日姿态：

皆以诗赋文章，行乐雅会，善养精神，故性不甚急也。……高卧幽栖，诗酒自娱知人，宜交清国人也。①

显然，与游历欧美时汲汲于走马观花的社会考察不再一样，游日的使者们在日本展现的是一副吟风弄月、诗酒征逐的闲逸之态。何如璋使日期间曾辑有《袖海楼诗草》一书，卷上专收与栗本锄云、三岛中洲等日本文人的酬唱诗什，足见何氏在日本诗文酬唱之盛。黎庶昌两度使日，据载他曾五次在日本举行登高诗会，日本汉学家三岛毅在《奉送黎公使归清国序》中这样描述此种诗文唱和的盛况："公使鸿胪交际之暇，每逢良辰佳节，必率僚属设宴于东台芝山景胜之地，招集我文人骚士，诗酒应酬，继以谈笑歌舞，宾主相忘，而汝互呼，吐肺肝尽，情好而罢，如此者不下数十次。"② 这种呈现了晚清人高迈与雅致情调的闲情逸致也普遍出现在彼时游日的士大夫身上，典型如文人王韬。

王韬在日本沉溺于风花雪月，期间"文酒谈宴，殆无虚日，山

① 源桂阁：《芝山一笑·后序》，王宝平主编《晚清东游日记丛编·中日诗文交流集》，上海古籍出版社 2004 年版，第 61 页。

② 转引自王宝平主编：《晚清东游日记汇编·中日诗文交流集前言》，上海古籍出版社 2004 年版，第 97 页。

游水嬉，追从如云”①。翻阅他所著的《扶桑游记》，不难发现他在日本的关注点多囿于清景美妓，文中屡屡提及的多是携妓而游的风流韵事。艺妓、妓等俨然作为王韬最难忘之景观屡次被他反复描摹，初到日本，他就以工笔的手法细细描摹了日本的艺妓形象：

> 一年仅十四五龄许，雏发覆额，憨态可掬。顾其装束殊可骇人，唇涂朱，项傅粉，赤者太赤，白者太白，骤见不觉目眩。……日本女子无不广袖长裾，腰束锦带，带余则垂于背。衣多织花卉禽虫，绮错绣交。其舞之进退疾徐，亦饶有古法。凡客至，必有妓侍饮，名曰艺妓；但能为当筵之奏，不能为房中之曲。闻日本士夫家，有婚嫁则呼之，会亲戚则呼之，盖如唐宋间营妓、官妓，又如今京师之梨园弟子也。②

随后，王韬又多次提及这些既能载歌载舞，又兼宽慰身心的人间尤物。在光绪五年（1879）闰三月二十日的日记中，他详细记录了自己在日本召妓荐寝的经过：

> 返寓，置酒再酌，诸姬亦重整歌舞。旋有自剧场归者，亦来并坐，其白几夺霜雪，令人奇骇。谛视之，则皆粉之涂泽也。时寓主为余觅荐寝之人。始招一妓，年若徐娘，而容入嫫母，因遣之去。继至，则十五六龄小女子也，身材琐弱，灯下视之，洁白无比。余倦已甚，拥之而眠，不

① 中村正直：《〈扶桑游记〉序》，王韬《扶桑游记》，岳麓书社 1985 年版，第 390 页。

② 王韬：《扶桑游记》，岳麓书社 1985 年版，第 393—394 页。

觉东方之既白。①

上述关于日本歌妓的描述与《漫游随录》中多以仰慕之态来描述才貌兼备、知书达理的西方女子迥然不同。王韬在《漫游随录》中悉心关注的是美丽多才的西方女子，“皆花妍其貌而玉洁其心，秉德怀贞，知书守礼，其谨严自好，固又毫不可以犯干也”②。在她们曼妙的身影背后是整个冠冕堂皇、技术发达、文明有序的西方社会，她们相互辉映、共同缔造了王韬关于西方乌托邦的美好想象，激起的是他对西方女子的尊重之意与爱慕之情。同样是在异地、遇见异地女子，王韬在日本的关注点与书写方式却截然有别，王韬在日本更为关注的是那些具有消费性与娱乐性的风尘女子，在引录的前段描述中，王韬从外貌、装扮、举止等方方面面对艺妓进行把玩式的细细赏玩，这种由上至下目光的抚摸显然与尊重、平等无关，不仅直接讥讽艺妓的妆容“赤者太赤，白者太白”，而且轻薄地感叹她们“不能为房中之曲”。语言佻达、轻浮，充分凸显了一个临幸者的高高在上。同样，津津谈及召妓经历，王韬兴致盎然，始终抱有优越姿态。他先嫌弃第一个日本女子太丑状如嫫母，对第二个日本女子似乎也不甚满意，说她“身材琐弱”，只好将就拥之而眠。王韬日本游记中的这番肆意与放浪在漫游欧美的书写中是断乎难寻的，他在日本的这种放荡、狎邪的情态与他在英、法两地所展现的谦谦儒者形象也颇不同，这不能不牵扯到因地域之别而怀抱的心态之别。在彼时王韬及其他士大夫的意识中，日本不过是一个文化、礼仪处处附属于中华的“蕞尔小国”，是一个大清帝国阴影下不值得正视的“小日本”，甚至在甲午战争前夕，日本向中国的开战之举还被喻为

① 王韬：《扶桑游记》，岳麓书社 1985 年版，第 401 页。
② 王韬：《漫游随录》，岳麓书社 1985 年版，第 127 页。

是“螳臂挡车”①。在被视为小国与文明附属地的日本，来自文明大国的王韬在观看日本女子时自然会有着东方情调式的把玩意味。当面对一个自以为比自身弱势的群体时，王韬的精神状态彻底放松下来，作为旧文人趣味的狎邪之态也在两者的遭遇下没有顾忌地释放出来。

这种高高在上、自以为日本文明之宗的大国心态在甲午之前可谓是一种普遍的心理模式，以致我们在甲午前的日本游记中发现，除了如王韬般以精英姿态把玩日本的美景与女人之外，在日本刻意地寻旧、访古、重温日本的中国痕迹、回顾中华昔日辉煌等都成为游日者乐此不疲地展现大国意识的另一脉重要叙事。涉足日本，晚清士人似乎总难以抑制回顾昔日辉煌的冲动，以骄矜的缅怀姿态来追溯中日曾经的文化渊源，成为不少游者的重要叙说：

> 日本自神武创业，一姓相承，迄今二千余载。……汉武时通使，自称大夫。降至魏晋，音问不绝。通百济，受《论语》，圣教始被东土。隋唐以来，屡遣人受学中国。②

> 云龙游历之国六，假道之国五，而以日本始。或曰：此岛国耳！讵知地背以相反而鉴，日本正以相因而观。此彼学唐而后至于今，已一千二百年有奇，事事以中国为宗。③

何如璋、傅云龙们在日本游记中所追溯的这番历史显然是为了

① 曾朴：《孽海花》，上海古籍出版社1979年版，第221页。
② 何如璋：《使东述略》，岳麓书社1985年版，第104页
③《罗森等早期日本游记五种·游历日本图经余纪》，湖南人民出版社1983年版，第110页。

强调中土文明笼罩日本的曾经辉煌，他们通过追溯悠远的历史来定格中日之间的普遍格局。两千余载的交往模式被凝固成一种终极类型，最终形成一种传统与本质的所在，那就是在文化上日本始终受教于中国，并处处以中国为宗。

这类源于历史渊源中的大国思维使得游日文人多将目光聚焦于能够激起文化溯源与优越感的日本景观，凡能印证中日文化渊源的景色器物经常被印诸笔端，诸如唐馆、孔子庙、徐福墓、仿中式的盆景、园林、崇汉学的日本遗老等均成为游记中反复描述与感慨的对象。何如璋游日本孔子庙，自豪感油然而生："夫子未尝浮海，而殊方异俗，千载下闻风兴起，教泽之所被，何其远哉！"[①] 随后他又在《使东杂咏》中赋诗以记：

> 浮海乘桴寄慨深，千秋谁识圣人心。
> 殊方今日入祠庙，洙泗环门杏满林。[②]

孔子，作为中华儒家文明的缔造者与代言人，其学说不仅流传中国几千年，而且泽被遥远的日本国，并被日本以庙宇供奉的高规格方式加以尊崇，这让何如璋在当时"靡然以泰西为式"的日本国寻找到了印证中华文明强大能量的有力证据。源于同样的文化自信，出使大臣傅云龙在游历日本期间对日本正在发生的天翻地覆的变革事物大多寥寥数语一带而过，显然兴趣不大，反而对日本源自中国的古迹与文物津津乐道，甚至长篇考证日本所藏的中国古籍，重新发扬故去文化的余温。

日人作为中华文明朝拜者、倾慕者的形象，也在游日记录中频

---

① 何如璋：《使东述略》，湖南人民出版社 1983 年版，第 51 页。
② 何如璋：《使东述略》，湖南人民出版社 1983 年版，第 73 页。

频出现。

1854年，国人罗森以舌人的身份随美国柏利舰队抵达日本，在罗森时代，舌人的身份无异于三教九流，是登不了大雅之堂的谋生之道。然而厕身日本，一些崇汉文的日人纷纷前来拜访、索要题扇的热忱不免让他骄矜而自得：

> 日本人民自从葡萄牙滋事，立法拒之，至今二百余年，未曾得见外方人面，故多酷爱中国文字诗词。予或到公馆，每每多人请予录扇。一月之间，从其所请，不下五百余柄。①

李筱圃亦记载其在日期间，日本文人来访络绎不绝，有静冈县人藤沼纫来求教“语极谦恭，亦崇汉学而能文者”，又有“日本九州地肥后人汤地文雄来见”，“连日来呈诗求教者甚多，俱略为改窜而已”。②

诸如此类的有关中华遗迹与古文物的盘桓，以及游日者被部分崇尚汉学的日人所尊崇的情境，它们都着眼于强调中土文明泽被日本的现实证据，努力构造中华帝国曾经出现过的美好的生活方式。这些印下中国优势文明的古迹有效区分了真实的历史进程与文化遗产，前者是持续变动的，因而是危险而令人尴尬的，流动的历史带来的是鸦片战争以来中国现实的挫败与日本的文化出走；而作为文化遗产的后者是过去的、静默的，它铭刻着中华文明的荣耀，记录了日本曾经对中土文明的虔诚与向往，因而它们是安全的、美好的。文化遗迹与遗老遗少的尊奉掩盖了现实境遇下中日关系的变迁，也

---

① 罗森：《日本日记》，岳麓书社1985年版，第37—38页。
② 李筱圃：《日本纪游》，湖南人民出版社1983年版，第105页。

抹去了中华文化风光不再的真实情境，在这类抚摸古迹、追溯历史渊源的回顾性荣耀中，晚清士人再一次强化了中国是日本文化宗主的历史记忆与惯性认知。

三

然而，对照其时日本的现实境况，我们不难发现这些努力书写自我辉煌背后的自我幻觉化的表演。当鸦片战争一役打碎中国天朝帝国的迷梦时，还在德川幕府统治下的日本就出现了“举国沸腾，人心惶惶”① 的局面。为了避免重蹈清廷覆辙，日本开始奋力摆脱清王朝的阴影，全面学习西方。1868 年，日本开始了明治维新，果断结束了封建藩属体制，迅速走上了西式的发展道路。当中国在经历着转向传统谋求变革的同治中兴时，明治天皇已经在誓文中声称日本将“为帝国统治根基的强盛，拓新知于海外”②。以明治维新为契机，日本在狂飙式的现代化进程中，狂热的“西化”与坚决的“去中国化”可谓并驾齐驱。1885 年，福泽谕吉于《时事新报》发表了《脱亚论》一文，阐述全面西化的合理性，并将中国视为“恶友”，成为号召“脱亚入欧”的公开檄文：

> 我日本之国土虽在亚洲之东边，其国民之精神既已脱离亚洲之固陋，转为西洋之文明。然不幸之处有近邻之国，一曰支那，一曰朝鲜。……今日之支那、朝鲜对于我国不

---

① 黄庆澄：《东游日记》，《罗森等早期日本游记五种》，湖南人民出版社 1983 年版。

② 吉尔伯特 · 罗兹曼编：《中国的现代化》，江苏人民出版社 2003 年版，第 182 页。

仅没有丝毫的帮助，而且西方文明人也会因为三国地利相接，或许会等同视之，以支那、朝鲜之评价来衡量我日本。……唯有依照西方人对他们之态度来对待他们，亲恶友者不可避免与之共恶友志名，吾要诚然谢绝亚洲东方之恶友也。①

中国对于明治维新时期的日本而言，不仅不再是值得学习的文明古国，反而成为阻挠日本前进的障碍，成为福泽谕吉所号召的亟须摆脱的对象。何如璋、李筱圃、傅云龙以及稍后的黄庆澄等是在日本明治维新后全面变革之际涉足日本的，对于日本这种由谦卑至轻视乃至敌对的情感变化，他们不能不有所感知。何如璋一踏上日本就发现西洋事物在日本蜂拥而现："凡制度、器物、语言、文字，靡然以泰西为式"，"筵馔西式，奏乐亦仿欧洲"，而"汉唐遗风，间有传者，一旦举而废之"。② 日本一边对西方亦步亦趋地进行模仿，一边毫不犹豫地抛弃了中华文明，这类情景无疑对何如璋的中土感怀构成了强烈的反诘。李筱圃也敏感到日本维新后的新情境："日本自维新政出，百事更张，一切效法西洋，改岁历，易冠裳，甚欲废六经而不用。遗老逸民尚多敦古以崇汉学……"西方文明已经成为日本的普遍性追求，作为中华文明传承的汉学此时只有一些遗老遗少才去理会。日本的启蒙先驱福泽谕吉在其《文明论概略》中将中国列为"半开化"国家，福的理论当时被主流的日本阶层所拥戴，游记中所载的与晚清士人们吟诗怀旧的日本儒者大多已经成为当时日本变革中的历史遗留物了。

① 福泽谕吉：《福泽谕吉集》，《近代日本思想大系》，筑摩书房 1975 年版，第 511—512 页。
② 何如璋：《使东述略》，湖南人民出版社 1983 年版，第 62 页。

中日甲午战争前一年，时人黄庆澄受朝廷派遣到日本游历，发现在几十年的明治维新浪潮中，日本“学西方有成效”。黄澄庆初进长崎便看到该城市“全仿西式”，以前的沿海小港全然蜕变成一个现代工业城市，狂奔于变革途中的日本对于中土文化已经不屑一顾：“查东人最好古，往往有隋唐以前书中土已佚者，彼国犹珍存之。自西学盛行，此风一变，昔所存者，弃若弁髦。”① 对于仍沉浸于昔日中日交往模式并深陷于自我中心意识的中国而言，日本这种舍中趋西的文化姿态本身就构成了对中国现状的揭露与嘲讽，现实的日本叙事正处处昭示着日本的今非昔比与日趋强大，日本的“脱亚入欧”之举也处处提醒着中国文化的日趋无力。日本，作为曾经的“小中华”，它正绝尘归西，面对日本这种无可挽回的变迁，甲午前的晚清东游者却鲜有能反躬自省者。他们大多从大国意识出发，让这份文明优越感转化为一种固执的敌对情绪，甚至将批判的矛头对准了日本的明治维新。

的确，日本明治维新以来“脱亚入欧”的维新事业不仅打破了历史惯性，而且中断了晚清士人的自我中心幻觉，一点点消灭着有关中土文明的辉煌回忆。面临这种断裂，何如璋对明治维新充满了讽刺与质疑：

> 而一二榦济之材，遂得乘时以制其变，强公室、杜私门、废封建、改郡县，举数百年积弊，次第更而张之，如反手然，又何易也！讵前者果拙，而后者果工耶？抑时事之转移，固自有其会耶？此不可得而知之矣！②

---

① 黄庆澄：《东游日记》，《罗森等早期日本游记五种》，湖南人民出版社 1983 年版，第 251 页。

② 何如璋：《使东述略》，岳麓书社 1985 年版，第 104 页。

何将明治维新的变革事业视为“如反手者，又何易也”，充分表达了对它的不信任，而“后者果工耶”的诘问也是在貌似疑问中对明治维新提出趋于否定的质疑。

相对于何如璋的暗讽，李筱圃则立场鲜明地指责明治维新使得日本“国以日贫，聚敛苛急”：

> 国王乘此夺其政，并废藤、橘、源、平各诸侯，收其采地归公，但给岁俸，大权一归于国，曰维新之政。今则非但不能拒绝远人，且极力效用西法，国以日贫，聚敛苛急，民复讴思德川氏之深仁厚泽矣。①

有效促进了日本现代化转向的明治维新在李筱圃的视域下成了祸国殃民的失败举措，这也是当时不少士大夫对于日本明治维新的一种较有代表性的看法。1874 年，陈其元还在《日本近事记》中大力攻击日本仿效西方，使得“人人思乱”，甚至建议清朝廷派兵帮助德川幕府复辟。可见，在彼时中国，晚清士大夫们头脑中仍普遍有着根深蒂固的“吾闻用夏变夷，未闻变于夷”的正统思想，坚持认为中国传统文明是最高级的文明形态：“晚清大批中国人走进日本社会，尽管中国已经不及日本先进和发达，也已经完全失去中华帝国君临天下的优越性，但中国人没有失去文化上的自信，也相信文化的话语霸权仍然掌握在自己的手里。”② 这种文化自信决定了他们在对待日本学习异质的西洋文明的态度上往往有着本能的反感与质疑。日本这种倒戈式的文化选择，隐约地指向中土文明的现实衰败，加上鸦片战争以来屡次的割地赔款、丧失国颜的挫败，这不能不刺激

① 李筱圃：《日本纪游》，岳麓书社 1985 年版，第 172 页。
② 张哲俊：《东亚比较文学导论》，北京大学出版社 2004 年版，第 498 页。

到中国士大夫脆弱的神经。对于倡西学的明治维新，他们用这种不无谴责的语调指摘其弊端，也不失为一帖宽慰自我的缓解剂，遮掩了中土文明风光不再的失落与不安。

从甲午前这批数目不多的日本游记中，我们看到在相同的时间维度上，当日本奋力向前并急欲摆脱中国文化时，涉足日本的中国士人还犹然抱有“天朝上国”的优越心态。在漫长的中日文化关系中，中国一直处于文化施予者位置，中国也天然地对日本保有文化母国的优势心态。当晚清士人以文化大国的姿态俯视日本时，他们要么将视点集中于日本在历史蜕变中所遗留下的中土印痕乃至部分的遗老遗少，要么着意于对日本清景、美人、男女同浴等奇风异俗的描绘，而对日本蒸蒸日上的明治维新事业多以贬斥、负面的情绪予以勾勒。以这样的观照视角所构成的日本想象自然遮蔽了真实而深刻的日本现状，晚清游记中的日本由此成为混杂了文化自大、历史缅怀以及虚弱而不平衡等复杂心绪的文化混合物。

2013 年